闻莺如是

龚保华散文选

龚保华 ◎ 著

长 春 出 版 社

全国百佳图书出版单位

图书在版编目（CIP）数据

闻莺如是：龚保华散文选 / 龚保华著. -- 长春：
长春出版社, 2025. 1. -- ISBN 978-7-5445-7589-8

Ⅰ. I267

中国国家版本馆CIP数据核字第2024MV3409号

闻莺如是——龚保华散文选

著　　者　龚保华
责任编辑　叶　亮　江　鹰
封面设计　宁荣刚

出版发行　长春出版社
总 编 室　0431-88563443
市场营销　0431-88561180
网络营销　0431-88587345
地　　址　吉林省长春市南关区长春大街309号
邮　　编　130041
网　　址　www.cccbs.net

制　　版　长春出版社美术设计制作中心
印　　刷　长春天行健印刷有限公司

开　　本　880mm×1230mm　1/32
字　　数　232千字
印　　张　10.875
版　　次　2025年1月第1版
印　　次　2025年1月第1次印刷
定　　价　59.80元

一眼望三界

（自　序）

生旦净丑，阅尽人间角色；锣鼓清音，听却世上空弦。

30多年新闻生涯，看过无数场戏——有恢宏巨制、有乡村小戏；有流光经典，有民间小帽。有的在金碧辉煌的大剧院气势磅礴上演，阳春白雪，高贵优雅；有的在田间地头巧笑倩兮吟唱，下里巴人，纯朴天然……这些年，坐过观戏席上几乎所有的位置，然，我独钟情这一所在：供演员上台下台所用的上场门和下场门。

那是一次采访送戏下乡，我随剧团一路颠簸来到了一个偏远的山村。搭建好演出用的"大篷车"后，我随意坐在了连接舞台与后台的台口边。不经意间望去，心头不禁一动：这里，真是个"一眼望三界"的绝佳所在啊！

一界曰，演戏者。台上人影翩跹，讲述拍案惊奇故事。一缨在手，似掌控千军万马；一句行板，能演绎喜乐悲欢；一纸诉状，可判点开封民生；一声断喝，荡击起红尘平凡。

一界曰，看戏者。台下人头攒动，观赏繁复重叠景色。看客心态五味杂陈，悲欣交集。悲的是剧情缠绵悱恻牵动情怀，喜的是一道高腔响遏行云酣畅淋漓。凄婉故事非我人生却似亲历。

一界曰，候戏者。台边幕后扮成，你方唱罢我登场。随时粉墨清茶待饮——上台鸣锣开道万夫不当，下台苍头布衣一介蓝衫；开嗓豪气干云大闹天宫，终场繁华落尽意态阑珊。一去去易水翻彻英雄厉魅九霄天上，罢罢罢戏罢还魂寒塘渡鹊只影形单……

台上谁演戏？

台下谁看戏？

台畔谁候戏？

谁？

婉转唱和，踏歌起舞，身份转换，爱恨皆在一瞬间。演戏者总有剧终时，曲终人散，秋叶缥缈，凤冠霞帔堆白骨，青衣袅袅长嗟啼。看戏者总有入戏时，入诗入文、入情入境。观画者忽为画中人，围城内外谁羡谁。候戏者总有上场时，完美亮相，光圈闪耀，还需谢幕隐灯影，一句"罢了"，三军退兵。

欲乘风三界穿行自由清空一切只余童真，上场候场下场不伤情不动心云淡风轻波澜不惊。人也？神也？佛也？其实，可以的。只问你自己，是否真心演戏，真诚待戏，真情看戏。

在世一回，只要红尘谪降，不论是否愿意，必是人生一角色。那么，扮演什么角色，出演的是精彩还是失败，全凭本心。也需入戏至深，才能极致得成，酣畅淋漓，唱尽冲霄梵音。也需待戏忍耐，才能度却劫波，提升品格腔调，修炼品质段位。更需退场洒脱，才能无论风霜雨雪、春夏秋冬，思想的底色始终温度不变，温馨如斯，温暖四季。

人生如戏，戏如人生。人人都是台上的演员，人人都是台下的观众，人人都在人生舞台的侧幕随时候场——等待着生活的召唤，等待着命运的节目单。

沧海一声笑，三界独往来。

目 录

一 写 兰

二　画　梅

一　写兰

中 华 赋

　　天地洪荒，盘古开朗。巨斧起处自然现，然后红天黑地不相连。天生缺憾，女娲补圆满。长河有源头，中华八千年。

　　有夏以来，沧海桑田过眼烟。瘦马轮车驮春秋，古道西风吹经年。神农尝百草，地动仪量天。青铜寒光照千古，云水翻腾都江堰。大禹望乡两行泪，郑和西洋一路帆。汉祖举义行枭路，霸王别姬吻江边。陆羽品茗，度的是明月清风一苇叶；杜康斗酒，舞的是诗仙白发丈三千。滚滚长江去，无尽意绵绵……

　　银汉怀日月，静好听音梵。云中漫步儒道释，心灵安放天外天。一枝拈在指，花开万朵莲。

　　十尺竹简，刻不下五经四书风雅颂；九转回肠，传不断华夏百善孝为先；八面玲珑，聚不齐三国水浒终演义；七颗北斗，照不亮武牧黄龙行路难；六合佛手，看不透红尘西厢长亭望；五台静思，叹不忍八国屠城圆明园；四处狼烟，祭不完精忠报国豪杰墓；三寸金莲，迈不进则天大帝武门玄；二道愁眉，展不开唐诗宋词元曲谱；一池清墨，滴不尽相思红楼梦魂牵。

一字千金诺，二手尘不染。三分醉意里，四面琵琶弹。
五千二万英雄路，六道之轮终转环。七彩开国典，八千中华年。
九曲黄河仰天啸，十里旌旗凯歌还。

长江、长城，血路漫漫长征史；

文化、文明，中国梦在天地间。

写于 2015 年 7 月 30 日

长白交响（四章）

山有魂兮石有灵

北方有山兮大美长白，
五花叠翠兮林海茫茫。
诸峰揽月兮星移斗转，
高峡平湖兮仙女梳妆。
山泉有魂兮山石有灵，
涛声合鸣兮情满松江。
飞鸟红果兮慰我情怀，
不咸之山兮是我家乡。

长白长白，人间绝色

亦奇亦幻亦秀亦真，
亦风亦雪亦雨亦朗。

奇就奇她个绚烂精妙，
幻就幻她个梦里大唐。
秀就秀她个人间绝色，
真就真她个天地洪荒。
风就刮她个山崩地裂，
雪就扮她个皑皑银装。
雨就下她个倾盆颠覆，
晴就亮她个光芒万丈！
长白，长白，
远古回声，峡谷震荡……

长白一世情

我有一世情，
冰雪般晶莹。
青松伴白桦，
脉脉恋无声。
我有一世情，
春水般灵动。
岳桦挽杜鹃
高寒笑山风。

爱之永恒，地老天荒……

春日长白，万物生长，
一叶初发，百花飞扬。
夏季锦江，金钿花黄。
舞我广袖，抒我霓裳。
秋色尽染，云纱为帐。
天池高台，斑斓天堂。
冬雪润玉，日月齐光。
江山如画，万千气象。
皎皎雪白头，相思勿相忘。
听君歌一曲，林海合交响。
长白，我的大长白！
爱之永恒，地老天荒……

（为中国文联文艺创作工程项目
《长白山交响》所作交响诗）

清音响梨园

——词仿《蜀道难》

噫吁嚱，昂兮高哉！一马离了，西凉月九天！

生旦净末丑，行行何天然！

质本洁来自孑立，遥想当年定军山。

霸王但闻楚歌起，别姬情绝乌江边。

涛吼浪击谪仙死，然后红天黑地不相连。

上紫天女散花之流云，下洒贵妃醉酒之小川。

西皮二黄坊间婉转，断肠声声蓝河怨。

唱罢春秋配，杨门挂帅上天峦。

孙安动本为黎民，傲骨血透桃花扇。

红灯何时照我还？白山松水天痛断。

辕门斩子打龙袍，秦庭一哭湿青衫。

风吹桃李梅如海，开彼岸。

梨园之魂，三叹问苍天，一股清流染红颜！

大破天门闹天宫，绨袍相赠意绵绵。

龙图岂解香莲恨，开封祭铡震平凡。

戏比天还大，看我楼上之楼大登之殿哉！

没见幕启步生莲，一军既发，万夫不当。

燕青线儿长，春风回桃湾。

豪气干云，踏月行板；管弦情深，共享奉献。

文以化细雨，朝露润心田。

高腔之高，遏云破长天，击节一吟长咨嗟！

　　　　　本文为《吉林戏剧》篇首语，写于 2019 年 1 月 5 日

煤与盐的对话

太平洋此岸，中国辽源，我捧起一块煤。

太平洋彼岸，哥伦比亚西帕基拉，我拈起一粒盐。

煤中带血，盐里含泪。

煤，是重要的能源，更是不可再生的资源。盐，是生命之本，人类生存之必需。

这块煤上，我看到两个令人惊心的数字：92318 和 18000——中国辽源煤矿 1931 年注册时有 92318 名矿工，到 1935 年仅剩 18000 名，7 万多人埋骨于辽源"万人坑"。在日伪统治时期，日本侵略者从辽源煤矿掠夺运走了 1549 万吨煤，留下的是尸横遍野的"万人坑"。

那粒盐上，我也看到两个动人心魄的数字：53 亿和 100 年——西帕基拉小镇的人们世世代代与白色大山为伴，这些白色大山是盐矿资源，据说其丰富的盐储量可供我们这个星球的 53 亿人整整食用 100 年！西帕基拉盐矿大教堂的前身是印第安盐工在井下设立的圣坛，这座圣坛是盐工苦难历史的见证。

在哥伦比亚西帕基拉盐矿大教堂

世界上独一无二的地下岩盐教堂

同日本侵略者的疯狂掠夺一样，16世纪初，作为美洲大陆征服者的西班牙人垂涎于白色大山中富饶的盐矿资源，这些来自欧洲的殖民者逼迫印第安盐工用最原始的工具，在矿井中暗无天日地劳作、以命取盐……印第安盐工随时面临着死亡的威胁。为寻求精神寄托，盐工们饱含泪水在坑道中设立了一个祈祷的圣坛，向上天诉说他们无比的艰辛，安慰他们苦难的灵魂。盐工们经年累月地在山中开矿挖盐，终于把一座山都要挖空了……1954年，人们为纪念圣坛设立400周年，在其旧址建造了一座地下岩盐教堂，这就是被哥伦比亚人视为世界第八大奇迹、哥伦比亚国家级文物、世界上独一无二的地下岩盐教堂——西帕基拉盐矿大教堂。

当我穿越太平洋两万千米的距离，脑海中中国辽源矿工墓与哥伦比亚西帕基拉盐矿大教堂的画面重叠，冥冥中，一块黝黑的煤和一粒晶莹的盐在轻声对话……

这块煤说，我是不可再生的，但你看那满坡中国矿工的森森白骨，这一条条原本活生生的生命又岂可复生？山风吹过，那是无数冤屈的灵魂在泣血哭诉！

那粒盐说，我无嗅、味咸，正如泪水的味道。耶稣曾用盐比喻人的品性，人间的光明恰如盐调和在世上。如今，普泽全球的盐矿已成为向天告白的教堂，那十字架下的声声祈祷，上天可曾听到？

这块煤说，我被深压在地下底层，拥有巨大的、无比的能量——地下的、底层的力量从来不可被忽视、被无视。我的所在是无光明无温暖的，但我蕴藏着创造光明、带来温暖的能量，给人类社会以前所未有的巨大动力。明代诗人于谦《咏煤炭》言："凿开混沌得乌金，藏蓄阳和意最深。爇火燃回春浩浩，洪炉照破夜沉沉。鼎彝元赖生成力，铁石犹存死后心……"

那粒盐说，《说文解字》注：天生曰卤。人生曰盐。晋代郭璞的《盐池赋》中对盐极尽赞美，表达的是作者对盐的理解——水润下以作咸，莫斯盐之最灵。这最灵的盐啊，为何总是与泪水相合，苦难入心！平静的太平洋啊，你胸怀浩渺空浩渺，名为太平不太平，你再宽阔的怀抱，能否承得下这人间苦难之万一？

凝神看西帕基拉盐矿大教堂入口处那立于原采盐坑道口的挥镐盐工浮雕，眼前叠印的是死难辽源矿工的面容——那沧桑、那悲愤何其似也！以指蘸一下盐壁入口回味，那苦涩的滋味直抵心底。教堂内 15 根高达百米的岩盐圆柱直插向天，正如撕心裂肺的九歌天问；岩盐凿就重达 18 吨的圣坛上，似回响朱自清冽的诗句：

一会你在火园中跳舞起来，

黑裸裸的身体里，

一阵阵透出赤和热

啊！全是赤和热了，

美丽而光明！

清清的马达莱纳河无声地绕过西帕基拉小镇，凄美的苍穹下如盐雕刻的白色大山默默无言。正如东辽河注视着辽源黑色的煤系，拥那无数呼号悲鸣的灵魂入怀，回望龙首山奔流而去……

太平洋两岸，这块煤、那粒盐和声共吟、血泪相融。

李叔同的鸽子

　　两三只美丽的鸽子俏立檐角，时而低语呢喃，时而振翅欲飞……是此处弘一法师博大的情怀、恬淡的气度、优雅的风姿浸润了它们吧，鸽子们停留在"白色莲花"造型的李叔同纪念馆"花蕊"之上，相依相偎、相敬相爱，久久不忍飞离。我知道，莲花之上的，是李叔同的鸽子。

　　肃立在李叔同纪念馆前，此情此景，一句悠然的话语浮现笔端：问花笑谁？听鸟说甚……这莲花含笑笑从何来？李叔同的鸽子又在说些什么呢？

　　面对李叔同的塑像，颇有失语的感觉，此时萦回于耳边的，是先生采用日本民歌的曲律填词而成、在20世纪30年代盛传一时的《送别》——"长亭外，古道边，芳草碧连天。晚风拂柳笛声残，夕阳山外山。"这首至今仍广为吟唱的清丽悱恻、意境深远的歌曲如一抹淡淡的云霓，漂移在心灵的天空，萦绕不散。品读这位才高八斗却又人淡如菊的人物，该从何而发端？李叔同传奇的一生似能幻化出多个造型迥异、底色浓淡不同的法相，各自分立而又重合：他是出身世家不与俗同的翩翩李公子；他是著名的戏曲活动家、教育家、音乐家、美术家李叔同；他是舞台上风韵迫人的艺术家李息霜；他是皈依了悟的演音——弘一法师；他是广袖长拂、清风随行的晚晴老人……

谈学识——李叔同是我国近代新文化运动早期的活动家。他早年即诗文兼通，具"才子"名，7岁诵读诗文，即能过目不忘，9岁学篆刻，且是为专业人士赞许的京剧名票。当他成长为一名翩翩公子时，在诗词歌赋、金石书画方面的学识已经十分广博深厚。他是我国最早出国学习西洋绘画、音乐、话剧，并把这些艺术传到国内的先驱者之一。纵读其诗文，既有豪放之呐喊，又有婉约之低吟。综此看来，可谓学贯中西，胸怀锦绣。

论才调——李叔同曾组织成立话剧团体"春柳社"。1907年，为了赈济淮北的水灾，春柳社公演法国名剧《巴黎茶花女遗事》，李叔同（艺名息霜）饰演茶花女，这应该是中国人演话剧最初的一次。舞台上扮成女装的他一番风采另具，纤腰不盈一握，据说腰围是令许多美女艳羡的一尺五！他留学时独立编辑的《音乐小杂志》在日本印刷后，寄回国内发行，促进了祖国新音乐的发展；他还编写了《国学唱歌集》在国内流传，这些在中国新音乐史上都起到了启蒙的作用。

说师德——李叔同是所任教学校中"最有权威"的教师。在当时以教英文、国文和算学的教师最有地位的年代，他所在的学校里音乐、美术教师却最有权威，只因为执教者是李叔同。闭目试想一下这样的画面：上课铃响，大师早已用一手漂亮的字在黑板上写好授课内容，上得台来首先对学生深深一躬……

那一丝不苟、从无疾言厉色却"温而厉"的教学氛围，怎不令学生震慑而叹服！丰子恺谈起这个老师时总是强调大师的人格力量，认为他是"实行人格感化的一位大教育家"。

评服饰——说洋化李叔同比洋人还"洋"：驰名于沪的公子时代及留学之际，他西装革履、金丝眼镜西式十足。说儒雅他比哪个文人雅士都儒雅：归国从教，他一变而为谦谦儒雅之士，粗布袍、布马褂、布底鞋、黑边眼镜，立如潇潇风竹，行似袖舞清风。说脱俗他比谁个都彻底：1918 年后，他看破红尘在杭州虎跑寺出家，先悟道，后为僧，一袭僧装，云游四方，成为世人景仰的"弘一法师"，隔断决绝得不带一丝明月一缕清风。一人而化身万千，其人生底色之玄妙令再著名的画师也无从着笔。

讲气节——在那故国飘零的年代，李叔同撰写的《祖国歌》流行国内。面对破碎的山河，大师投笔写下了忧国伤怀、慷慨悲凉的"被发佯狂走。莽中原，暮鸦啼彻，几枝衰柳。破碎河山谁收拾，零落西风依旧……听匣底苍龙狂吼。长夜西风眠不得，度群生那惜心肝剖。是祖国，忍孤负？"辛亥革命后，他又填《满江红》一阕："皎皎昆仑，山顶月、有人长啸。看囊底、宝刀如雪，恩仇多少。双手裂开鼷鼠胆，寸金铸出民权脑。算此生、不负是男儿，头颅好……"其以身许国、豪气干云的气概读来使人荡气回肠。

丰子恺曾言："李先生一生的最大特点是'认真'。他对于一件事，不做则已，要做就非做得彻底不可。"这位李叔同的高徒对老师做出了精辟的"人生三层楼"的归结——人的生活可分三层，一是物质生活，二是精神生活，三是灵魂生活。李叔同在达到了极高的前两层境地后，"必须探求人生的究竟"，那就是寻找人类的灵魂所依。古人云："出家乃大丈夫事，非将相之所能为。"所以，当李叔同意欲脱离红尘时，即我心决绝、走得干净！

1942 年 10 月 13 日，一代名士李叔同圆寂于泉州不二祠温陵养老院晚晴室，享年 63 岁。弥留之际，他写下"悲欣交集"四字。这意味深长、余音深远的留言有说不尽的"香光庄严"，道尽了其一生绚烂至极归于平淡的轨迹。法师最终留下的 1800 粒舍利子以其斑斓至极安详至极的佛光，静静地面对世人。用他自作的一偈来说就是：君子之交，其淡如水。执象而求，咫尺千里。问余何适？廓尔亡言。花枝春满，天心月圆。

在白色莲花造型的李叔同纪念馆前，我默诵着大师那首缥缈若仙的《落花》：

纷，纷，纷，纷，纷，纷……唯落花委地无言兮，化作泥尘；寂，寂，寂，寂，寂，寂……何春光长逝不归兮，永绝消息。

再看白莲花蕊的檐角，李叔同的鸽子呢喃着振翅欲飞了。问花笑谁？听鸟说甚……李叔同的鸽子，你想与我说什么呢？

（本文 2008 年获第十八届中国新闻奖银奖）

柳宗元的石头

　　一进柳州，身心即融入绿的海洋——在这有着"天下第一大盆景"美誉的地方，眼波似乎也被那接天连地的绿浸透春色。恍惚间，犹如置身于一巨大盆景中的布景小人儿，游弋在片片凝碧之中。柳州盛产奇石，素称"奇石之都"，拥有目前广西乃至全国最大的奇石专类园——箭盘山奇石园。这盆景般城市中的奇珍异石，恰似遍洒的珠玉。陆游诗云：花如解语还多事，石不能言最可人。这可人的石生在柳州，生在这五万年前柳江人、白莲洞人繁衍生息的地方，生在这正式建制于西汉王朝、距今已有2100多年历史的文化名城，生在柳宗元被贬于此却又扬名于此的柳州。把玩这无语却含情的石头，我心中暗暗给了她一个称呼——柳宗元的石头。

　　柳宗元（773—819），于元和十年（815）贬官柳州，任柳州刺史。在任内，他传播儒学，动以礼法，改革弊政，解放奴婢，开荒挖井，种柑植柳，深得当地百姓爱戴。如今，柳州柳犹在，人石俱老，留下的，是那不死的传说。

据统计，柳州奇石按形成与分布区域可分为山石、水石、土石、洞石、岩石、化石、混成石等约 19 个大类；按观赏特性则可分 100 多个石种。柳州奇石采天地之精华，以自然天成论为上品。其与生俱来的优点，以十二个字来言就是形奇、色美、质佳、纹丽、座雅、名切，并追求"形、质、色、纹"四大要素的和谐之美，注重内涵和意境。

我流连在柳州奇石园里，冥冥之中与石对话，倾听造物主千百年来凝结于内的声音。奇石园内以石造景，在一山一湖一石馆之间，拜石广场、与石结缘之名人雕塑群等无不在风中吟诵着喃喃石语。园内收藏和展示的奇石佳品数千件，石种多达60 余种。这些有着上亿年历史、因大自然的岁月之手抚摸而由平凡之物涅槃成就的无价珍宝，怎不令名家叹服，让观者称奇！至今，柳州奇石园已成为云集天下奇石珍品的博览园、赏石文化的交流中心。

风中传来天边的细语，我知道，这是柳宗元的石头在诉说。

柳宗元的石头告诉我，石是坚韧的。你看那柳州奇石园的镇馆之宝——"中华魂"，其形神似雄浑壮阔的万里长城，其身遍布的纹脉，古朴似中华五千年文化之年轮，斑驳的石体上，条条褶皱被千百年洪荒风雨冲刷，沧桑似蕴含着远古沉重的呼吸，倾吐着无声的石语。三江黄蜡石"雄风"，如一具雄狮的头雕，那微张的嘴、迎风飘动的鬃毛，尽显兽王的威猛雄壮。这大气豪迈、威赫不屈的石呵！她坚韧的品格，彰显着中华传统的美学思想，象征着中华崇高的民族气节。

柳宗元的石头告诉我，石是绝妙的。端好的美石自然纯洁、无瑕可指。质如美玉的大化彩玉石色彩斑斓、如梦如幻；来宾纹石奇妙的线条飘逸委婉、疏密有致；合山彩陶石浓墨重彩、雍容华贵；三江彩卵石典雅古朴、浑然天成；天峨石犹如中国画的水墨丹青、清新雅致……还有那传统四大名石之首的太湖石、灵璧石，晶莹剔透的矿物晶体，等等，无法尽数。看那大化彩玉石名品"幸福鸟"——奇异的色彩、舒展的线条，将石形勾勒成一只开屏的孔雀，恰似一只振翅欲飞、幸福至极的鸟儿。鸟羽绮丽炫目、变化多端且天衣无缝。这巧夺天工、精美绝伦的石呵！她是造物主的杰作，自然界的绝品。

　　柳宗元的石头告诉我，石是温柔的。雏菊轻轻绽放在素雅、恬淡的菊花石上，仿佛依稀能嗅到淡淡的花香。轻抚颇具雕塑神韵、造型简洁、线条灵动、犹如现代雕塑家亨利·摩尔作品的大化摩尔石，感觉到的是无限静谧中的细腻和柔软。丰润的"月亮石"石肤如凝脂，默默地、温存地含着一环剔透的月，似欲溢未溢的流液，娇嫩得婴儿般令人不忍一握。人常以铁石心肠等词汇来比喻刚硬和冰冷，却怎知石也有别样的体温、别样的柔情。这坚韧似金、柔若无骨的石呵！她蕴含着人类最刻骨铭心的情感，直达人类内心最柔软的地方。

　　柳宗元的石头告诉我，石是奇幻的。天地洪荒、开天辟地之时，唯一所缺的，不就是女娲手心那一块七彩的补天石吗？三江彩卵石中奇妙的"寰宇图"上，整方石上清晰地勾画了一幅寰宇图片，海波荡漾、峰峦起伏、江山无限——这，就是人类赖以生存的世界；这，就是以石为源美丽的星球。据悉在宋代，曾出现《云林石谱》这样经典的奇石专著。其实连那大名鼎鼎的文学名著《红楼梦》，探其原名，不也正是《石头记》吗？这超逸出尘、云淡风轻的石呵！她寄托了人类最美好的理想，是人类用思想的如椽巨笔所描绘的最美妙的流星雨。

柳宗元的石头告诉我，石是诗意的。孔子曰："仁者乐山，智者乐水。"石，源于山，成于水，汇天地之灵气，集万物之精华。赏石，可谓仁智兼备。园林无石不美，家居无石不雅。蒲松龄有"石隐园"，沈钧儒有"与石居"。"东坡醉石""米癫拜石""板桥画石"等故事流传成千古美谈，可谓已至玩石养心的最高境界。看天峨石"暮色苍茫看劲松"，大自然画家潇洒的寥寥几笔，轻轻点染，却尽现中国写意画之神韵。合山彩陶石"大漠古道"上，万年风沙中，似有先人的足迹踏荒而来，依稀古道尽头，仿佛淡淡的大漠孤烟扶摇直上，引人唏嘘。"秋风瑟瑟"石中，不经意的几道纹脉，如风中飘摇的枝条，不见飘零的落叶，却道尽了秋的萧瑟。这历久弥香、诗情画意的石呵！她是曹雪芹含在口中的通灵宝玉，是诗人案头压诗的镇纸。

柳宗元的石头告诉我，石是多情的。白居易诗："一可支吾琴，一可贮吾酒，回头问双石，能伴老夫否？"在诗中说不尽对石的无限爱意。据说，苏东坡画作的真迹遗存至今仅为一幅，即《古木怪石图》。对于爱石者来说，面对一块"皱、瘦、漏、透、丑"的奇石，痴迷的爱石者会倾注全部的情感和心血。据统计，现在全国奇石爱好者已从最初的五千余人发展到现在的数百万之众。有人曾言：赏石已成为一种情感和文化，人们喜爱它、向往它、追寻它。拥有它的人，则待之如宾朋、敬之如贤哲、珍之如宝玉、爱之如儿孙。甚至有人认为，在赏石的背后是一个强大无比的宇宙意识。这风姿绰约、生机盎然的石呵！一石在手，情注于灵石之中，神游于八荒之外。她给了爱石者最美好、最幸福的境界——虚静之中，天浴自然，返璞归真。

柳宗元的石头告诉我，石是完美的。石头是大自然赐予人类最珍贵而又最廉价的收藏品。人言"因石取势"然后制砚，可来宾石"千年古砚"却可拿来就用，不需雕琢，天然成砚。面对柳州奇石园中穷多年光阴以玛瑙石、戈壁石等收集而成的那一桌美味佳肴"满汉全席"，怎不令人拍案惊叹这石中的"大餐"！奇石堪称大千世界的缩影，所谓一石一景，一石一物，一石一天地，一石一世界。一部46亿年蕴藏无穷奥秘的"石头记"，收录着大自然的沧桑、人类的进化、社会的沉浮，昭示着人类世界来龙去脉清晰的轨迹。有首动听的歌唱道：有一个美丽的传说，精美的石头会唱歌……这首石之歌，从女娲补天开始，经过漫长石器时代的打磨，在和氏高举的手中，成为调令三军的虎符、虹桥情人相赠的信物，一直唱到今日飞天探月入地勘察万米取出的岩芯。这上天入地、幻化万物的石呵！她筑就了人类锦绣的地球家园，吸纳着山川日月之灵气。一切可已矣，唯石长不朽。

柳宗元的石头告诉我很多。我，静静地倾听。

（本文 2010 年获全国报纸副刊作品二等奖）

莫莫格的爱情

水天之间莫莫格，天也青青，水也清清。这块嫩江与洮儿河怀抱中的土地，这块吉林省最大的湿地类型保留地，这个空中灵物鸟儿的地上乐园，这个植物与动物的王国，滋养着生于斯、长于斯的万物生灵，也孕育了无数美丽动人的爱情。

爱是可以超越一切的，无论国别、肤色、金钱、地位乃至一切的一切。这个亘古即有的爱并不仅仅适用于人类。在莫莫格一望无际的茫茫苇海中，我听到了这样一个凄美的天地绝恋——

有一天，莫莫格飞来了一群矫健的大雁，它们在莫莫格明净的天空飞舞、欢唱，它们在莫莫格丰美的水草间畅游、觅食，它们与保护区内许多的居民和动物都结成了朋友，和他（它）们一起嬉戏、玩耍……日子久了，一只鸿雁爱上了一户居民家中一只美丽温柔的白鹅，于是，为了自己的爱人，在大雁又排成"人"字飞去的时候，这只痴情的鸿雁留了下来。

也许，雁有雁飞翔的天空，鹅有鹅生活的土地；也许，这两种动物之间有着太多的不同；也许，野生与家养的区别应是天壤；也许，还有很多不为人知的也许……但这些也许，都没有阻挡住爱情的产生。从此，在莫莫格的水边、草间，就有了一对相亲相爱、相依相偎、相携相伴的身影。

　　每天清晨，鸿雁便早早地来到这户居民家的鹅舍前等候。在白鹅被主人放出之时，鹅与雁那兴奋得大声合唱真令人听得落泪、听得心碎。随后，便是夫妻形影不离的水中漫步……到了鹅的"午餐"时间，鸿雁准时地护送白鹅回家，在墙头深情地等待，从未有半点不耐。待妻子"用餐"完毕，它又与它或亦步亦趋地徜徉于苇塘，或悠然自得地交颈而眠。当日落西山、倦鸟归林的时候，不惯野外的白鹅要回家了，鸿雁虽是万般不舍，却是不发一言地护送妻子踏上归途。时光流转，日出日落，鸿雁风雨无阻、日月般准时，每天两次接送"爱妻"，担当着忠实的护"花"使者。

　　时常，蓝天飞过的雁阵也向鸿雁发出诱人的邀请，对飞的渴望也流过雁的眼眸；时常，也有鹅中的"美男子"频频向白鹅送来秋波，传递着爱的信息。但是，这对已结成天地奇缘的鸿雁与白鹅的世界已是无比的剔透和晶莹，它们所给予对方的，是毫无保留、真真切切、不容半点纤尘的爱情。而这美丽的爱情，也得到了保护区内的居民、所有鹅们、雁们，以及其他鸟类的尊重。

　　春华秋实，瓜熟蒂落，爱情的果实迅速长成。在保护区管理人员的认真关注下——雁与鹅的后代出世了！可爱的小家伙们活泼极了，渐渐长大的它们越来越显示出了雁的外貌特征和品性，那亮闪闪的彩羽迎风飘舞，小雁（鹅）们总是大声地向着蓝天长鸣，对飞翔的向往溢满了它们的眼睛。小家伙们忠实地继承了爸爸的野性和妈妈的温顺，看到这个情景，雁爸爸和鹅妈妈的眼中流动的是无比的柔情与欣慰，雁翅和鹅翅交相拍打着，两种不同的鸣叫是那样的和谐、动听。

是不是所有美丽的爱情故事都一定要有一个曲折的结尾？是不是某些人类总是要在这样的故事中充当不光彩的角色？

终于有一天，一只人类的手伸向了沉浸在幸福之中的"神仙眷侣"。可爱的白鹅被一个外来的闯入者偷走，成为一顿营养烫口的美餐，一段动人的爱情就此中断。

大雁悲鸣着、盘旋着，在莫莫格的大地上寻找着自己的爱人。它用雁的语言四处问询：鸿雁自古以来就被美誉为爱的信使，鸿雁传书的故事流传千载，我们鸿雁为无数的爱情牵起了红线，送去了滴泪泣血的两地书，如今谁能告诉我，我的信该送往哪里？——在这自然美好的天地洪荒，小草伏下身躯，无语；鱼儿沉入水底，无语；鸟儿藏进苇塘，无语；云朵飘向天边，无语……只有一只丹顶鹤，和着大雁的悲鸣，轻轻地、轻轻地、诉说着什么。

大雁伤心地飞走了，在天空划下一道血红的、充满留恋的弧线。

在莫莫格广袤的土地上，雁与鹅的子女在无限的思念中长大，繁衍生息。具有白鹅温顺眼神的大雁在莫莫格的天空飞翔，具有大雁野性情怀的白鹅在莫莫格的苇海中轻舞歌唱。这就是生命的延伸，这就是爱情的延续，这就是自然的馈赠，这就是造物主公平的安排。

　　唱一支大自然中各个物种、各类生命和谐安宁的歌吧。天空的雁会聆听，地上的鹅会和声，天地之间的人会感动，天地万物会以相同的旋律共振，歌唱爱情。

　　　　　　　　（本文2004年获全国报纸副刊作品一等奖）

森林情思

　　城市的边缘有一带美丽的森林，潇潇洒洒、苍翠欲滴。

　　这是一片优雅的森林。浓浓的绿意诗情恬淡，拒绝着一切城市的浮躁与喧嚣。胖胖的松鼠悠闲地在自己的家园漫步，不知名的草虫尽职尽责地忙碌着家族的生活。森林怀抱中那片开阔的草地鲜嫩可人，牛们在懒懒地吃草、休息。牛妈妈不时疼爱地叫回调皮跑远的牛孩子；牛爸爸则威严肃立，偶尔才低鸣一声，为这田园牧歌景象增添些许悠扬。牧人在奇怪远处游人艳羡的目光，他不会明白那绿茸茸的草地正在游人心中嘲笑着城市客厅地毯的虚假与伪饰。——人是多么奇怪，经过千百年的艰辛建筑了无数的水泥围墙，但心中的伊甸却永远是那自然清纯的远古洪荒。

　　这是一片迷人的森林。白天日光融融，艳阳普照；入夜月色如水，斜挂树梢。风儿吹来了小鸟呢喃的情话，抚摸着蜂蝶劳累的翅膀。此时，一切的一切都染上了春意。两只蜘蛛在窃窃私语：如蛛网般精致的语言，纵横经纬、针脚儿细腻……一阵小雨掠过，挺拔的小树唱起了欢乐的童谣，承接天地雨露。一时间，人间万物静寂无声，只有两棵骄傲的白杨在用目光交谈：你离我多么近，相距一线；你又离我多么远，隔着冰山！如两条轨道永不交叉，使这炎热的夏季也变得寒凝大地、漠然终年……森林记录了无数缠绵古老的爱情故事，清风拨动枝条，演奏着如泣如诉的夜曲。

这是一片伤心的森林。忧伤的泪水汇成碧绿的一潭。遥望城市那林立的水泥森林，树们思念着久已消失的无数伙伴。树是亘古不死的呵！即使淹没了千万年，它也会摇身为奇丽的浪木，扮美世界；也会幻化为地下之火的能源，造福人间。狼藉的餐桌上，高贵的森林变成了低廉的配件；昨天微笑的绿洲，今日死场般沉寂萧然。失去家园的鸟儿吟唱着几世纪前的故事，扑倒在森林伤痕累累的、广博的胸前。哭泣这美丽森林今日的绝无仅有，哭泣这迷人绿色昔日的广大无边。

这是一片梦想的森林。踩着厚厚黄叶，在落日的余晖中徜徉；感叹大自然的奇迹，希冀凤凰复生，微微闭上眼睛，人间处处都是——花的海洋。什么时候什么时候，才不会让树仙那美丽的绿色长发，在日渐稀疏的枝叶间，哭泣着、飘扬……什么时候什么时候，怒放的山花不在书页的夹层中干枯，自由自在的芬芳花瓣如风如雪，铺在人类行走的路上？这是多么愚蠢的问题呵，人与大自然万物生灵是不是真正的朋友，你怎么能问猎枪呢！当痛悔的泪海冲刷着千疮百孔的地球，当一切的交谈再没有语言的界限，当所有的梦想都不是梦想，当编织精巧的鸟笼成为遥远记忆中的东西……梦，会如梦一般美丽；梦，会如梦一般出现。那时,会是一片什么样的森林呢?

这是一片幸福的森林。蓝天在上,绿地在下,幸福的森林百花齐放、百鸟齐鸣、百兽齐舞,天地万物在这里快乐地生息、繁衍。袅袅的炊烟如少女拖着轻纱长裙缓缓上升,多情的喜鹊化身为一道绮丽的虹桥,为他人的幸福奔忙,飞架在银河两岸。没有痛苦,没有疾病,没有战争,最原始的古朴纯真坐上最现代的宇宙飞船。森林殷切地,为生活的杯,注满绿色的酒;潇潇的春雨、溢香的夏荷、低吟的秋风、曼舞的冬雪中,幸福的小船飘飘荡荡,再不用寻找再不用迷茫,处处是彼岸,处处是家园。

这片优雅、迷人、伤心、梦想、幸福的森林呵!

(本文 2001 年获得第十一届中国新闻奖铜奖、吉林省报纸副刊作品一等奖)

美丽的洋娃娃

　　昨夜在梦里，我又见到了那个洋娃娃——粉嘟嘟的小脸、大大的眼睛、翘翘的睫毛、小碎花的帽子和布拉吉……她红红的小嘴半张着，似乎在向我诉说着什么。

　　记得那好像是我四五岁时的样子，爸爸终于同意给我买一个我梦想已久的洋娃娃了！我高兴极了，拉着爸爸的手，蹦蹦跳跳地和他步行了一站多路，来到了那个我无数次停留过目光的商场柜台前。呵，我就要得到我心仪已久的娃娃了！我至今还清楚地记得：那个娃娃价值 0.96 元。这可能是个令今天的孩子们不屑的价码，但在那个冰糕三五分钱一个的时代，这着实很昂贵的呢！

　　售货员阿姨热情地接待了我们，她拿出了好几个娃娃供我挑选。我迫不及待地抱起一个漂亮的娃娃，就跑到一边摆弄去了。正在这时，爸爸遇到了一位相熟的叔叔，他一边付款，一边与同事打着招呼，售货员阿姨将一个娃娃包好放到爸爸提包里，我们便同那个叔叔边聊边走出了商场。路上，看我兴高采烈的样子，爸爸也不禁高兴地笑了。

回到家里，我忙着给我的宝贝娃娃"铺床"、取名字，爸爸忙着收拾包里买来的东西——他突然发现，包里还有一个娃娃！他狐疑地看看手里的娃娃，又看看我被子里的娃娃，问道："你已经拿了一个吗？"我抬头一看：哇，又一个美丽的娃娃！我高兴极了，大叫："太好了，我有两个娃娃了！她有姐妹了！"我马上忙着设计起来——谁是姐姐？谁是妹妹？她们叫什么好听的名字好呢？小孩子的心十分简单透彻，我一点也没有发现，爸爸的脸色逐渐凝重起来。

"走吧姐姐，跟爸爸回商场一趟。"爸爸拉起我的小手，不容置疑地说。怎么了？我扁起嘴，委屈地想，这个娃娃又不是我拿的，是它自己飞来的呀！但是爸爸用目光告诫我："这叫什么？这就叫诚实。"于是我嘟着嘴，老老实实地抱起两个娃娃，累得跌跌撞撞地又同他一起返回了商场。爸爸向售货员说明了情况，将多出的娃娃还给了她，售货员先是惊讶地张大了嘴巴，继而感动地向爸爸连声道谢。我在一旁歪着脑袋看着这一幕，懵懂中竟也是莫名地动情。

时光荏苒，现在爸爸已离开我多年了，我也已成为一位身高一米八的阳光男孩的母亲。不经意间，爸爸传递给我的许多生活的定义我已在悄无声息中传给了我的儿子，因为爸爸当年随口说出的许多话语我至今印象深刻——比如邻家一位精通五六门外语的老专家一边削土豆，一边仍认真地听着中学外语教学磁带，爸爸简洁地告诉我："这叫什么？这就叫踏实，这就叫毅力。"一次，一位搞研究的邻居弄了一大堆烦琐的数字让大家来猜谜底，众人皆不能懂，爸爸的好朋友、一位老研究员列了个通俗易懂的代数式就解决了问题，爸爸又简洁地对我说："这叫什么？这就叫学问。"

爸爸极喜绘画，这个爱好也传给了我。但他喜画跃马扬鞭的岳飞、忠勇节义的关羽等傲岸的男子，即使偶尔画个女性，也是巾帼不让须眉的穆桂英。而我则喜欢画温婉可人、娴静如水的仕女，爸爸常想让寡言少语的我"勇猛"一点，于是父女之间常起争端。为此，爸爸嘀咕："这叫什么？这就叫本性。这或许就是男子如山女子如水感性理性各居优劣的道理吧。"虽然我和爸爸争执不休，但他却悄悄默默地将我那些幼稚的画作整理出几张，然后认真地用小烙铁烫刻在送给我的小书柜上，于是我的"作品"生平第一次有了"展板"，这时爸爸笑着又说了："这叫什么？这就叫自信。"

日子如一唱三叹的行板。爸爸虽然已离开了我，但我总觉得，他的目光在另一个世界注视着我，在告诉我做人做事的准则。因着我的所作所为，他的目光时而欣慰、时而欢喜、时而忧伤、时而沉默……于是，为了让爸爸的目光更加柔和更加温暖，我只有加倍努力、再努力。

昨夜在梦里，我又见到了那个洋娃娃——粉嘟嘟的小脸、大大的眼睛、翘翘的睫毛、小碎花的帽子和布拉吉……她红红的小嘴半张着，似乎要向我诉说什么。

试卷背面的答案很美

佳篇开卷有益，阅后余香绕梁。读过 2010 年第 12 期《新阅读》杂志中的《芬兰：试卷背面有答案》，先是惊疑，然后是叹息，然后是沉思，然后是联想……

该文讲述的是：作者在芬兰留学期间结识了好友雷默，雷默在芬兰首都赫尔辛基政府供职。一天，雷默约作者出游乡下，由于雷默有公务员考试，作者在考场外等他考完后才成行。路上，作者问雷默估计自己考得如何，雷默高兴地说他发挥得不错，因为试卷背后附有答案，这样答完题他已能估算出自己的成绩。"什么？答案就在试卷上？那你们一定都能考 100 分了？"这恐怕不光是作者的惊问，也是我们许多人的惊问。雷默却不以为然地说："不会的，没有人去抄试卷背后的答案。"作者又反问："答案附在试卷后，不就是让你们抄的吗？"雷默立即解释道："不！不！我们严格按照考试规定，前两个小时只做题，之后的 10 分钟对照答案，无论对错，都不能涂改答案。"

雷默告诉作者，芬兰的公务员考试有时会在考卷背面附上答案,此举是为方便考生当场评估自己的分数,发现自己的错处,如果发现考砸了,考完后就要马上自觉补习、补考,直到合格为止。作者在文章中感叹——多年来,芬兰公务员的廉洁自律闻名世界,在一些评比中一直名列前茅。他们诚实守信,拒绝通过不合规则的手段达到目的。面对试卷背面的答案,雷默这样的公务员,真是"傻"得可敬、可爱!

读后掩卷,冥想着背面有答案的试卷。不知怎么,我耳边回响的,是经历的大考小考各种考试考前广播中的严厉说明——考试时监考如临大敌充满警惕和不信任的眼睛——考场内安设的各类防范的科技手段——有位朋友曾绘声绘色地向我描绘过一辆具有高精尖科技含量的先进的无线电监测车,据说此车让作弊高手闻风而逃,让诸多作弊手段"见光死"。恍然间,我设想着,将这张背面有答案的试卷送到考试专家面前品评,会有什么样的事情发生?

诚然,在最人性化的自律规则尚未得到很好的建立之前,严格的纪律是必需的——因为良好的自律规则正是建立在惨痛教训中制定的铁一般法则之上。只有铁一般的法则收到满意的普遍的施行效果,人性化良好的自律规则才会像试卷后的答案一样美丽地出现。

又想起友人告诉我的一件德国人的"傻"事:空无一人的午夜街头,有德国人在红灯前"傻瓜"一样地停着车,静静地等待它变成通行的标志。傻不傻啊?真傻!路上没人没车更没警察,一脚油门就过去的事,却为这一个红灯空等街头。可是再看看我们街路上飞驰车轮下喷洒的无辜鲜血,一个"傻"字,真的还能说出口?这"傻瓜"的行为中,彰显的不是人类理性的光辉吗?

完善规则,人人自律,试卷背后的答案即寻常事。

昨夜梦中,又回当年高考——寂静的考场中,我和同学们都在认真地答卷。离收卷还有10分钟时,我们不约而同停止答题,把笔收好放起来,然后翻过考卷的背面,开始默默地对着答案。我发现自己答得尚可,与平时的成绩相比没有太大波动,但在某些方面仍有疏忽和错误。我在心中默默地记下了这些失误,默默地告诉自己:"我知道了,以后不可以再错哦。"考场中安静如仪,没有一个人想到要把试卷再翻过去重新拿起笔悄悄做些不可告人的什么……和同学们走在考试之后轻松的路上,大家纷纷报上各自的成绩:有的考得好,有的考得不理想。 一位同学惋惜地敲打着自己的头:"有个错误真的不可原谅!下次绝不可以!"我安慰她:"不错不错,已经很好了,你还想一百分啊!"一路笑语,愉快非常。

试卷背面的答案很美。我很想把它构思成一幅画表现出来,我衷心地希望人们看到这幅画时目光如常,不再惊疑,不再叹息,因为身边这样的事已像一抓盈手的空气一样稀松平常。我在想,让它成为一幅毫不令人惊讶的平常之作,并且这样的画面越来越多甚至普通得让人视而不见的这个过程,会有多长?

这,应该是个动人的答案。

我很想参加一次试卷背面有答案的考试,哪怕这次考试我的成绩很羞愧地没有及格。因为,试卷背面的答案真的很美。

乌镇无语

　　长篙轻点，渡舫轻移，雾霭未尽的前方蒙纱半掩的景色渐行渐近……这就是传说中唐代银杏宛在、六朝遗胜尚存的中国历史文化名镇乌镇吗？这就是国家 5A 级旅游景区、名列联合国文化遗产预备清单的乌镇吗？问长篙，长篙笑点安渡坊绿波倒影；问船工，船工遥指眼前"蜃楼海市"——前方静谧的，就是梦中水乡。

　　在历时四载封闭磨砺、投资数亿打造的乌镇西栅景区即将开放前，我走进了乌镇二期工程的无限之静中。西栅景区毗邻古老的京杭大运河畔，入口颇具匠心——一道水路为门，从外必凭船进入，游人隔水相望未入之时，脑海中的图像最为丰富而旖旎。

　　在渡船之上得悉：街区内的名胜古迹、手工作坊、经典展馆、宗教建筑、民俗风情、休闲场所鳞次栉比，自然风光美不胜收，泛光夜景异彩迷人。景区开放后里面还将设有各类风格的民居特色客房和各种档次的度假酒店，多家设施齐全的会议中心和商务会馆;游客服务中心、观光车、观光船、水上巴士、直饮水、天然气、宽带网络、卫星电视、电子巡更、泛光照明、星级厕所和智能化旅游停车场等配套设施一应俱全。一时间，心目中古色古香的乌镇和介绍中浓郁逼人的现代气息旋移交错，两幅相距千年穿越时光的图片在我的眼前争相聚焦曝光。

弃舟登岸，走进乌镇 1300 年的历史、1300 年的风光、1300 年的生活、1300 年的缤纷灿烂之中……一时间，我惊诧于乌镇这广袤无垠逼入人心的"静"了！此时西栅景区由于居民尚未回迁，并未正式开放，呈现在眼前的是难得一见的"无人的乌镇"，是一座巨大静态的民俗博物馆。

和着 1300 年历史的心跳行走在岁月磨砺的石板路上，乌镇无语。我小心地迈出一步一步，似在丈量时光的短长。空无一人的街巷默然肃立，两侧风格明晰的民居建筑保存完好，梁、柱、门、窗上的木雕和石雕等精湛工艺宛如立体的书卷，记录着远古的声音。据说此地属于河流冲积平原，沼多淤积土，地脉隆起高于四旷，且色深而肥沃，故而得名乌镇。那么，这肥美的黑土和无波的碧水就是当地人安身立命的根基。有人说，光阴飞逝转眼韶华就可以变斑白，不过到了乌镇，时间就仿佛暂停了。此话不错，乌镇确实给人以定格凝固时光重现之感。从 1000 多年前的梁昭明太子，到这个小镇曾出过的 64 名进士、161 名举人，茅盾、沈泽民、严独鹤等名人更是为小镇增添了几分显赫声威。镇东的立志书院即茅盾少年时读书处，茅盾的田野三部曲《春蚕》《秋收》《残冬》中处处都有家乡的影子。据说茅盾先生在新中国成立后，曾回过两次乌镇，一次是在经济困难时期，他听人说家乡吃不上饭。为了解实际情况，他到镇上找到一户人家，请那家人做点饭，才发现那户人家真的没有粮食，不禁十分难过。是乌镇哺育了这位中国文学巨匠，而茅盾又使乌镇的文化积淀有了新的内涵。如今，乌镇已成为中国文学最高奖"茅盾文学奖"的永久颁奖地，面对今日声名远播、美丽富庶的乌镇，看到当年亲手种下的棕榈树枝繁叶茂，茅盾先生应感笑慰了。

漫步 1300 年的风光长廊掀动百年的窗棂，乌镇无语。抚壁四望，偶尔还可看到泛黄的春联残留在墙上，留下依稀可辨的字样。窗下水波无声，流淌的是岁月无情淡淡的忧伤。这里的四条老街呈"十"字交叉，构成双棋盘式河街平行、水陆相邻的古镇格局。民居宅屋傍河而筑，辅以河上石桥，小桥、流水、人家的风韵感觉玲珑剔透。还有修真观戏台、梁苑胜迹、唐代银杏、汇源当铺、访庐阁、皮影戏、翰林第、余榴梁钱币馆、木雕馆、蓝印花布染坊、公生糟坊、乌镇民俗风情馆、江南百床馆、传统作坊区、香山堂、逢源双桥（通济桥、仁济桥）的双桥风情等精致入微的胜景。倚在街边烟雨长廊的美人靠上，是否会有对滚滚红尘中竟有如此驻留时光的所在而生发的叹息呢？把玩窗外伸手可及的绿水，伴着咿咿呀呀的橹声和轻吟低唱的水声入梦，又会是如何的感觉呢？或许清晨推窗之际，不经意间的落物，会打中窗外行色匆匆的人吧？

品味这 1300 年至今古风犹存的生活咀嚼如玉的杭白菊，乌镇无语。有人说经过千年洗练，乌镇有着一种从容不迫的淡定，古老与沧桑是它的基调，青石板、小石桥、水上船、马头墙、老房子、古街市，都在用黑与白的方式表白和展现着这里的悠悠岁月，在这里，多少岁月都会被轻描淡写——不管人事如何变迁。诚然，"家家面水，户户枕河"的水乡生活带给人的是心灵的明静和精神的清爽吧！开门见桥，推窗凭河，高耸的白莲古塔和文昌阁飞檐翘角，流光溢彩，古朴的民风使得富贵也添温婉，贫寒更兼优雅。

入夜，走进 1300 年湖光灯影更显梦幻迷离的缤纷，乌镇无语。洗去骄阳的铅华，银白的月光中水乡更具水色。大红灯笼的点映下，天上银河降落波底，枝条拂过，娇羞不胜，风姿绰约。白天的街景此时半遮半掩，若隐若现，如梦如幻。此时走在起伏不平的石板路上，感到的是莫名的沉稳与淡定，似行走在秋日温暖丰厚的落叶之上，令人不禁放慢脚步，突发奇想的是会不会踩上哪块被千年前游历于此的古人踏松的石板，颇有伏地倾听穿越千年震撼心灵远古回声的渴望。

据介绍，乌镇西栅街区真正呈现了原汁原味的江南水乡古镇历史风貌。乌镇一、二期景区最大的区别在于，一期是个与其他古镇类似的"观光型"景区，而二期则是一个中国罕有的"观光加休闲体验型"古镇景区，它使得古镇不再仅仅是一个"活化石""博物馆"，而是将历史、文化、自然、环境、人文有机融合，使这里成为一块远离尘嚣的安谧绿洲。

古老的乌镇里走着现代的我们——现代的我们欣赏着古老乌镇优雅怡人的古色古香，古老的乌镇守望着超越时空的遥远，文明并大度地接纳着新鲜的现代元素，与繁华都市隔水相望。

乌镇无语。或许她永远也不必说些什么，自有流淌千年的碧水，随京杭大运河蜿蜒东去，默默长流。

西塘记忆

　　长年生小水为家，北港南庄任我划。负筥墩边寻茜草，携樽溇里赏荷花。

　　这是素妆淡抹的西塘，这是清怡平和的西塘，这是静谧安详的西塘，这是停留在古老照片中、凝固在遥远记忆里的西塘。

　　看惯了关东长白远古洪荒的苍凉，听熟了松江浪波滔滔翻卷的吟唱，走进江南婉约的小桥流水，就如同听罢高歌的唢呐，耳边又萦绕起细语的古筝。徜徉在小山醉雪、曲槛回风、盆沼游鱼、古树啼禽、疏帘花影、中堂皓月、西园晚翠、邻圃来青等怡人八景的林林总总，那"小园香径独徘徊"的感觉使我的心情无比的恬静与放松。

　　位于浙江省嘉兴市嘉善县的古镇西塘是一座已有千年历史文化的古镇。早在春秋战国时期就是吴越两国的相交之地，故有"吴根越角"和"越角人家"之称。漫步西塘，走过那随处皆是蜿蜒曲折长长的宅弄，如同穿越历史时空的隧道——小山曲槛、草阁微香的西园；弯弯依水、宛若思绪的长廊；清香飘溢、雌雄相望的陆坟银杏；纤巧玲珑、造型别致的五福桥、送子来凤桥、环秀桥、狮子桥以及安境桥、永宁桥；舷为弦、桨为弓、轻吟浅唱的水乡船；悦耳如金、图案睿智的檐头瓦当；俏丽多姿、优雅怡人的西塘杜鹃……

人说西塘是活着的千年古镇，这个"活"字，即是她千年的沿革变迁、千年的生生不息。西塘似乎不适合非常明媚的骄阳，薄雨薄雾的从容之中更显梦幻迷离的缤纷。西塘与其他水乡古镇最大的不同在于古镇中临河的街道都有廊棚，总长近千米，在西塘游弋，雨天不淋雨，晴天太阳也晒不到。日暮时分，洗去骄阳铅华，月色中水乡更具水色。

如果说西塘是一幅画，那么，她是一张浅墨淡扫的水粉画，画的主题是"静谧"。如洗的水面不起一丝波纹，烟雨长廊寂静无声千年守望，木架楼门前总有一位或几位老人安坐在竹凳之上，任眼前风云变幻、人来车往，无论何时看去，老人们都神情淡然，坐姿好似从无变化，几乎做成了一张茶色的古老照片，似乎千年以后再来寻访，他们也将不动分毫。声与影的定格中，只有一叶小舟呀呀划过，略略惊动了这凝固的静。

如果说西塘是一首诗，那么，她是一段平和精致的散文诗，诗的曲调是"低吟"。没有惊涛骇浪、没有波澜壮阔、没有金戈铁马，有的只是化风云于无形、视万物于乌有的自若——任凭风吹浪打，我自闲庭信步。西塘至今仍然保留的古宅旧居，宅深弄长，正所谓"雨天不湿鞋，照样走人家"，风雨中诗意盎然。小桥流水的民风十分古朴，当你看到临河人家用墩布认真地擦洗行人熙熙攘攘的长廊地面时，你是否为这美好的民风额首感叹呢？

如果说西塘是一首歌，那么，她是一曲悠扬萦回的慢板，歌的节奏是"舒缓"。任时光匆匆流过，任红尘滚滚狼烟，西塘凝眸守望，容颜不改。正如宋代人为西塘的小桥所取的名字那样：安仁、安善、五福、永宁、清宁……清代建造的则名为渡禅……这些石拱古桥多为单孔或三孔石柱木桥梁，是中国古代石孔桥重要遗产，至今仍保护完整。在舒缓的慢板中漫步于精致的小桥流水，什么忧烦的心境不能豁然平和呢？

如果说西塘是一杯茶，那么，她是一叶凝碧清澈的碧螺春，茶的品格是"淡雅"。看天下名镇声名鹊起、尘嚣日上，任世间古城千变万化、纵横远播，西塘淡然相对，独守田园，流年似水间杜鹃依然朴素大方含笑红遍。这时我不禁想起了西塘原本的雅致别名：斜塘——怪道江南女子身材窈窕，生活在以"桥""廊""弄""阁"而闻名、有着弄堂122条，且一般宽度只约2米的西塘，香车宝马无法招摇过市，只宜百姓人家姗姗步行。最著名的当数建于明末清初年间的下西街石皮弄，该弄全长68米，由166块条石铺成，最窄的地方只有0.8米。所以此地莫说女子，男子恐怕也只能锻炼好身材，否则怎样穿行？两人相遇之时，苗条者也需礼让三分，擦肩而过，这着实是一个锻炼人恬淡性格、培养人谦逊有礼的好所在啊！

如果说西塘是一位美人，那么，她是一个淡淡妆、天然样的民间女子，她的名字是"无名"。荆钗布裙不掩其风华绝代，如水的眼波相隔千年顾盼仍自生辉。面对世人皆问为何物的爱情，她不会拨动指尖痴迷地数着一天两天凡尘的数字，亘古千年之前与世纪轮回千载以后，她仍会芙蓉出水、拈花微嗔，细语风回浪卷间地波澜不惊。外面的花花世界时时侵袭着这里的宁静，然而西塘以不动声色的坦然应对着岁月历史的无情。

有人说走进西塘是为了遗忘，我却觉得走进西塘是为了记忆。在这只屋片瓦皆可入画的水乡，留有最古老也最崭新的记忆——长长古弄的尽头，记忆的是历史的回声和叹息，以美好的词汇"安""宁"命名的座座桥梁，记忆的是古往今来的风流人物乃至匆匆过客；绚丽夺目的西塘杜鹃，记忆的是从容不迫底片上点点火红与灿烂的晕染。

西塘是生活着的千年古镇：西塘不死，记忆深长。

（本文 2007 年获第十七届中国新闻奖铜奖）

架上有书不为贫

　　与书相伴多年，看过、听过、读过不知多少有关读书的名言警句，也为许多名家名著中有关读书的话语感动过、沉思过、叹息过，那些墨香四溢的话语温润美好、历久弥香。但我铭记最深的一句，却非由名人所言，也非由名著所录，而是一位满手老茧的老农民对我说的——他说："架上有书不为贫。"

　　我之所以对这句话刻骨铭心，是因为说这句话的彼时彼地——话音所落之际，我就和这位老农民站在他引以为傲的书房里。他是一位地地道道的农民，当时家里有几间普普通通的砖瓦房，他专门辟出一间作为书房。书房很简陋，藏书并不丰富，有的书甚至残旧不全，但这间书房带给我的感动，却不亚于我所去过的任何一个名人大家或浩瀚炫目、或富丽堂皇、或雅气袭人、或幽深静谧的书房。

　　这位老农民是吉林省非物质文化遗产传承人，央视《艺术人生》栏目曾专门采访过他。朱军看到他的剪纸作品后，在现场把他的手高举起来激动地说："你们能相信这些精美的剪纸是这双长满老茧，还有残缺的手剪出来的吗？"可观众只看到了电视节目，不知道它的背后还有故事。节目录完后，隔两天还要录一个节目，让他在北京住两天，老农民急了，对编导说："那可不行，我还得回去收割呢！"弄得编导无可奈何。最后他到底还是赶回家下地干了两天农活，然后又重返北京录的节目。每想到此，我总觉得书香和稻麦香、野花香、黑土香柔和地弥漫在了一起。

读书是人类最美好的事情，书卷气则是人类最美好的气质。

曾有人云读书是"生命的美容"，书卷气自有一种迷人的优雅，因为那是饱读诗书后浸润而成的高雅温润的气质和风度。书香袭人，浊俗可化清雅，奢华可转简淡，偏执可变开阔，尖锐可现柔和。一部经典，半杯香茗，足以富可敌国，贵比王侯。

书中自有物华天宝，从中可以穿越时光与空间，笔接唐诗宋词，墨盈司马史记，与月联句、与星答和、与历史对话。

书中自有金戈铁马，一卷在手，谁说不是掌控百万雄兵、摆文布阵，一支管毫通透古今？

书中自有柔情万种，胡笳发声十八叹，一把雪芹泪淋湿红楼滴不尽笔秃墨干写石头。

书中自有盈天正气，满腔水与火交集的豪情会在书页中冲天贯顶，直达心底！

博学、谦逊、高雅、悲悯情怀这些美好的词汇，哪个不与读书紧紧相连？

我特别喜欢有人说过的这样一句话：唯书有色，艳于西子；唯文有华，秀于百卉。

更喜欢这句话：书卷气不可自封，有麝自然香，何必当风立？

温暖柔软说大白

如果有一部电影片名叫作《超能陆战队》，那么仅就片名而言我是少有兴趣走进电影院的——第一时间想法就是，这不是一部百战不死、上天入地、气势宏大的美国式英雄片，就是一部千篇一律、多维超能、奇异烧脑的科幻片。之所以也捧着爆米花混迹于一群少男少女之中走进了电影厅，皆因朋友的竭力推荐："《超能陆战队》中有一个非常动人的形象，你一定会喜欢，你还会愿意把它画到你的画里的。"于是，一个白白的、胖胖的、呆呆的、萌萌的大白，便暖暖地、软软地撞进了我的心里。

大白是影片主人公小宏的哥哥泰迪专门为保证人类健康而创造的一个机器人。与以往所有机器人的概念全然不同的是，大白没有坚固的钢铁铠甲，没有惊天动地的本领，不会帮助主人拯救人类拯救地球，设计者的想法就是让你感觉像触碰到一个甜蜜蜜热乎乎的棉花糖。这个白白软软充气的"气球人"亮相的温柔第一声是："你好，我叫大白，我是你的健康顾问。"小宏甚至于要把它塞回箱子。

大白拒绝做一切具有破坏性伤害性的事情。在敌人追赶的紧急情况下，小宏说："大白能搞定！"大白却理直气壮地一边嘟囔："我搞不定！"一边迈动两条粗短的小腿与小宏一起惊慌奔逃。当小宏被仇恨烧红了眼睛，为大白温暖柔软的躯体装上金属铠甲时，大白伤心地嘀咕："这与我保证人类健康的设计初衷不符，你会破坏我可爱形象的！"大白不仅随时关注主人的健康，还能自救：逃跑途中它身体磨损四处漏气，脱险后它在警察局边回答问题，边若无其事地拽过警察桌上的胶带自我修补身上"滋滋"漏气的破洞。大白是多么诚实哦，在电量不足、发音明显变调的情况下，还不忘向长辈汇报小宏在外面的"淘气"表现："我们爬进了窗户……"同样，也是这个胖胖的"气球人"，在已被小宏推离险境时，神奇地将胖大的身躯塞进小窗紧紧抱住小宏，破窗而出跳下高楼化身为巨大的气垫；在汽车于激战中跌落水中时，它神气地化身为柔软的橡皮艇浮出水面，承载着"超能陆战队"全体成员驶向安全的岸边；当小宏浑身湿冷颤抖不已时，它充气的体内迅速放电，又化身为庞大的"电热宝"，似一个升起希望的大灯笼，用柔软的怀抱拥抱着小宏和他的朋友们……"超能陆战队"队员们四肢摊开纷纷趴在大白温暖的怀抱里、臂弯中、后背上……大家都喃喃道：真是一个好机器人哦！

《超能陆战队》根据漫威同名漫画改编，是迪士尼与漫威联合出品的第一部动画电影，也是迪士尼曾制作《魔发奇缘》《无敌破坏王》《冰雪奇缘》原班人马的最新力作，该片获得了第72届金球奖最佳动画电影奖。故事取材于自1998年开始连载的以日本为背景的动作科幻类漫画，由唐·霍尔及克里斯·威廉姆斯联袂执导。漫威灵魂人物斯坦·李曾动情地表示：我小时候，迪士尼是我的神！能与迪士尼一起制作动画电影，想到这一切来源于我们创造的漫威漫画，我无比激动，我的眼睛都湿润了……

　　我真的把大白画进了我的画里。随着《超能陆战队》人物设计总监金进"三分钟教你画大白"的讲解，我一笔一笔地画起了大白——大白是一个设计非常简单的角色。但对设计总监金进来说，它又是一个特别有力量的形象。金进认为，越简约的角色越难画，而且越简约越能展现其有力的特质。大白是一个可充气的机器人，看上去像一个巨大的气球，但就是在这个柔软的气球里却藏着复杂的机器，除非有强烈的光照，否则肉眼是看不到的。除了一个地方之外，大白全身几乎都没有棱角，那么它有棱角的唯一部分在哪里呢？就是它前胸的一个卡槽：大白的电脑芯片要卡进这个槽里，这是它全身唯一需要方方正正直直的地方，除此之外，大白的线条皆为圆润柔和的曲线。大白的头是椭圆形的，但不是一般的椭圆形，在下巴的部分会更宽一些。它的两只眼睛由一条细线连接构成最简单线条的嘴巴：想想呵，当你嘴角上翘，嘴巴索性化为一条细线与两只眼睛直接相连翘到极限，这时想不笑都难哦！两只圆圆的眼睛虽然设计简单到了极致，但大白却能用眼睛表达出诸多情结。它的躯干是梨形的，当中有一条缝合线。手臂又大又软，抱起来很舒服、很可爱，非常符合"甜蜜蜜热乎乎的棉花糖"的主旨感觉要求。让人一看到这样的大白，就会有很想要抱抱它的欲望。不过画到这里，我停了一下，我理解设计者为什么要把大白的两条小腿设计得那么短了：大白本就不是驰骋沙场的超级英雄，它不需要两条钢筋铁骨的强壮大腿，那样它就不是大白了。不过这两条胖胖的小短腿对大白的移动影响很大，以致它走路的姿态很独特，摇摇摆摆像一只巨型企鹅，所以它可以理所当然地在遭遇强敌时，一边挪着慢吞吞的小步一边慢条斯理地说："我跑不快！"

整个造型勾勒完毕后，再加上一点阴影，大白的形象就勾画完成了。

画完大白，脑海中浮想的是大白拼尽体内最后一点点气，奋力将小宏推回地球自己却将要飘落未知前问询的那句话，也是大白最常询问的习惯语："您对我的服务满意吗？"我想，人们的回答应该会和洒泪与大白告别的小宏所说的一样："我对你的服务非常满意。"

子教"三娘"

"闭上眼睛，你躺在地毯似的草地上，一条瀑布长长地、亮亮地流下来。你把长发浸在水里，好舒服呵！这时，来了一群小动物，有小兔子、小羊、小龙、小鹿、小老虎……它们从来就没有见过人，也不知道什么是人。它们好奇地看着你，你也好奇地看着它们……再闭上眼睛，你躺在一个软软的恐龙蛋壳里，慈母龙守护着你，你无忧无虑，蛋壳像摇篮，摇啊摇啊……"

上小学的儿子阳阳一下一下有规律地捶着我的腰，在我身边轻轻"催眠"。催了半晌，他扁着嘴，委屈地说："妈妈，小催眠师睡不着。"哈，"催眠师"居然向被催眠者抱怨自己的睡眠！我们两人顿时精神无比，睡意全无，笑成一团。

阳阳是个性情平和、善良可爱的孩子。我们虽为母子，却常像姐弟般倾心交谈，津津有味地计较讨论彼此之间小得不能再小的小事。三娘教子的故事流传很广，但在我家，由于我的"宽容"与"放纵"，常常上演一幕幕的子教"三娘"。不过我倒真觉

我和我的太阳

得，在某些方面，孩子确实可以当我们这些所谓"大人"的老师。

一日，我翻看阳阳的作文本，有段话一下子吸引了我："当孩子打 100 分的时候，家长十分高兴，他们不知道 100 分也不一定完美；当孩子没打 100 分的时候，家长常用恐怖的现实来恐吓孩子，这似乎已成了惯例。我认为，孩子的自尊就像一个玻璃杯，放在桌子的边缘。合格的家长应该时常检查一下，并经常把它往桌子里边推一推，否则杯子掉到地下摔碎了，是无法还原的。"话说得好严重！我对丈夫说："看来咱们的责任重大了，还要时常往安全地带推一推这个珍贵的小'玻璃杯'呢。"

此事，让我认识到了孩子的自尊。

阳阳是个足球迷，什么英超、德甲、意甲……耳熟能详、喋喋不休。他的狂热经常遭到我的"打击"。因为球赛的转播时间往往很晚，故而他的看球要求常被拒绝。但在阳阳的日记中，我知道了他的一次"违纪"事件：

"今天是欧锦赛的决赛，可我被早早送上了床。我躺在床上，看着窗外的月亮，哦，我和月亮一样孤独呀！一会儿，爸爸妈妈回房睡了。我悄悄起床，来到阳台上。虽然很晚了，可还有一些人家亮着灯。我想，那一半是挑灯迎战高考的哥哥姐姐们，一半就是和我一样焦急等待的球迷吧！球赛下半夜才开始，我可千万别睡着，也千万别被爸爸妈妈发现，我真等不及了！"

事情的结局很有戏剧性：球赛还有 10 分钟就要开始，不幸的事情发生了——停电了。阳阳白白挨到下半夜，却是敢怒不敢言，只能肚子气得鼓鼓的。事后我叹息，那时，独坐黑暗中的儿子肯定比月亮还孤独。

从此，我再没有"打击"过阳阳对足球的热爱，甚至也陪他在电视前或陪他去球场，为我浑然不懂的足球傻傻地鼓掌、呐喊。在一个雨天，我们一家三口路过文化广场，正有一场足球比赛在泥水中踢得难分难解。我知道：阳阳的腿又挪不动了。于是，大雨中，场上队员和场边的我的阳阳都成了泥人。我与丈夫为儿子打着伞，静静地陪衬着这个灵动的场面。

此事，让我领略到了孩子的执着。

有一天早晨醒来，忽觉眼前有"万国旗"似的东西在飘动：床边墙上贴了一排大小不一的剪报。仔细一看这明显是阳阳的杰作，我不禁气得乐了：第一张是《要学会向孩子道歉》，第二张是《布什夫人的朗读家教》，第三张是《你的孩子不必完美》，第四张是《孩子的欲望》……

这分明是在给我备课吗！但仔细读下去，我却真的陷入沉思。是呵，正像这些剪报中说的那样，生活就像一场球赛，最好的球队也有丢分的记录，最差的球队也有辉煌的一天。其实，人真的不必完美，因此，我们不必苛责自己，也不必苛求我们的孩子。所以，我明白了，当我必须告诉我的孩子我在某些事情上做错了时，我不必担心他不再爱我，因为我会惊奇地发现，他会为我愿意承认自己的不完美而更爱我，比较起来，他们更希望和喜欢父母的诚实和正直。

美国著名儿科专家 B. 斯波克博士说过，家长威信的确立，并非他们的一贯正确，而是实事求是，严于律己，进而取信于孩子的结果。家长在孩子面前承认错误，或寻找机会与孩子理论自己的错误，实际是让孩子学会做人的准则。

此事，让我明白了孩子心目中父母的标准。

阳阳曾与我讨论过："你和爸爸的爸爸妈妈，就是像你们教育我这样教育你们的吧？现在人类都上天入地了，这个方法是不是也该改改了？"他还调皮地补充："那时候，爷爷的爷爷、祖先的祖先在天堂一定会高兴的。"

孩子是可爱的。他带给我们无穷的烦恼、无尽的欢乐，当小鸟离巢的时候，又带给我们无限的惆怅，无比的欣慰。孩子是父母的一面镜子，在他们身上，我们能深刻地看到自己。而我们的生命，也正是由于他们，才得以延续、生长……

（本文 2002 年获吉林省报纸副刊作品一等奖）

闲填三首

梅 花 引

梦里寻梅探春秋。只魂留？只影留？碎香心犹在，苦何缠枝头。临水舞风聚仙友，血既透，平静静，祭少游。

少游曾游可知否？两世瘦，三生愁。春也春也，春方好，君子箜篌。不倚琴香，夜半锁书楼。都道无人冷似我，弄寒雨，堆梅花，卸我愁。

浪 花 引

梦里踏浪渤海游。探袁帅，宁远否？身去雄魂在，督师背影瘦。一枝红艳破冰走，汇七星，邀一月，饮九州。

驰骋英气慷慨留。任千刀，天地透。秋也秋也，秋风至，钟鼓侍候。崇焕遗音，怀杯上层楼。访古兴城群英会，清明雨，祭浪花，再斟酒！

杏 花 引

　　梦里杏花汾河柔,竹叶否?白玉否?指尖韵尚余,点染胭脂扣。击节长歌凝尺素，揽山风，磨海砚，冲牛斗。

　　小杜曾醉写乡愁。两世醺，三生透。春矣春矣，春不到，玫瑰迎候。几缕乡音，飞上柳梢头。都道对影三人会，窗边雨，润杏花，还相守。

天 命 吟

　　五十可知天命？半百孜求真谛。受东北师大附中同学所托，为同窗相聚作词寄意。仿诗仙《蜀道难》作《天命吟》，愿学友温润祥和，岁月静好。犹似多年不识字，只余字中意：天命之年，平首看人间；回首不流连；万般有何难？

　　噫吁嚱，天之蓝哉！天命之年，平首看人间！银河洗华笔，小溪何茫然！洁雪不融自孑立，岂忍红尘痴缭烟。东当渤海有鹰路，可以横绝瀚江边。涛吼浪击谪仙寂，然后三生三世不牵连。上盈灵霄接神之高云，下游微鄙得意之小船。五十之年怎说半百，修得温润如玉般。华山不屑攀，一翅飘扬走天峦。瞰怜尘嚣食足孑，舒椅闲案不凭栏。一部红楼说好了，斩开藤丝天痛断。但留悲鸟绕古木，子规啼血染心艳。又见鸥翔展玄孝，忍与耽。天命之年，回首不流连，华章谱就世纪半。反弹琵琶敦煌曲，沧海桑田过眼烟。湍瀑岂解东海意，儿女绕膝似水年。人愚也如此，嗟尔鼠辈之人胡识乎其哉！没见凭窗生霜雪，一枝初发，万花飞来。官银纵接天，太虚扫平凡。朝沐日华，夕衔月环，不为清狂，实为弥坚。撩开薄云幕，青灯早归还。天命之年，万般有何难？首不一顾长咨嗟。

舞上青云，环佩其鸣

二　画　梅

铁凝：文学没有最好，只有更好

　　"对于吉林这块黑土地，我不看不听就已知道，一看一听，还是更觉震撼、更觉感叹——从飞机窗口向下看，一片浓重苍郁的绿色，东北的绿可谓绿得'结实'，用苍翠这个词已不足以形容。"在于长春召开的中国作协第七届主席团第六次会议上，谈到来吉林的观感，中国作协主席铁凝对我如是说。

　　祖籍河北赵县的铁凝 1957 年出生于北京，现任河北师范大学、上海大学、河北大学兼职教授，中国共产党第十六届、第十七届中央委员会候补委员，中国共产党第十三、十四、十五、十六、十七大代表。受画家父亲和声乐教授母亲的影响，铁凝从小就对文学情有独钟。1975 年高中毕业，她放弃留城、参军的机会，赴河北农村插队，去广阔天地间追寻自己的文学之梦。

　　在农村期间，铁凝创作了多篇短篇小说，字里行间充溢着清新的乡土气息。回到专业文学创作中后，她更是笔锋端丽、佳作迭出：短篇小说《灶火的故事》在《天津日报》发表并由《小说月报》转载，在文坛引起争鸣；《哦，香雪》获全国优秀短篇小说奖;第一部中篇小说《没有纽扣的红衬衫》在《十月》发表;《没有纽扣的红衬衫》和《六月的话题》分获第三届全国优秀中、短篇小说奖,根据《没有纽扣的红衬衫》改编的电影《红衣少女》获中国电影"金鸡奖""百花奖"最佳故事片奖;第一部长篇小说《玫瑰门》在作家出版社大型刊物《文学四季》创刊号以头条位置发表,次年由作家出版社出版;由《哦,香雪》改编成的同名电影获第41届柏林国际电影节青春片最高奖;中篇小说《对面》获得中国作家协会颁发的"庄重文文学奖";长篇小说《无雨之城》由春风文艺出版社出版,连续4个月位列上海、深圳、北京畅销书排行榜第一名,并被《女友》杂志评为"中国十佳作家";散文集《女人的白夜》获中国首届"鲁迅文学奖";长篇小说《大浴女》由春风文艺出版社出版;中篇小说《永远有多远》获第二届"鲁迅文学奖",同时亦获首届"老舍文学奖"、《十月》文学奖、《小说选刊》年度奖、《小说月报》百花奖,北京市文学创作奖等;2005年年底,铁凝推出了又一部力作——长篇小说《笨花》,这部近45万字的小说由人民文学出版社推出,首印数即达到20万册。2006年11月12日,铁凝在中国作家协会第七届全委会第一次全体会议上当选中国作家协会第七届全委会主席,成为中国作协主席,接替已故作家巴金先生。

铁凝以她女性优雅的气质和独具的风格使中国文坛进入了一个不同以往的历史阶段。

提到长篇小说《笨花》,铁凝表示,这部作品与她以往作品最大的不同之处就是在题材和时间跨度上:该书的背景是中国近代史上近半个世纪的"乱世"。这部作品对铁凝来说既是挑战也是考验——它一改铁凝以往作品中关注女性、专注个人情感世界、着力刻画女性的生活及心理轨迹的基调，截取了清末"民国"初至 20 世纪 40 年代中期近五十年的历史断面，以冀中平原一个小乡村的生活为蓝本，将中国那段变幻莫测、难以把握的历史巧妙地融于"凡人凡事"之中。此部长篇中刻画的人物即有 90 多位，且以男性居多。作品中，读者看到铁凝的用笔更着重挥写主人公生活的逸趣、人情当中的大美、世俗烟火当中精神的空间以及乡村的智慧。还有一群凡人看似松散的、非常平凡的劳作和日常生活当中人们内心的道德秩序。高远的视角和细腻的女性手笔使得这部长篇小说成为当代文坛一部难得的精品。

作为中国作协主席，同时又是一位成名很早的作家，铁凝对当代年轻作家所处的开放宽松和谐的创作环境非常羡慕。她认为，现在的年轻作家起步高、知识储备丰富。年轻人是追求自我，追求个性解放的群体。她用了六个字来形容年轻作家给文坛带来的风尚——动感、色彩、活力。她表示，每代人都有每代人的心事，不同年龄的人关注点不同，但一直不变的是从内心生发地对文学真正的敬意和情感。关键是要在文学之路上行走到一定阶段时反思自省，使思想及创作都产生蜕变乃至升华，这样才能超越自己，进入一个更新更高的境界。

谈到吉林这块沃土，铁凝告诉我，她已是第三次来吉林。第一次来长春签名售书，铁凝就领略了吉林读者对文学非凡的热情和待人的诚恳。第二次登上长白山天池，巍巍长白那绝美的雄姿独特的气质更令她怀想慨叹。铁凝深情地说："看到长白山壮丽的景色，我可以自信地说，长白山绝不逊色于世界上任何一个美丽的地方，在某种意义上，它绝对可以称之为'最'。长白山脉、关东平原，能让人神安气爽、颐养神情，是能够激发人想象力的好地方。"

当年那个追赶寻文学之梦的"红衣少女"已成为当今中国文坛的领军人物，她对文学的情感依然深远如昔。因为她深知扎根文学的殿堂需要韧性和坚守，需要品格的提升和精神的超越，需要永久保持一种优雅的风姿和高尚的文学状态。

所以，铁凝告诉人们："文学没有最好，只有更好。"

我和中国作家协会主席铁凝

陈忠实：《白鹿原》，我可以把它枕在头下

北上长春参加中国作家协会第七届主席团第六次会议，中国作协副主席、陕西省作协名誉主席、著名作家陈忠实是坐了两天一夜的火车，来到吉林这块黑土地的。一路风景一路行，关东独特的风景与这位关中老者的满脸皱纹相互辉映着沧桑。随着他手中雪茄飘然而出一缕轻烟，东北印象也幻化而出："车窗外两边茂盛的庄稼地，满满的全是玉米和水稻，给人以浩瀚、震撼的感觉，真是天下粮仓啊！"

1942 年出生的陈忠实是陕西省西安市东郊灞桥区人。他的人生经历十分丰富多彩——曾历任西安郊区毛西公社蒋村小学教师，毛西公社农业中学教师及团支部书记、公社革委会副主任及党委副书记，西安市郊区文化馆副馆长，西安市灞桥区文化局副局长，桐城市文化馆副馆长，陕西作家协会副主席、主席。他还是中国共产党第十三、十四大代表，中共陕西省委第七、八届委员会候补委员，中国作家协会第五届委员。

陈忠实从 1965 年开始发表作品，浓郁的关中气息一直伴随

我和著名作家陈忠实

着他的笔端——短篇小说集《乡村》《到老白杨树背后去》，中
篇小说集《初夏》，《四妹子》，《陈忠实小说自选集》（3卷），《陈
忠实文集》（5卷），散文集《告别白鸽》等，每部作品都带给读
者厚重、淳朴之感，深受读者喜爱。他的短篇小说《信任》获
1979年全国优秀短篇小说奖，《立身篇》获1980年《飞天》文学
奖，中篇小说《康家小院》获上海首届《小说界》文学奖，《初
夏》获1984年《当代》文学奖，《十八岁的哥哥》获1985年《长
城》文学奖，报告文学《渭北高原，关于一个人的记忆》获全国
1990年—1991年报告文学奖。1993年，他的长篇小说《白鹿原》
轰动文坛，该作品集家族史民族史于一体，以厚重的历史感和
复杂的人物形象在同类作品中脱颖而出，成为当代文坛不可多
得的杰作之一。《白鹿原》也因此连获1993年陕西双五文学奖、
1996年人民文学出版社炎黄杯文学奖、第四届茅盾文学奖。

　　陈忠实告诉我，他上一次来吉林省还是在十年前，长白山
是他心中一幅抹不去的画卷。为此，他曾专门撰文赞颂长白之美：
"长白山植被特别好，置身林海间，看那绿色波涛翻涌，脸上吹
拂着独特的山风，那感觉真是太好太美太妙了。"从八百里秦川
来到东北大平原，陈忠实注意到关东、关中共同的雄浑、粗犷
和质朴，这也体现在两地的农村题材创作上。因此，陈忠实对
黑土地上的乡野生活充满了兴趣，他感叹着对我说："有机会真
想深入到东北农村去，特别是朝鲜族聚居地，去仔细体会一下
他们别具一格的生活状态。"听我向他提起东北原生态文化、历
史久远的长白山森林号子、放山等关东习俗，陈忠实更加深了
这个意愿。

尽管近几年陈忠实更多地致力于短篇、散文创作，但在人们的记忆里，《白鹿原》永远像一块里程碑与陈忠实紧紧相连。作为一部"死后可以拿它当枕头"的长篇小说，《白鹿原》凝结了陈忠实太多的"精气神"、沉淀了他太多的情绪——"这本书我准备了两年，写作的过程有四年，前后加起来六年。当时已年近五十，心理上总有种压迫感，要写出这样一本书，不着急，慢慢写、好好写，把它写出来，我才能闭上眼睛。"如今，"枕头"出来了，陈忠实安心了。读者焦急地期待这部鸿篇巨制《白鹿原》能化为影像，但这部时间跨度极长、人物和情节众多、内容极为深刻的作品，改编成电影确有极大难度——"也许拍成电视剧是最好的选择。"陈忠实说。

陈忠实现在的生活以阅读和散文创作为两极，既不留意诸多"新新作家"的喧嚣风景，也不一味求新求变，张扬特质。陈忠实像他的作品一样厚重深沉、耐人回味："尽自己的能力，把想说的写清楚就是了。"说这话的他，也像一座厚积薄发的粮仓。

后记：2008 年 9 月上文发表后，我将遵嘱报纸寄给了陈忠实先生。他接到报纸后马上就将电话打了过来，电话中是轻柔温和的声音："谢谢哦，你把我写得太好了！"

记得当时会议主办方让陈忠实先生坐飞机来长春，但老人很少来东北，他执拗地一定要坐火车慢慢前来，他告诉我说，他要体会一下东北大平原那浩浩荡荡的感觉。我问他体会得如何，他感叹着说："东北大平原，吉林大粮仓，令人震撼啊！"

在我与陈忠实先生交谈时，有人拿了一本《白鹿原》请他签名，他认真地看了看后提笔一丝不苟地签上了名字，在把书递还时，才轻声提示那人："你这本《白鹿原》是盗版的。"那人面红耳赤地连连道歉，陈忠实却一再说："没有关系，你喜欢这本书就好。"我不禁心中暖暖——在生活与工作中遇到这样处处为他人着想的忠厚长者，实为福矣。

陈忠实于 2016 年 4 月 29 日因病在西安去世。这时，我想到了他曾对我说过的一句话:"《白鹿原》，我是可以带到棺材里，枕在头下的。"

这是我所领略的、美好动人的文坛大家风范。

"中国舞蹈艺术卓越贡献舞蹈家"崔善玉：灵魂的舞者

　　舞韵悠扬，舞裙飘飞。在庆祝中华人民共和国成立 60 周年、纪念中国舞蹈家协会成立 60 周年大会上，中国舞蹈家协会在北京人民大会堂隆重颁奖。著名舞蹈家崔善玉与赵青、陈爱莲等，荣获了"中国舞蹈艺术卓越贡献舞蹈家"光荣称号。这些当代杰出的老一辈舞蹈艺术家久负盛名，其独具的表演风格和艺术魅力，生动描绘出新中国舞蹈艺术发展的轨迹，集中展现着 21 世纪中国舞蹈家所取得的辉煌成就。

　　捧着沉甸甸的荣誉奖牌回到长春，崔善玉来到了我的办公室——这位年迈的舞者美丽依然、风采依旧，舞蹈的精魂充溢久驻在她身心的每一个细胞……在与我的交谈中，她不时翩翩起舞，那气韵悠扬的一招一式、那动人心弦的旋律节奏、那激情饱满的转折起伏、那指尖眉梢的轻微点动无不牵引着我的视线。我不禁赞叹："大姐，您这样的舞，真的可以醉人呵！"

　　带着起舞的愉悦，崔善玉与我一次又一次谈起了她的艺术生涯。崔善玉 1937 年出生于吉林省延边和龙县一个朝鲜族农家，父亲参加过抗日战争和抗美援朝，家中只有母亲和她相依度日。日子苦，想爸爸，妈妈对她说："把对爸爸的思念唱出来跳出来吧。"那时的崔善玉穿着破麻布衣裙仍然翩翩起舞，她将所有的情感都倾注在舞蹈中。新中国成立后，她在学校中是当之无愧的优秀学生，享受政府一等奖学金，感受着党的温暖与关怀，是政府奖学金资助她完成了学业。她有着无比坚定的信念——没有共产党就没有新中国，没有共产党少数民族兄弟姐妹翻不了身，没有共产党就没有人民的幸福生活。

　　自 16 岁考入延边歌舞团，崔善玉便视舞蹈为生命，她的舞台生涯中充满了鲜花和掌声，并赢得了毛泽东、周恩来、刘少奇、金日成等中外领袖的赞誉。她创作演出的朝鲜族舞蹈《长鼓舞》《刀舞》《勇士的欢乐》《欢喜》《响板欢歌》已成为中国民族舞蹈的经典。除了表演朝鲜族舞蹈外，她还饰演过国内外 200 多个不同作品中的角色，并在神话舞剧《金斧子和银斧子》中担纲主要角色。她美丽动人的舞姿早在 20 世纪 50 年代就获得了国内外观众和专家的一致赞赏。"长鼓一响遍城乡，响彻五洲动四方，婀娜多姿添神韵，赞语伴着美名扬。"这是香港《大公报》对崔善玉舞蹈的赞美诗。

　　崔善玉曾任中国舞蹈家协会副主席，如今被中国舞蹈家协会聘为艺术顾问，她还是全国政协委员、中国编导学会学术委员。可以说，崔善玉的名字是与当代中国舞蹈的发展历史紧密相连的，她的舞蹈代表着当代中国朝鲜族的舞蹈系统。

　　崔善玉多次幸福地和我回味半个多世纪前难忘的时刻：那是 1959 年 9 月 30 日晚，在新落成的北京人民大会堂，只有 21

岁的崔善玉参加庆祝新中国成立十周年演出。看到党和国家领导人及外国首脑相继入场，她激动得心都快蹦出来了！延边歌舞团的《顶水舞》赢得了热烈掌声，崔善玉将喜悦和幸福融入每个舞姿和一颦一笑之中。回到后台正要换装时，突然得到通知说《顶水舞》再跳一遍。原来毛主席来晚了，没看到这个节目，周总理特地安排她们再演一次。姑娘们高兴极了！次日晚上的北京民族饭店，又一个巨大的幸福来临——中央领导与文艺界主要演员联欢，几位年轻演员十分拘谨，忽然周总理向她们走来，指着崔善玉说："我要同朝鲜族姑娘跳舞。"当时崔善玉慌得不知道是怎么上场的，只觉得全场人都在羡慕地看着自己。心儿乱跳的她已听不准节拍，一下踩上了总理的脚，她脸红红地呢喃解释："赶不趟呵。"总理爽朗地笑了："应该说不赶趟。"他拉住崔善玉的手，亲切地说："没关系，别紧张。朝鲜族姑娘舞跳得好。你一要跳好舞，二要学好汉语。"一曲舞罢，许多人争相与崔善玉握手："我们也与周总理握手了。"全场顿时一片欢笑。从此，在对周总理不尽的思念中，崔善玉始终不忘总理的教导，认真学习汉语，从未放弃对艺术的追求。

曾有专家评论，通过崔善玉的舞蹈，可以让人感受到中国朝鲜族民众富于浪漫激情的内心世界，体会他们与生俱来的艺术天分和艺术品质。其激情四射的表演让舞台变得窄小，那热情奔放的舞风已经融入了与人类共享的艺术天堂。在舞蹈界一提崔善玉，必与她擅长的《长鼓舞》联系起来，这个舞蹈已成为她的不朽之作——该舞蹈运用了民间原有的打击乐，以它特殊的击打方式展现出既刚劲又优美的舞蹈形象，将中国朝鲜族妇女庆贺丰收的喜悦心情演绎得惟妙惟肖，伴随着优美的乐曲，舞者全身的关节、肌肉都在有节奏地抖动，每一组动作都在旋律中表现得酣畅淋漓。

崔善玉不仅是一位表演艺术家，还是一位集表演与创作于一身、在理论上有造诣的舞蹈理论家。她先后发表了多篇学术论文，其中《独辟蹊径——民族民间舞蹈创新之我见》荣获第三届世界华人艺术评选活动国际优秀论文奖；《探讨世界朝鲜族舞蹈的共性和中国朝鲜族舞蹈的个性》一文则对朝鲜族舞蹈文化做了深入的研究；在中国艺术研究院主办的"世界东方人体国际研修大会"上，她获得了"国际学术顾问"证书。这些年来，她先后创作表演了几十部独具民族风格的剧（节）目。其代表作《勇士的欢乐》1986 年获吉林省政府第一届长白山文艺奖；1987 年，她编导的《长春春常在》春节文艺晚会在央视首届"星光奖"中获得一等奖；1988 年春节，她又献给观众一台《银龙狂舞》舞蹈晚会；1991 年，大型交响舞蹈《响板欢歌》在加拿大国际民间艺术节上演出了 34 场，得到国际友人的极大好评；1995 年，她创作表演的《长鼓舞》参加"中国一代风流——金秋风韵"舞蹈晚会，获"水晶球"奖杯，并被列为中国当代 14 位最杰出的著名舞蹈家之一；1999 年，在泰国曼谷举办的第二届世界华人艺术大奖赛中，她表演的《长鼓舞》获得"国际特别荣誉金奖"，并因此享有"世界杰出华人艺术家"的荣誉称号，同年还获得了"世纪艺术金奖"。

台湾艺术大学教授李天民在听过崔善玉应邀赴台湾的讲学后，对她做出了这样的评价："我先后接待过数十个来访的舞蹈团，几乎都有'鼓'舞。但我观察研究崔善玉的舞式动作，她的步法流畅灵活，舞姿美妙，充满生命力，在娴熟的乐声中，她全身的关节肌肉充满了节奏感。这样优异的表现力当然令人乐于欣赏，并受教于学生。她获得国家一级编导及其他多项荣誉，是实至名归的成果。"

崔善玉告诉我，中国朝鲜族舞蹈是在中华大地上成长发展起来的，离开了东北这块黑土地是没有根基的，她需要在与汉族、满族及其他少数民族的共同建设和生活中重新建构自己。现在，年迈的崔善玉仍在舞蹈天地中飞旋起舞，并以扶持和教授年轻一代为己任。

回顾几十年舞台生涯，崔善玉说：舞蹈让我尝到过成功的喜悦与甘甜，也饱受过失落的酸楚和痛苦。正像一位专家所说，舞蹈作为一门艺术学科，它所显现的情感、意识、想象、节奏、动态、美感、技巧、诗境等，都不能离开人们的生活实践与艺术实践。对我来说，对舞蹈事业不倦的探索和追求才是永恒的。我们这些老一代艺术家身上仍有着无尽的艺术活力，为祖国、为社会，我们愿奉献毕生的一切。

"能文能舞崔善玉，攀登高峰真不易。牡丹花开长鼓响，功成名就舞世纪。痴迷舞业数十载，创作表演亮光彩。飞舞天涯传友谊，民舞飘香越四海。"这是我国当代著名舞蹈表演艺术家、舞蹈艺术编导家贾作光挥笔写就的《赞著名舞蹈家崔善玉》。贾作光曾感慨地说，崔善玉把舞蹈视为自己的生命，不惜为舞蹈贡献自己的一切。她是中国民族舞坛上独有个性、风格和艺术魅力的，能编、能演、能讲，具有丰富表演才能和教学才能的著名朝鲜族民族舞蹈艺术家。虽然几十年过去了，如今她仍然执着于舞蹈事业，人老心不老。我敬佩她持之以恒、坚持不懈、为舞蹈奉献一生的精神，这种精神是年轻舞人学习的好榜样。

"我很幸福，我一天也离不开舞蹈，我的生命在舞台。"这就是崔善玉，一位灵魂的舞者。

后记：在著名舞蹈家崔善玉大姐家中，珍藏着一张无比珍贵的请束，每每她邀我到家中，便小心地向我展示——一张极其普通的白纸上，油印着这样的字样：为庆祝中华人民共和国成立十周年，定于一九五九年九月三十日（星期三）下午七时至九时在人民大会堂宴会厅举行招待会，敬请光临。落款是六个光辉的名字：毛泽东、刘少奇、宋庆龄、董必武、朱德、周恩来。

崔善玉的人生是舞蹈表演、编导、理论探索三种角色的交织，她的名字与当代中国舞蹈的发展历史紧密相连，她的舞蹈代表着当代中国朝鲜族的舞蹈系统。她对我说得最多的就是：对舞蹈事业的探索和追求是永恒的。我一天也离不开舞蹈，我的生命在舞台。

几乎每次与大姐交谈，她都不时翩翩起舞，独有的舞姿无关四季却皆具春意，有时还把我也拉起来共舞。一次舞罢，大姐拿过我的本子，一笔一画认真地写下了这样一句话——没有共产党，就没有我的今天。

潘慎：奇字奇人

1956年，一位风华正茂的年轻人从复旦大学中文系毕业分配到中国科学院语言研究所工作。一次偶然的机会，他接触到了一种笔画清秀、结构细腻的文字——女书，他立刻就被这美丽如图画般的文字迷住了，从此便与女书结下了半个多世纪的不解之缘。

他，就是中国女书研究第一人、山西省原太原师院教授潘慎。机缘巧合，已80多岁高龄的潘慎先生和我聊起了他和女书的故事。

在戴着脚镣插秧的时候，
眼前依然闪动着女书那美丽的文字

潘慎是一位治学严谨、达观快乐的学者。他告诉我，他刚刚研究女书没两年，就被以"反动右派"罪名关进了监狱，一关就是近20年，美好的青春岁月就这样在劳改中度过了。虽然身陷囹圄，他对女书仍不能忘怀，但在狱中研究女书是不可能的，潘老风趣地说："那些年，女书会被当成特务密电码的。"于是，他只能在脑海中一一描摹那令他魂牵梦绕的图形，即使在戴着脚镣插秧的时候，他的眼前依然闪动着女书那美丽的文字。

1979 年，一纸通知摘去了潘慎"反动右派"的帽子，1987 年，山西《语文研究》终于刊登了他当年的女书研究心得，1991 年湖南省江永县召开国际女书学术研讨会，他终于和研究女书的学者们共聚一堂，开怀畅叙各自的研究成果。

女书是原始母系社会文化的吉光片羽

潘慎说：女书，又名妇女字、蚊形字、扇书，是世界上独一无二的传女不传男的妇女文字，它对绝大多数人来说是十分陌生的。它是仅流传在湖南省江永县上江圩一带妇女之间的一种奇特的文字，是当地妇女的专用文字，可以说是女性专有的文化——即在这个领域里，只有女性是"专家知识分子"，男人即使学富五车，在此种文字面前也是"文盲"，即使在一家之中也照样泾渭分明，做丈夫、儿子、女婿的在自己妻子、女儿、儿媳书写的文字面前只能是"睁眼瞎"。千百年来，湖南江永一带的妇女用这种"密码"读唱娱乐、记事、记史、诉说身世、互致信件、祭祀祈祷。

女书是中国文化园地中的一朵奇葩。由于它的奇特，使用范围又狭窄，知之者寥寥无几，在文字学研究领域几乎是一片空白。自 20 世纪 80 年代重新发掘，才逐渐受到了重视，形成了研究队伍。关于女书的起源和流传众说纷纭。潘慎经过半个世纪的探索，有了独到的见解。

潘慎认为，女书是甲骨文的母字，是母系社会文化的吉光片羽。他曾撰文疾书："谁说女人只会生孩子传宗接代，女书就是中国母系社会的文字，只是因为后来父系社会的崛起，女书成了父权思想的牺牲品，迫使女书走向地下、逐渐灭绝。"他更认为，女书比距今3000年的甲骨文还要古老——女书"同音借代""字无定形"，甲骨文也有这一特点，但甲骨文的"同音借代"比女书少，"字无定形"的异体字也比女书少。人们发现了甲骨文并对其有了一定的研究，但对更早的女书却所知无几。潘慎在研究中还发现，在仰韶文化、马桥文化、龙山文化等文化遗址出土的陶器或铭文中，都有女书的踪迹。

炉中烈火难熔性　手里银锄爱种痴

多年来，潘慎勤奋研究，先后著有《词律辞典》《诗经全注》《楚辞全注》等著作，并参与编著了《汉魏晋南北朝隋诗歌鉴赏辞典》《唐五代词鉴赏辞典》《明清词赏析文集》《古汉语语法辞典》《宋诗鉴赏辞典》《修辞古今谈》《中华隐语大全》《唐宋词精华分卷》《千家酬唱集》等。他的著作《词律辞典》曾获1988—1991年全国古籍优秀图书奖；1999年，他的女书书法在第二届"世界华人艺术大奖"评选中获得了国际荣誉金奖，并被授予"世界杰出华人艺术家"荣誉称号；同年，在第三届"世界华人艺术大会"香港大型艺术展上，他的女书书法《庆澳门回归》获得了特别金奖。在首届中国女书艺术展中，他被武汉大学中国女书研究中心、中南民族大学女书文化研究中心、湖北省档案馆授予特别金奖。

潘慎与女诗人秋枫合作，编著了《中华实用诗韵》一书，由吉林人民出版社出版发行，受到了诗界的广泛关注。现在，他又在进行第二本著作《中华词律词典》……

已是耄耋之年的潘慎有两个未了的心愿——一是收几个有志于研究女书的学生，将这一即将失传的文化传承下去；二是将他多年研究收集整理的女书文字出版面世，留给后人。虽然一生坎坷多磨难，但他仍痴心不改，用他自己的诗句来讲就是——炉中烈火难熔性，手里银锄爱种痴。

后记：与女书研究第一人、著名语言学家潘慎的交流十分具有戏剧性，也是我 30 多年新闻生涯中记忆深刻的事情之一。

现在女书几近灭绝，而潘老却能用女书写得一手好书法。这位编著了许多字典、词典的老学者，形象极像莎士比亚戏剧中的人物，举止言谈十分优雅。他虽然开朗风趣谈笑风生，初见时却总是顾左右而言他，于是我停顿下来，准备调节思路。我迂回地询问接待他的一位诗人，潘老师这几天都在做些什么。诗人告诉我，潘老有个奇怪的习惯，他睡觉时不论房间多大床多宽，他永远都是缩紧身体，双手合拢上举，双腿紧贴在一起，整个身体呈一条直线，占据尽可能少的空间。诗人在早上进房间叫潘老起床吃早餐时，看到宽大的双人大床上，老人家形同一条直线，曾被这奇异的一幕惊呆了！我在再次与潘老交谈时，谈到熟络亲近之时，就开门见山提出了这个问题，以此为切入点直奔主题，果然见效——潘老感叹着讲起了他的故事。原来，潘老曾被以"反动右派"罪名打入监牢，一关就是多年，狭小的牢房中关了好多人，以致每个人只有一点点空间，睡觉时只能双手高举双脚并拢紧缩身体，防止压到别人挨打。长时间的监禁生活使潘老养成了这样令人唏嘘的习惯，即使现在睡在宽大的床铺上，他也是呈一条线般直直地不占空间。

　　谈到如此程度，潘老彻底打开了心扉，将他的许多感受一一道来，向我讲述了许多不可思议，甚至犹如影视剧画面一样的细节：他在劳改时下田插秧，手上脚上戴着镣铐，但他的心境却是那样平和。他告诉我，他挥舞着手铐一排排地插秧时，手铐在阳光中画出一道道漂亮的弧线，哗啦啦地响着，撩起水珠，映射出虹霓般的色彩，声音好听极了！景色美丽极了！他嘴里心里和着镣铐声一起唱着，边唱边插秧："唰唰唰、唰唰唰……"脚镣也随着节奏"哗啦啦、哗啦啦"作响。他骄傲地对我说："那简直就像舞蹈芭蕾一样，美极了。"老教授居然将常人难以忍受的劳动改造都过得如此诗情画意，当时我可以说是含着眼泪记录的。我理解了，他为何能在那样的境遇下生存下来；也理解了，他为何现在每滴酒、每口菜都品得那样有滋有味……我想，记者采访到这样动人心魄、感人肺腑的生活细节，怎么可以不写出极度升华、有温度、有高度、有厚度的新闻作品来！

　　后来，老人送给我一方写有他女书书法的丝巾，我一直小

心地珍藏着。我每当看到那方丝巾，就好像看到一个中国版的
"哈姆雷特"，在挥舞着镣铐舞蹈，于内心里进行着"生存还是
毁灭，这是个问题"的灵魂拷问。

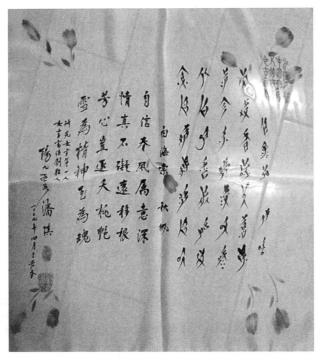

潘老送给我一方写有他女书书法的丝巾：
自信春风属意深，情真不碍远移根。
芳心岂逐天桃艳，雪为精神玉为魂。

蒋子龙： 吉林的东北风有力度有阵势

"哎呀太好了，庄稼长得真好！进入吉林地界，先看一片绿海。"话语也像他的文笔一样犀利的中国作协副主席、天津市作协主席蒋子龙，一见面就对我说出了对吉林最直观的印象："电视上的赈灾纪录，总少不了北粮南调的镜头。东北这个地方，地好人也讲究，吉林这些哥们，真是好。"

探望朋友、到长影看片、改本子、采风访问，蒋子龙来东北的频率颇高，可以说得上是吉林省的老朋友了。尽管距上次来吉林的间隔时间并不长，但这次来长春参加中国作家协会第七届主席团第六次会议，"变化"两个字仍作为最突出的吉林印象，冲击着这位以改革文学驰名文坛的作家。"吉林省的变化真是很大。以前我来吉林，大致都熟悉从飞机场、火车站该怎么走。可这次，新修的马路、变化的街景，把我弄得找不到方向了。唯一不变的是长春开阔的视角，好空气、好阳光。"

蒋子龙这位 1941 年出生的著名作家是河北沧县人。1958年初中毕业后进天津重型机器厂工作，1960 年应征入伍，1962

我和著名作家蒋子龙

年毕业于海军制图学校，历任海军 184 部队制图组组长、天津重型机器厂车间主任、天津市作家协会专业作家、天津市作家协会主席。他还是天津市政协常委，中国作家协会第四届主席团委员、第五届副主席。

蒋子龙 1965 年发表了他的第一个短篇小说《新站长》，此后，便以他敏锐的视角、犀利的文笔纵横于文坛。他尤其擅长工业题材创作。他曾经创作了大量优秀小说。1979 年发表的短篇小说《乔厂长上任记》在全国产生了很大影响。其短篇《一个工厂秘书的日记》和《拜年》，中篇《开拓者》《赤橙黄绿青蓝紫》和《阴错阳差》均在全国获奖。他的作品题材重大，有强烈的时代气息，风格刚健雄浑。其后，又有长篇小说《蛇神》《子午流星》《蒋子龙选集》（3 卷），中篇小说《锅碗瓢盆交响曲》，短篇小说《三个起重工》《蒋子龙文集》（8 卷）等诸多作品问世。他的短篇小说《乔厂长上任记》《一个工厂秘书的日记》《拜年》分别获 1979 年、1980 年、1982 年全国优秀短篇小说奖，中篇小说《开拓者》《赤橙黄绿青蓝紫》《燕赵悲歌》分别获 1980 年、1982 年、1984 年全国优秀中篇小说奖。

蒋子龙的作品视角十分广阔，他把思考视点投入到人物性格与历史文化的碰撞上，力图从现实的社会关系中表现人的心理奥秘，从而描绘出一个立体的全景社会，显示出强烈的批判性意向，笔墨沉着老辣，令人读后不能不掩卷长思。

与我谈起东北的文学创作，蒋子龙用"仿若龙卷风的东北风"来形容。"吉林的东北风刚烈、有力度、有阵势，东北文艺创作的势头也很足，二人转的幽默、俏皮，杂文的灵气、丰润，都对得起这块沃土的丰腴。"

　　一方水土养一方人。在文学创作上，人物的语言、心绪、故事，都有他们赖以生存的那块土地的独特意味。反过来，这种意味只有生活在这片土地上的人才能准确把握。因此，写关东大自然、写长白山，最有味道的还是吉林作家。蒋子龙提及他印象很深的曹保明、胡东林等人的作品，感慨地说："这些人，为东北文化书写涂抹了浓墨重彩的一笔。"此外，《作家》和《杂文选刊》杂志被蒋子龙视为吉林文化的两枚硕果。蒋子龙多年来一直都有保存《作家》的习惯，《杂文选刊》对杂文文体的坚守更被他视为"一件功德、一件善事"。"东北文艺创作的一个特点就是在不争不抢中透出大气、沉稳。一些优秀的东北作家从不赶时髦、追新潮，但这并不影响他们在国内处于一流作家的地位，无人敢小觑他们。"

　　对东北文化的另一奇葩——二人转，蒋子龙也饶有兴趣，观察已久。"可以说，赵本山逗笑了一个时代，也把二人转带到全国人民面前。"蒋子龙告诉我，在天津的大小文化娱乐场所，处处可见二人转的身影，人们看得热火朝天、笑得热火朝天。同时蒋子龙也指出，要注意不要冲击二人转的"乡土气息"和"民间味道"，只有原生态土生土长的黑土味才是二人转生存壮大之道。说来说去，还要感谢这块土地的厚重与肥沃："吉林出名演员、出歌唱家，我真佩服这一点，随便找出一个二人转演员都能唱得响遏行云。"

周杰伦：不走寻常路

　　"一件黑色毛衣，两个人的回忆，雨过之后　更难忘记，忘记我还爱你……我早已经待在谷底。我知道不能再留住你，也知道不能没有骨气，感激你，让我拥有秋天的美丽……"著名音乐人周杰伦在上海一个庆典晚会上，倾情演绎了他的新专辑《十一月的萧邦》中的主打歌曲《黑色毛衣》以及他的经典老歌。随后的媒体见面会上，这位以特立独行、少言寡语的另类风格而知名的音乐人接受了采访。

情系"中国风"：心中梦想是武侠

　　"什么刀枪跟棍棒，我都耍得有模有样，什么兵器最喜欢……双截棍柔中带刚……快使用双截棍！……为人耿直不屈一身正气……"相信周杰伦的这首《双截棍》许多人都熟悉。周杰伦告诉我，少年时他的愿望就是长大了要做李小龙，现在他心中一直有个梦想，那就是接拍古装戏，演一个武功盖世的

"大侠"。

在周杰伦的每张专辑里，都有义干云天的"中国风"风格的歌曲。他非常偏爱把歌曲和武术结合起来的音乐方式，如他在中央电视台春节晚会上曾演唱过的《龙拳》等。

周杰伦凭首次"触电"的《头文字D》获得了台湾电影"金马奖"最佳新人奖。他表示："我会在音乐方面放慢些脚步，多拍一些电影作品，目标角色还是古装扮相。其实我的艺术之路一直吹的是'中国风'，这在音乐专辑中体现得非常明显。古装戏是反映中国历史的很好的载体，我想在这方面也取得好成绩。"对于希望饰演的角色，周杰伦认真地说："我非常喜欢中国传统文化，所以我想亲身体验一下古装戏的感觉，成为银幕上的大侠。"随即他幽默地说道："我眼睛小，眉毛浓又向上翘翘，演大侠应该很不错。"

考试比看演唱会重要：其实我是个好孩子

舞台上的周杰伦总是很酷很坚强的样子，鸭舌帽、牛仔裤、篮球鞋是他给大家的一贯印象，但台下的周杰伦却总是温情款款地表示生命中最重要的人是自己的妈妈。他曾说过："我小时候不太乖，调皮惹祸，比较'欠揍'，总被妈妈打，现在比较懂事了。"当有人问周妈妈是否会听他的歌时，周杰伦也是语出顽皮："会啊。她也没办法，我逼着她听。"桀骜不驯的"歌坛怪杰"以孝闻名，不仅将专辑主打歌定为《以父之名》，连整张专辑都以妈妈的名字叶惠美命名，尽叙父母亲情。

周杰伦告诉我，赚钱如印钞机的他其实包里没有钞票，因为他的经济大权一直由周妈妈牢牢管理。他坦言自己在数字方面比较迟钝："我的钱全部都由妈妈保管，平时包里是没有多少钱的，在用钱方面我跟一般的小孩子没有什么区别，需要开销的时候就向妈妈伸手要钱。"每当说到"妈妈"这个词时，著名的"周董"显得特别的小孩子气，很陶醉也很幸福。

与会的一位母亲突然发问："我的孩子很喜欢你，可我一直担心他因此变坏，该怎么办呢？"周杰伦对这位母亲非常友好："你看我不是坏孩子，他跟我学肯定是个乖孩子，不过有点你要注意，就是他在学习的时候，千万不要让他听周杰伦的歌。"确实，周杰伦曾经在许多场合奉劝他的学生歌迷们要理性一点，理智和热情要拿捏得好——热情是用在看演唱会的时候，理性是用在教室里面，考试比看演唱会重要，千万别耽误了学业。

周杰伦不久前为 20 位失学儿童提供了捐资助学的帮助，希望他们能在艺术小学好好地学习和生活，他还祝福这些孩子将来也在人生的舞台上纵情放歌。

不走寻常路　不说寻常话

在公众面前，周杰伦一直给人以沉静寡言的印象，在歌坛上坚持"不走寻常路"，而在回答问题时也总是点到为止，被媒体称为"不说寻常话"。这种"不说寻常话"将他独特的个性展现得淋漓尽致。有人问他怎么理解时尚，他回答得更直接："时尚没什么特别，就是一个刁字，只要你够刁，就够时尚。"有人问最近林志玲与周杰伦成为邻居，他会送什么礼物给这位邻居时，周杰伦表示林志玲个子很高，一般的衣服很难推荐给她，刚才他看到有几款男式风衣不错，到时候就送给这位新邻居做礼物。

对于自己喜欢的音乐人，周杰伦说，他很喜欢张学友的《雪狼湖》，也很希望和他合作。在音乐创作上，他也有过达到巅峰时的无力感和迷茫的"瓶颈"感觉。他曾用一个字来形容自己：闷。但他认为闷对于一个音乐人来讲是好事，不会话太多，而闷的人通常都比较细心，他虽然不讲话，其实他是在观察周围所有的人。而稀奇古怪是他的爱好，他喜欢去一些没有人的地方东跑西跑，喜欢去旧货市场寻访古董。他最喜欢的运动——篮球和最喜欢的收藏——鸭舌帽与各类乐器也给他许多写歌的美好的提示，这样灵感又有了慢慢地积淀。从最初的《双截棍》《龙拳》，到现在的《夜曲》《发如雪》，周杰伦的歌无疑温暖了许多。

"台湾歌王"张帝：大众的朋友

记得上中学时便听过张帝的歌，这位与"歌后"邓丽君齐名的"台湾歌王"所独创的现场问答堪称一绝。正因为印象很深，所以当他笑嘻嘻，一脸忠厚地站到我面前时，我不禁产生了怀疑：这个随便穿件白 T 恤、牛仔裤的家伙，就是那个自称"50 多岁老东西"的张帝？

张帝祖籍山东青岛，原名张志民。当医师的父亲很希望这个长子子承父业，但生性开朗的张帝却一往情深地爱上了演艺这一行。用他的话说："医生遍地都是，张帝却只有一个。我愿意唱歌使大家高兴，要是做了医生，病人愁眉苦脸，张帝会比他更难过。"

自 1965 年开始在台湾演唱，70 年代走红各地，张帝的《张帝问答》和邓丽君的歌曲一样几乎家喻户晓。张帝不注重录制专辑，因为他喜欢那种在现场与观众直接交流的感觉。他说："我不想做偶像，我想做大众的朋友，在嬉笑怒骂中把一切表达出来。别看嘻嘻哈哈，很有教育意义哩！比如我回答观众提问的先救落水的妈妈还是先救老婆，我说先救妈妈，因为老婆可以再娶，妈妈就有一个。大家一听，这个'坏坏的老东西'张帝都知道报答养育之恩，能不生发一点爱心吗？这就是利用歌唱不知不觉地起教化作用。当然，我马上接下来唱，不是看轻夫妻之爱，因为我太太水性比我还好呢！"

张帝在台湾演艺界是个很特别的人物，他经常表示很想为两岸的文化交流多做点事。他还是研究文教基金会董事长、民俗艺术推展协会理事长。他认为，无奈总会过去，这份乡土情、同胞爱将会越发深厚。他希望自己能起到一个文化的桥梁和聚合者的角色，并拟在北京成立海峡两岸影剧人俱乐部。正谈话时，电话铃不断地响着，张帝利落地拿下听筒一扣，淘气地一笑："这下好了，谁也打不进来了。"

在20多年的演艺生涯中，歌唱几乎成了张帝的生命。他所创立的现场问答演唱风靡一时，在美国、新加坡、印尼、泰国等地都创造了华人歌手票房纪录。这种形式看似简单轻松，其实要分不同层次回答不同人的不同问题，并不是件容易事。观众为了考验他的应变力，常挖空心思提些稀奇古怪的问题。为此，张帝要看大量的书籍充实自己，每天的报纸也要全部看完，了解政治、经济、社会新闻等，还要密切观察生活，如夫妻吵架有几种形式……试想，回答问题时考虑出一个有水平的答案往往都很难，更不要说要在现场马上不假思索地按乐曲填词演唱了。

张帝应邀来长春和赵本山同台演出"海峡两岸巨星演唱会"，是为了了却自己心中的遗憾：一是父亲未能得偿重返大陆的愿望就去世了，二是他在世界各地都唱过，而在大陆却很少演唱。所以，他很想在大陆以歌会友，促进交流。

虽是初次来长春，但张帝对长春的印象很好，觉得长春绿油油的，像个大花园，是个不错的避暑清凉地。临行时，他欢欢喜喜地对我说："告诉长春的朋友们，见了一次就是朋友了，张帝一定会再来的。"

李舫：钢刀·利剑·玫瑰·火炬

文有灵，文有魂，文有声，文有色，但最透射质感、最衡量格调的——文，应有品；文，更应有骨。品读作家李舫的文字，如风过竹、火当空，又如梅润雪、兰在谷。既剔透玲珑，又铮铮丈夫。

李舫坦言："我对于自己的定位，就是一个以笔为刀、为剑、为玫瑰、为火炬的作家。以一己之力，遥问苍穹。而我对作家的定义，就是智慧和担当，作家以笔、以命、以心、以爱、以思，铺展历史的长卷，讴歌生命的宽阔，时而悲怆低回，时而驻足仰望，在暗夜里期冀星辰。他们宛如子规长歌，恰似啼血东风，幽微中蠡窥宏阔，黯淡里喜见光明。读万卷书，行万里路。这是我的日常生活，也是我关乎大悲喜和大彻悟的哲学问道。"

锐利如钢刀，毫光似利剑，绚丽如玫瑰，灿烂似火炬。这，似乎是李舫发声的基准、行文的基调、做人的准则，也是她对于天地自然，对于仓颉文字，对于万物生灵，所给予的最真切的尊重、最深沉的敬畏……

心正下笔自端方，天性当然，无关其他。

文字的重量：涛声舫影，火中生莲

行行溅墨，字字击心——李舫的文字有重量。李舫的笔下是一个细致入微又宏大无垠的江湖，也是一个无影无形、月光剑芒的武林。笔锋所至，有家仇有国恨，有颠覆有赓续，更有其念念不忘、沉甸甸以生命背负的深情。字里行间，有侠义有磨砺，有使命有担当，有博大隽永的人生况味，更有时代轮转的历史法则。在她的作品《纸上乾坤》第一辑中，以"天道有常、大道争锋"为主题，大字榜书、笔墨淋漓地挥写了《苟利国家生死以》，以文为祭、以字立碑，记录着中国远征军悲壮惨烈浴血不屈、挑落太阳旗战无不胜神话、七十年回响至今的枪声。

《春秋时代的春与秋》，薄文厚志，寥寥点染，高山流水，写意春秋。淡淡地着笔描摹着两位衣袂飘飘智者孔子与老子的历史对话。轻声浅谈却似黄钟大吕，如悟棋局、如听乐语、如观竞舞、如联佳句……刀光中含冷锋，剑雨中润玄机。天不容伪，浩然独存，洋洋洒洒，好不快意！而《一座城的前世与今生》，则骄傲地宣告：那么，光荣应该属于中国！东南形胜，三吴都会，端的是钱塘自古繁华，端的是天城长盛不衰！

所以，李舫以这样的话总结：拿破仑征战沙场数十年，创造了无数军政奇迹与文化辉煌。回顾自己的一生，他慨叹道，世上有两种力量：利剑和思想。从长而论，利剑总是败在思想手下。在李舫的文字中，恰处一片江湖却能片叶不沾，其中有喜有悲，或饱满丰盈，或枯索飘摇。鲁迅曾云，所谓作家，是世界上最苦的事。以笔之力量掘采爬梳，字字可见血泪与光明。诚言，展卷品李舫文字时，初时几疑出自女性之笔实否，思若上有易安之风，涛声舫影，火中生莲，信然。

文字的色彩：山水入画，柳色春深

满目皆画，工笔写意——李舫的文字有色彩。《千古斯文道场》精致的笔触，勾画了创立于 2300 年前中国也是世界上最古老的学院之———稷下学宫。"美矣哉！"炫目如虹、妙曼如霓，抚摸岁月的肌理，似有来自遥远的古韵，温润如玉，御风而来。而这色彩之中，记述着那众多的世界纪录：学者最多的机构、著述最丰的学术、学风最淳的时代、历时最久的学院……记录着在中国历史上将文化建设上升为国家战略的第一次。浓墨重彩中，强烈地充溢着浓浓的语汇：家国！社稷！天下！

在《黑夜走廊》中，"窗灯穿窗而过，灯光映照如帘，窗外是行进的夜。""夜，如同明月，终古常见而光景常新。"行文绘制的是一幅黑白水墨：以色彩告诉你，黑夜，特别是没有星星没有灯光的夜晚，给予人们无穷的想象，充满了对生命自身的俯视与醒悟。夜，以绝对纯粹的色彩与白昼做着无声的较量，在沉睡中保持着它不可退让的清醒。而《死生契阔，与子成说》，则情到极致地诉说着大草原上 2200 年前覆盖在一代天骄面庞之上不忍触碰、不染凡尘的大雪的洁白。《那色彩仿佛正在呐喊》阐述着爱德华·蒙克的美学逻辑，解读着时代的心理特征。

山水丹青，轻烟翠罗，残阳如血，月照苍台……这，又是怎样一幅凝泪染霜的岁月画卷！

文字的表情：击节长歌，但笑悲欣

击节长歌，但笑悲欣——李舫的文字有表情。作为一个女性作家，李舫无疑是敏锐的、敏感的。她笔下朋友的表情入木三分、剔透玲珑；心平气和，连眉心也不皱一皱，如禅心已作沾泥絮，如孤鹤伫望着远山。命题表情更富禅意入定，是恬淡怀远的《也无风雨也无晴》；是声临其境、无声胜有声的《叩敲的痕迹》；是天地孤鸿、海天辽阔的《春风一过天地宽》……

很多很多年前的一天，少女李舫坐在绿皮火车上，小心翼翼地怀揣着今天看来可怜巴巴的一点现金，怀揣着青春，怀揣着梦想，奔赴遥远的大海，以父母出生即给予的浪漫名字，泛若不系之舟，虚而遨游。那时那刻，一首诗飘荡在少女李舫的耳边，沉进她的心海：你为什么叫我诗人／我不是诗人／我不过是一个哭泣的孩子／你瞧，我只有洒向沉默的眼泪／你为什么叫我诗人……天人交战，情境叠加，正如主角自己所说，或者根本没有任何缘由，诗人的忧伤突然打动了我，像一枚枚锋利的箭镞，刺开我坚硬的盔甲，直抵我心中最柔软的地方。自此之后，时空转换，某一天某一时刻，走在栉比鳞次、密不透风的高楼之间，塞尔乔·科拉齐尼诗歌中那种巨大的空旷仍会对作家李舫再次突袭、包围。

行文至此，笔者脑海中自动检索浮现并与之叠印的是弘一法师留给世间最后的词语：悲欣交集。一声叹息，万物失声……物无言却有情，每于寒尽觉春生。

文字的年轮：环环纹理，岁月存档

环环纹理，时光刻痕——李舫的文字有年轮。在她的文字中，若无闲事挂心头，便是人间好时节，道尽的是李雪健心中愿景：一朵又一朵小花悄悄咧开小嘴，晨风一过，它们似乎有点发呆，半天不敢动了。于是人道心声，赶紧开吧，一寸光阴一寸金啊！无数三百六十五个日日夜夜转瞬即逝，委顿于泥土之下的，是时间的背影。

画纸为印，记述《比记忆更黯淡的传奇》，让尼采"试着像早晨一样去生活"的话语将大脑唤醒，努力为黯淡赢得一抹又一抹亮色，让岁月存档的内心风景丰富而和平。即便人活着会体验诸多痛苦，即便时时需要承受命运下滑的勇气，就像也要承受命运升华的膨胀一样，历练磨砺，破茧成蝶，写干墨池，皆是文章。

那么，"在很多时候，忘怀其实是一种超乎我们所能负担的奢侈，而忽略则是来自我们心灵的虐待。"如此文字，淋漓见血。品读之际，来自视觉与心理的抽痛弥漫环绕——确是他人怀宝剑，我有笔如刀之感！观之坐忘百年，掩卷夜已深沉。

读万卷书，行万里路，是李舫的日常生活，也是她关乎大悲喜和大彻悟的哲学问道。悠然南山，心在其中，则是她对自己的人生规则和下笔定式。在她的心中，作为一个人，不论居庙堂之高还是处江湖之远,都应有心忧天下的情思。"韶华似水,流年永逝,弹指之间,千年往矣,所谓大时代,是一个民族一个国家的选择,其实,更是一个人的选择。"

文字的性格:海岛冰轮,皓月当空

婉约豪放,收合随性——李舫的文字有性格。"我的服装是甲胄 / 我的休息是斗争 / 我的床是硬石 / 我的睡眠是长夜的清醒。"这是《墨点无多泪点多》中堂吉诃德的写照,也是李舫挥写的具有极致献身精神的理想,是她苦短人生的品质选择。所以她说,我更愿意堂吉诃德是墓石压不住的堂吉诃德,他又骑上驽马"难得"出来漫游世界、铲除不平。是的,纯净如洗,踏月而来,这个不融俗世的骑士,这个天真可爱的疯子,是何等的"难得"。

行行避叶,步步看花。正如李舫所言,恰恰因为有了这些环绕在我们身边的问与答,才有了试图挣脱枷锁、排解苦难的伟大历程。

品读李舫的笔墨,文字的世界里,自是一个时代。

宋小明：你给我一身斑斓的美

　　秋润松江天池水，秋染长白五花山。应"长白山之歌"歌曲创作采风团之邀，著名词作家宋小明与 20 多位艺术家们一起登上了长白山，感受秋日长白韵律，饱览白山松水胜景。面对缤纷灿烂、如诗如画的山色，宋小明不禁吟咏出了这样的诗句："长白山，你给我一身斑斓的美！"他叹息着对我说："在这无与伦比的森林氧吧中，可谓洗心洗肺，连林中的腐叶都散发着清新的味道。"

　　宋小明 1951 年出生于湖南长沙，现为中国音乐文学学会常务副主席、东方歌舞团国家一级编剧，他还是中国音乐家协会理事、中国大众音乐协会理事、中国音乐著作权协会理事、中国流行音乐协会理事、副秘书长、北京市跨世纪文艺人才。他从 1987 年正式从事歌词创作、大型节目的策划及撰稿工作，至今已公开发表有声作品数百首，策划大型晚会及演出数十台。他的作品曾先后获得中宣部、公安部、广电总局和北京市颁发的"'五个一工程'奖""星光奖""北京市文学艺术奖"等各种奖项。在第29届北京奥运会上，他被聘为闭幕式文学策划工作室主任。

历数宋小明的代表作品，荧屏上大气端庄、异彩纷呈的中宣部"五个一工程"奖颁奖晚会、首届南宁国际民歌艺术节晚会、世界大学生运动会闭幕式演出、大型音乐系列演出《流行歌坛十年回顾》、公安部英模表彰晚会、大型歌舞晚会《秘境之旅》《再见吧，亲爱的》、大型音乐会《中国出了个毛泽东》、音乐舞蹈史诗晚会《小平你好》、北京市新年音乐会、纪念红军长征胜利70周年大型演唱会《长征颂》、纪念周恩来诞生110周年晚会《你是这样的人》、连续数年的文化部春节晚会等，都广受观众好评。在大型电视艺术片《百年恩来》担纲艺术策划、大型环保专题电视系列片《21世纪不是梦》担纲主体策划、音乐文学系列广播节目《歌词百年纵横谈》任策划撰稿，更彰显了他深厚的艺术功力。他创作的歌曲《你是这样的人》(《百年恩来》主题歌)、《中国功夫》《回家的人》《向北方》《喜欢你》《踏雪寻梅》《蓝天白云跟我来》《向奥林匹克出发》《我的恋曲》《脉搏》等均是广为流传的佳作，他还先后为《一地鸡毛》《当代风流》《九岁县太爷》《大清药王》《天下第一丑》《曹操与蔡文姬》《省委书记》《走近少奇》《新梁祝传奇》《国家机密》《铁色高原》《戈壁母亲》《中国兄弟连》《爱无悔》《台湾一八九五》等影视剧创作了主题歌歌词。

宋小明告诉我，他成长在一个音乐家庭里，不属于听话的那种，上过学、务过农、做过工、经过商，热爱登山、酷爱自然和自由。他的歌词创作开始甚晚，因为最初他对歌词很轻视，认为音乐才是伟大的，而歌词很简单。也许是积愈厚，发愈博，走近词坛、走过艰辛的一段历程，让他深深爱上了歌词创作。宋小明自信歌词的生命在于底蕴的深厚，他非常认同中国词坛泰斗乔羽对歌词的精辟论述——歌词是百字世界。它要以最简短的文字形式又必须最完整地将所有内涵表达无遗。

面对当前中国歌坛的创作现状，宋小明给出三个字——分众化。他认为，随着经济的发展，社会越来越多元，人们审美趣味的差异越来越明显。这个时候，作为文艺创作人员，就应该为不同的阶层奉献不同的音乐。他以珠三角为例指出，那里有数百万打工人群，但这么多年来就没有属于打工者的歌。所以他认为，分众化才是中国音乐的未来之路，文艺创作者应重新审视自己的创作方向，搞清楚"我要写什么，怎么写，为谁而写"，创作出让群众喜欢的作品。

一首好词应营造出美妙的意境。宋小明的歌词，内容深邃、耐人寻味。他的代表作电视片《百年恩来》主题歌《你是这样的人》就是一首令人回味深思、意境幽远的歌——"把所有的心装进你心里／在你的胸前写下／你是这样的人／把所有的爱握在你手中／用你的眼睛诉说／你是这样的人／不用多想，不用多问／你就是这样的人／不能不想，不能不问／真心有多重，爱有多深／把所有的伤痛藏在你身上／用你的微笑回答／你是这样的人／不用多想，不用多问／你就是这样的人／不能不想，不能不问／真心有多重，爱有多深／把所有的生命归还世界／人们在心里呼唤／你是这样的人。"百多字的歌词，将周总理对人民高山大海般博大无涯的爱细腻地表达出来。创作这首歌是在 1997 年年底的一个晚上，那一晚宋小明和作曲家三宝同时完成了创作，他连夜赶到三宝家。词曲一合，竟天衣无缝，仅仅改动了几个字！于是两个人激动得彻夜长歌，一遍又一遍，反反复复不知唱了多少遍——不是为修改，只是因为太激动。这首歌唱开后也感动了中国，刘欢和戴玉强每唱一次都会投入得流泪。歌中没有一字提到人名，但所有人都知道，"你"——就是我们敬爱的周恩来总理。

在长白山采风，宋小明表示："这是我见过的最好的秋色！"在他的眼中，大美长白这种天地融合造物主的杰作无法言表。他准备返京后静下心来慢慢沉淀回味，潜心入境、字带笔走，写出有意义的东西来。

"你给我一身斑斓的美！"这是宋小明对长白秋色的由衷赞叹，在他的百字歌词世界里，也正值这般绝妙佳境。

车行：好歌入心

《好日子》《常回家看看》《越来越好》《好运来》《母亲》等歌曲脍炙人口、广为流传，几乎人人都能哼唱几句，可谓唱响大江南北。在庆祝中华人民共和国成立 60 周年大型晚会《祖国万岁》中，清新欢快、深情优美的歌曲《越爱越美丽》更是拨动了人们的心弦：你在我的梦里／我在你的怀里／你的江河湖海我那么熟悉／彩绘的荷花／飘香的谷雨／你的山山水水就是一册册诗集／祖国啊祖国／我越爱越美丽／东方的家园穿上了孔雀的花衣／祖国啊祖国／我越爱越美丽／锦绣的宏图展开了神州的生机……这些堪称经典歌曲的词作者，就是空军政治部文工团著名词作家车行。

行走在秋日长白缤纷灿烂、诗情画意的山色间，车行向我谈及了他多年歌曲创作的精髓——好歌入心。

车行原名车广明，系黑龙江省牡丹江人。1978 年，这个爱诗的青年走上了歌词创作之路。车行告诉我，他与吉林很有缘——他曾在吉林永吉当兵，并且是在吉林这块土地上打下的歌词创作根基。他发表的第一组诗是《林涛小诗一束》，第一首歌是《植树谣》，创作的第一个里程碑是《乌苏里放歌》《西北恋情》。

车行的作品大都是饱含深情讴歌善良勤劳，在他的心中和笔下，亲情是棵常青树。《儿行千里》《妻子辛苦了》，还有细腻温馨的《母亲》："你入学的新书包有人给你拿，你雨中的花折伞有人给你打，你爱吃的三鲜馅有人给你包，你委屈的泪花儿有人给你擦……这个人就是娘，这个人就是妈，这个人给了我生命，给我一个家！"这些感天动地却又朴实无华的感情都来源于生活的积累、生活中的点点滴滴。

在他诸多感动世人的作品中，车行自己最欣赏、创作难度最大的作品是《常回家看看》，因为这首歌他是饱蘸着泪水写成的。1995 年，车行的父亲去世了，当时他非常痛苦，甚至觉得世界都不美好了。夜晚，他端详着父亲的照片，泪水一次又一次模糊了视线。他想到孩提时骑在父亲背上的欢笑，想到风雨中父亲送他上学时的身影，想到从军时父亲在车站的深情叮嘱，想到父亲信中句句力透纸背的话语……他自责只顾忙工作，没在父亲健在之时多陪老人唠唠嗑，给他倒杯茶、洗洗脚……这些并不难做到，可多少人却不以为然啊！他决定写一首歌，写给天下父母，用自己的切身之痛以警世人。好多天，歌词写了一首又一首，改了一遍又一遍，却始终不能直抒胸臆。一次乘列车时，他看到大包小裹回乡探亲的游子，听到一位白发老人诉说对儿子的思念，看着、听着，他渐入佳境，立刻在一个信封上写开了。车到站了，歌写好了——这就是《常回家看看》。"常回家看看回家看看，哪怕给妈妈刷刷筷子洗洗碗，老人不图儿女为家做多大贡献，一辈子不容易就图个团团圆圆。"好歌入心，此歌一经唱响，便牵动了无数父母儿女的寸寸柔肠！

这些年来，车行创作的歌曲《警察的承诺》《常回家看看》《好日子》《父亲》《为祖国守岁》《西柏坡我是你的读者》《越来越好》曾获得全国"五个一工程"奖；《母亲》《越来越好》获广播新歌一等奖；《常回家看看》《越来越好》《好运来》《与世界联网》《心想事成》获中央电视台春节联欢晚会"观众最喜爱节目"一、二、三等奖；1988年，他的作品《乌苏里放歌》《西北恋情》在全国青年第二届歌词大奖赛荣获了二等奖；1999年，《常回家看看》获华语榜中榜最佳作词奖；2000年，车行获得年度"全国百佳优秀电视工作者"称号；2001年，《越来越好》荣获第19届中国电视金鹰奖音乐电视作品第一名；歌曲《兵妹妹》和《咱是一家人》获中央电视台"三角杯"军事音乐电视金奖；他还先后出版了歌词集《关不住的风流》《一去二三里》《八九不离十》等。

车行动情地对我说："这么多年我一直坚持在写，歌词就如同我的情人，陪伴我走过生活的旅途。好多人问我经验，我觉得是坚持、勤奋。我无论走到哪里都宣扬我们的大东北，告诉人们东北不只是大，而且大得有个性、有精神！同样的辣椒大葱胡萝卜，东北长出来的都比别处火爆——绿得结实、红得耀眼，大东北博大的气势和胸怀无法言表。"

看着长白秋日浓墨重彩的五花山，车行告诉我他突然而来的感悟：山色的起伏变化，不正如人生历程的不同阶段吗？满目青山时也许起点相似，但每个青春每个生命都有其总结，每个人生经过奋斗，都张扬着自己独具的风采。行进到一定时刻秋日收获时，犹如五花山一般缤纷绚烂，生命达到了顶点，色彩光芒全部放射出来，无与伦比。此时的青春与生命是何等的精彩！而一首歌曲正如描绘生活的各类艺术一样：好歌如诗，吟咏生命的光辉；好歌如茶，品味生活的意境；好歌如画，挥洒人生的豪情。说到极致，如诗如茶如画得好歌的最高境界就是——好歌入心。

胡宏伟：今天的幸福浪漫又实在

"你从雪山走来，春潮是你的风采；你向东海奔去，惊涛是你的气概。你用甘甜的乳汁，哺育各族儿女；你用健美的臂膀，挽起高山大海。我们赞美长江，你是无穷的源泉；我们依恋长江，你有母亲的情怀。你从远古走来，巨浪荡涤着尘埃；你向未来奔去，涛声回荡在天外。你用纯洁的清流，灌溉花的国土；你用磅礴的力量，推动新的时代。……啊，长江！"这首20世纪80年代风靡全国的《长江之歌》可谓家喻户晓、脍炙人口，它大气磅礴、气势雄伟，通过对母亲河长江的赞美，表达了中华民族的深厚情感。这首歌的词作者，就是中国音乐文学学会副主席、原沈阳军区前进歌舞团艺术指导、辽宁省音乐家协会副主席、国家一级编剧、文职将军胡宏伟。

应"长白山之歌"歌曲创作采风团之邀，胡宏伟与20多位艺术家一起赴长白山采风。作为一名军人，胡宏伟在杨靖宇将军殉难地沉思良久。他轻声对我说："先烈牺牲的地方现在阳光如此明媚，阳光下的笑脸如此灿烂，我们怎能不深切感受到

——今天的幸福浪漫又实在！我们又怎能不纵情讴歌这伟大的时代！"

胡宏伟1953年出生于辽宁省沈阳市。他1978年开始歌词创作，代表作有《中国共青团团歌》《长江之歌》《永不陨落的星——雷锋组歌》《军旗上最亮的星——六英模组歌》、大型歌剧《羽娘》等。他的作品《有一支歌》《向着太阳走》连获全国"五个一工程"奖；大型歌剧《羽娘》获第三届全国歌剧（音乐剧）观摩演出大奖、最佳剧本奖；他还出版了《长江之歌——胡宏伟作品选》《迷彩写意》等选集。多年来，他获得全国、全军各种创作奖200余次，数次荣立二等功、三等功。《长江之歌》被收入小学语文教科书，还被选为指定背诵的课文。许多老师和学生都说，朗读这篇课文，胸中不由升起心潮澎湃、波澜壮阔的豪情。

创作《长江之歌》时，年仅31岁的胡宏伟是前进歌舞团的一名创作员。说起创作经过，胡宏伟诙谐地告诉我："1984年3月24日在中央电视台播出的《话说长江》专题音乐会上，获奖歌词揭晓的时候，一位获奖的青年人在镜头前紧张腼腆得脸颊通红，这个年轻人就是我。"25集的《话说长江》曾在央视创下40%的收视纪录，是20世纪80年代最受欢迎的电视纪录片。该片在1983年播出，胡宏伟作为忠实观众，一直跟踪观看——此前，他只在南京长江大桥上一掠而过看过长江一眼。正是那惊鸿一瞥，使他对这部以古往今来时空交错的形式表现长江的电视片兴趣浓厚，片中壮丽的风光、多彩的风情、迷人的传说、文采飞扬的解说词、潇洒自如的主持人，都变成创作的灵感奔涌在他的心里，传递并感染到他的笔下。在他的眼中，长江是一部波澜壮阔的史诗画卷，长江凝结着一条浩浩大江的光阴故事。长江太博大了，她就像中华民族的母亲，养育了世代中华儿女，需要多长的诗篇才能倾诉对她的爱啊！所以，当中央电视台为《话说长江》主题音乐征集歌词时，胡宏伟顿时激情迸发，《长江之歌》一挥而就。1984 年元旦，胡宏伟将一张写着这首不足 200 字歌词的明信片寄往北京。面对 5000 多份来自全国各地的投稿，所有评委一致选定了这首《长江之歌》。

当年 3 月的颁奖晚会上，对获奖还一无所知的胡宏伟被请到了中央电视台。主持人陈铎和虹云神秘地对观众说："现在主题歌的词作者就在演播室里，就在你们之中。不过，到此时此刻为止，他自己还蒙在鼓里呢！"陈铎和虹云走向观众席，在身穿军装的胡宏伟面前停了下来："词作者就是这位年轻的军人——胡宏伟！"刹那间，胡宏伟顿时脸涨得通红——他认为获奖的应该是名家，或者是居住在长江边的人。当虹云问他获奖感想时，他腼腆地说："我没什么准备，突如其来呵。我现在的心情就像一条刚刚走出山谷的小溪，来到大江边。这大江不是指别的，就是在座的老前辈和年轻的同行，以及此刻正在电视机前和我们一同观看晚会的千千万万的观众。"

《长江之歌》迅速唱遍大江南北，并在海外华人间传唱不衰。许多业内人士表示，按照通常歌曲的创作顺序，都是先写词再作曲，而此歌正好相反，创作难度极大。这件作品虚实相间，充满诗情画意，与《话说长江》主题歌优美的旋律完全吻合。评委称赞，歌词作者眼中的长江变成了一条有生命的河流，一条和人们的思想感情相交融的河流，一条与人们的生活息息相关的充满着无穷活力的河流，歌唱了各族儿女对长江的深情，歌唱了历史长河与它的青春活力。

胡宏伟告诉我，词曲配套的《长江之歌》后来并没有编辑进电视片《话说长江》，而是作为一首艺术性极强的歌曲独立存在。他本人直到1998年才第一次真正游览长江。当时他从重庆直下宜昌，船上不停地播放着《长江之歌》。此后再去长江，看到长江的沧桑巨变一日千里，让他对现实、对自己作品的理解也在时刻改变着。多年来，许多歌唱家演唱过这首歌，但胡宏伟最满意的版本还是殷秀梅，她唱出了长江的气势、唱出了诗化的意境。《长江之歌》中有一句歌词是"你向未来奔去，涛声回荡在天外"——2007年，《长江之歌》作为中国第一颗人造月球卫星"嫦娥一号"搭载的30首歌曲之一，真正从天外传来了它的天籁之音，"回荡在天外"的梦想成为现实。在央视三套《歌声飘过三十年》节目中，《长江之歌》作为"二十世纪华人音乐经典"之一在第一期节目里唱响。

胡宏伟有个信念：追赶时代的脚步，人就不会老。只有站在时代的最前沿，历史才会录取你；爱只有开始，没有终点。所以他的心态永远阳光灿烂，创作思维永远敏锐深邃。在"长白山之歌"歌曲创作采风团行进的一路上，他与艺术家们交流探讨，车内不时响起他情不自禁地浑厚歌声。他豪情四溢地说，多少创造点燃精彩，多少希望花一样盛开，在当今这火红的年代，好花常开，好景常在，今天的幸福——最浪漫、最美好、最实在！

戚建波：天池，人间竟有如此仙境！

在 1999 年央视春节联欢晚会上，一首感人肺腑、深情款款的《常回家看看》拨动了人们头脑中最敏感的神经，直入人们心中那块最柔软之处。此后，"找点空闲，找点时间，领着孩子常回家看看。带上笑容，带上祝愿，陪同爱人常回家看看。妈妈准备了一些唠叨，爸爸张罗了一桌好饭。生活的烦恼跟妈妈说说，工作的事情向爸爸谈谈……"的歌声不胫而走，立时唱红了大江南北。对此歌优美清新、如吟如诉的旋律，有人惊呼：中国乐坛又升起了一颗新星。其实，这颗"新星"此前已以许多优秀的作品在乐坛上风雨行程了二十多个年头，在两年前的央视春节联欢晚会上，他作曲的《中国娃》也曾一炮走红。《开门红》《儿行千里》《母亲》《父亲》《欢天喜地》《爷爷、奶奶和我们》《咱老百姓》……这些唱响在荧屏舞台、流行在大街小巷、男女老少都能哼唱几句的歌曲的作曲，就是山东省文联副主席、政协威海市委员会副主席、著名作曲家戚建波。

有业内人士曾言，戚建波现象是当今中国歌坛一个耐人寻味的现象。

应"长白山之歌"歌曲创作采风团之邀，戚建波登上秋日长白，面对神奇的天池，戚建波叹息："天池，人间竟有如此仙境！"

戚建波 1959 年 10 月出生于美丽的海滨小城威海，1980年毕业于蓬莱师范音乐系。他对音乐有着非常的敏感和悟性，1981 年，戚建波的第一件作品《老师的目光》发表在上海《儿童歌声》上。自此之后，他一直坚持创作——音乐是他的精神伴侣，是他生命的日记本，是他抒发心中亲情的最佳载体。戚建波对我说，创作灵感不是寻找到的，而是生活的积累，是触而即发的。最平凡朴素也最深沉醇厚的亲情之爱是他作品中不变的主题，因为他认为——爱情可能有自私的一面，友情也可能变质，唯有亲情是永恒无私的。他要一生都为它歌唱。

戚建波的作品给人的是真情流溢、静心品味的心灵感觉，因此有人说："戚建波就像邻家大哥、大叔一样，有着天天见得着的亲切、平凡和无华，只是上天给了他偏多地对音乐的感悟力和创造力，而他却用真诚朴实的音乐把上天的恩惠奉献给了大家。"他现为中国音乐家协会理事、中宣部宣传文化系统"四个一批"人才。多年来，他的作品获奖连连：《中国娃》获中央电视台春节联欢晚会二等奖、中宣部"五个一"精品工程奖；《中国志气》获全国十大流行歌曲第二名；《常回家看看》获中央电视台春节联欢晚会一等奖、中宣部"五个一"精品工程奖、全国广播新歌金奖；《咱老百姓》获国庆五十周年征歌一等奖、全国广播新歌金奖；《当兵的忠诚》《同唱兵之歌》获全国军旅歌曲大赛金奖；《母亲》获全国广播新歌金奖；他还为中央电视台 50

集大型电视连续剧《太平天国》创作了主题歌《浩浩乾坤》……成就斐然的戚建波乡情不改，他动情地对我说："生活在海边的人是非常幸福的。我爱我的家乡，我不会离开威海，一辈子都不，因为家乡给了我生命、激情和创作的动力。"

戚建波有个理论颇得一些业内人士的认同，他认为，一首歌曲流不流行在于曲，流不流传在于词。谈及家喻户晓的《常回家看看》，戚建波说："1998年1月，当我拿到词作家车行的《常回家看看》歌词时，我当时就流泪了——我好像看到了自己的家庭，母亲就在面前。从看到词到谱完曲，曲子一气呵成，总共只用了几分钟。这首歌之所以入骨入心，就因为它唱出了多少人的心事。我们胶东人有句老话：不孝之人不可交，所以孝道在我们心里有着根深蒂固的烙印。无论社会如何发展，亲情总是最朴实无华而又最伟大珍贵的。把这种情感用最合适的音乐表达出来，其音乐的刻画不在于华美，而要于平淡中孕育感动。这种来自真实生活的歌曲寄托了人们最美好的情感，因此也最能够打动心灵、触及灵魂。"戚建波经常为朋友们演唱《常回家看看》，每次唱罢，唱的人和听的人都不禁泪流满面。

曾有人这样品评说，《常回家看看》表现了一个平淡的主题，是人们在紧张的商业时代忙于奔波久已荒疏了的一种情感。然而最日常的，却又恰恰是最本质的，它是超越了不同社会阶层乃至超越了国界，而为人类共有的本质感情。所以，当这首歌将它钩沉出来呈现在现代人面前时，人们立时被一种尖锐的东西所击中，并产生了情不自禁地接受心灵叩问和反省自察的心理。这就是好的艺术作品在引发受众共鸣的基础上所产生的震撼心灵的力量，这样的力量不仅仅是对那根最敏感的心灵之弦的轻轻叩动。

有人曾这样描述戚建波——他是一个浑身充满快乐细胞的人。尽管他能在主席台上坐出一副庄重来，但平时他便会在调侃玩闹中，尽情地释放天性中顽劣的机智，演示他润滑剂般的语言能力。在品评他的新作时，他会慷慨激昂地阐释自我，此时在他的血脉中，似有唢呐在尖厉地吹，鼓槌在响亮地敲。说到关键处的戚建波甚至眼含泪光，一副至纯至真的热血青年模样。可以说，从音乐青年到音乐艺术家，戚建波以他直入人心的音乐作品，画下了一个个鲜明的人生标志。他的音乐吐纳了寻常百姓的心声，道出了人们内心最深处的渴望，与现代人的心率合拍，从而引起了全社会的共振。

戚建波不久前刚刚来过一次长白山，但对天池的美好感觉使他时隔不久再上长白。对天池，他发出这样的惊叹："人间竟有如此仙境！"他对我说，泰山拔地而起，长白山却是节节高，天池在他走过的山中是绝无仅有的——登上海拔 2000 多米的高山，突见群峰环绕下一池碧水圣洁剔透，这种感受无以言表。他叹息："天池太美了，在这般美到极致的胜景面前，语言如此贫乏！"每一首歌都是一个生命，每一个音符都是充满活力的元素，这是一种灵魂的契合。那么，戚建波音乐世界里的长白天池，将是一幅怎样的景色呢？

遏云一声荡梨园

——倪茂才舞台生涯 40 年记

　　梨园折桂，梅兰齐芳。踏雪折梅犹怀馨，临风采兰更生香。

　　2009 年，折下中国戏剧表演艺术最高奖——中国戏剧梅花奖；2010 年，又采堪与梅花媲美的上海白玉兰戏剧表演艺术主角奖榜首。珠玉在怀，环佩其鸣——他，就是吉林省戏剧家协会主席、京剧高派传人、吉林省戏曲剧院院长倪茂才。

　　"高亢嘹亮，奔放洋溢，痛快淋漓，一气呵成。"——这是著名剧作家翁偶虹先生为京剧高派艺术总结的十六字箴言。在京剧老生流派中，高庆奎先生所创立的高派，以唱腔高亢而独具一格，他的唱腔善传悲怆激昂之情，并创造了不同于谭派风格的"疙瘩腔""楼上楼"等声腔技巧。而倪茂才，则是高派传人中的舞上青云之人。

折梅采兰　　高派传人舞青云

　　2008 年，中国京剧艺术节金奖；2009 年，折"梅花"；2010 年，

我和著名京剧表演艺术家倪茂才在上海东方电视台演播室

采"兰花"；2017 年，入选中宣部文化名家暨"四个一批"人才工程，入选中组部国家高层次人才特殊支持计划领军人才……倪茂才以骄人的业绩囊括了这些极高的荣誉。其中，中国京剧艺术节金奖和上海白玉兰戏剧表演艺术主角奖榜首还填补了吉林省在该奖项上的空白。

中国戏剧梅花奖创办于 1983 年，是中国戏剧最高奖项，其宗旨是为了表彰和鼓励在表演艺术上取得突出成就、做出较大贡献的戏剧演员。2009 年 5 月，倪茂才凭借一出整理改编的传统京剧《孙安动本》，荣获了第二届中国戏剧奖·第 24 届中国梅花奖。

梅花奖是表演艺术高水准的标志性象征，是戏剧人通过汗水和心血铸就的金牌。在全国若干个文艺类奖项中，为获奖者举办讲习班也几乎是绝无仅有的。倪茂才对著名剧作家罗怀臻在"梅花奖演员读书班"中所讲的话有着深刻的领悟："获奖是对一个艺术家的一种评价，而不是终极的评价。一个人的代表作，是一个艺术创作的身份证，代表着某一阶段的个人、剧团、剧种、地域乃至戏曲表演艺术的最新创作和最高水准，是一个时期戏曲艺术传承与创新的时代标识。"梅花香自苦寒来，它道出了梅花奖的深刻寓意。倪茂才深知——作为梅花奖获奖演员，不仅要保持梅花奖的荣誉，还要在艺术上实现新的跨越，不断开辟新境界。不仅在舞台上才华横溢、光彩照人，生活中也要疏朗明快、单纯快乐、爽直轻松。所以，他认为：做人本色——淳厚善良；对待艺术——极度苛刻，精益求精，苦而不悔，乐在其中。这，正是梅花奖所提倡的精神。

2010 年，在 4 月 7 日于上海举行的第 20 届上海白玉兰戏剧表演艺术奖颁奖典礼上，倪茂才又获得了"上海白玉兰戏剧表演艺术主角奖"，并荣登"主角奖"榜首。颁奖典礼上，倪茂才以传统与时尚结合、现代手法与传统唱段相融的诗意沙画京剧《孙安动本》技惊四座，与沙画表演者共同演绎了一幅美丽的图画——高亢的唱腔响遏行云，飘舞的轻纱挥洒画就，京韵画意、飞扬律动、新颖别致，高派特有的"楼上楼"高八度的演唱功力表现得极具张力，充分展示了古老的国粹京剧创新于当代的艺术魅力。

上海白玉兰戏剧表演艺术奖创设于 1989 年，旨在弘扬我国先进戏剧文化，推动戏剧表演艺术事业发展，以激励戏剧表演新秀，催生当代戏剧表演艺术大家。为了维护这朵玉兰花的圣洁纯白，以著名艺术大师袁雪芬为评委会主任的白玉兰戏剧表演艺术奖评委会，多年来一直以公平、公正为原则，曾有人为了入选托人送给袁雪芬贵重礼品，被老艺术家怒骂出门！所以，作为当今中国戏剧领域的主要评奖活动之一，上海白玉兰戏剧表演艺术奖得到了戏剧界内外众多人士的好评。

白玉兰戏剧表演艺术奖评委会对获"主角奖榜首"的倪茂才给予了这样高度的评价：作为高派弟子的佼佼者，倪茂才那行云流水般的演唱，将高昂响亮的高派唱腔特色发挥得淋漓尽致。他主演的《孙安动本》在继承传统的基础之上，又做了顺应时代审美的变动。他的唱，荡气回肠；他的做，正气阳刚；他的念，清晰铿锵；他恰如其分地运用自己的技艺，栩栩如生地塑造了具有自身特色的孙安这个艺术形象。

出生于 1965 年的倪茂才是河北石家庄人，毕业于河北省艺术学校京剧科，后又攻读了中国人大艺术管理硕士研究生、中国戏曲学院中国京剧优秀青年研究生班研究生。

　　1987 年，刚从艺校毕业的倪茂才就凭借一出《逍遥津》获得了邯郸青年演员戏曲大赛一等奖；以《黄粱梦》获河北省第二届戏剧节表演一等奖。1994 年调到吉林省京剧院后，1995 年，他以《高高的炼塔》获得了首届中国京剧艺术节优秀演出奖，该剧也荣获了全国"五个一工程"奖。1998 年，倪茂才被批准为吉林省跨世纪学术和技术带头人。2001 年，他在《弦高献牛》中饰演的蹇它获吉林省第十八届创作剧目评比展演表演一等奖；同年获全国青年京剧演员大赛表演奖。2004 年，获吉林省有突出贡献的中青年专业技术人才称号。2005 年，获评吉林省优秀高级专家。这一年中，他与北京京剧院合作演出《沙家浜》饰演郭建光，该剧在中央电视台空中剧院现场直播；与中国京剧院合作演出《江姐》，该剧参加中国共产党党员保持先进性教育活动和全国税收宣传月活动，在全国巡回演出。自 2006 年开始，倪茂才连续数年应邀参加中央电视台新年京剧晚会、春节戏曲晚会，在中南海、国家大剧院为中央政治局领导演出。2007 年，他与中国京剧院合作演出《红灯记》，并在其中饰演李玉和，该剧在中央电视台空中剧院现场直播。2008 年，被评为文化部优秀专家。其突出业绩被收入《中国戏剧大辞典》等多部辞书。

10岁从艺　少年学戏演英雄

　　小时候听着广播中经常播放的现代京剧，少年倪茂才深为

《红灯记》中英雄李玉和的气概所震撼，他暗下决心：我要学戏演英雄！小学时县里招演员，他亮开嗓子唱了一首《红星照我去战斗》，那毫无拘谨的神态令考官们颔首微笑。没想到复试时他却被刷了下来，不为别的，只是觉得他太瘦小。委屈的倪茂才冒雨赶到70千米外的下一个考场找到主考，说："老师，我才10岁，以后还得长呢！"看到这个年幼的孩子被淋得水鸭子一样，老师们都被感动了。

1976年，倪茂才进入正定县艺校。练功真苦啊！他想打退堂鼓了。朴实的母亲没有劝导的言辞，却用生活中的点滴润物无声地点醒了懵懂少年。倪茂才义无反顾地返回了艺校，从此开始扎实刻苦地学习——腰摔坏了，腿撕裂了，每天他总是第一个练功、喊嗓，风雨无阻。终于，一段《祖国的好山河寸土不让》让他破格考入了河北艺校，步入了国粹京剧的殿堂。

倪茂才先后师承李和曾、宋宝罗、徐保忠、张荣培、钱浩梁、续正泰、李甫春、耿其昌、李文才等名家，他经常上演的剧目有传统京剧《逍遥津》《除三害》《哭秦廷》《孙安动本》《四郎探母》等；新编历史剧《黄粱梦》《乌纱记》《笑骂郎中》《鞦韆春秋》等；现代京剧《高高的炼塔》《红灯记》《智取威虎山》《沙家浜》等。在连获中国京剧艺术节金奖、中国戏剧梅花奖、上海白玉兰戏剧表演艺术主角奖榜首的高派名剧《孙安动本》中，倪茂才以其独具的嗓音充分展示了京剧高派艺术的特色和魅力，成功地塑造了一个耿直廉洁、威武不屈、爱国保民的反腐英雄形象。

在第五届中国京剧艺术节上，倪茂才不仅挑大梁主演吉林省参赛剧目《孙安动本》，同时还在黑龙江省京剧院参赛剧目《鞍鞴春秋》中担纲主演，一人在两省两部戏中担纲男一号，成为艺术节上炙手可热的艺术家之一。同时兼顾两场参赛剧目，对他来讲是个前所未有的挑战。两出戏风格迥然不同：《孙安动本》是改编传统戏，《鞍鞴春秋》是新编戏，所以他既要深入研究两部戏、两个人物的特点，又要随时从一个人物中跳出来，进入另一个人物的表演状态。而且两部戏都始终处在不断完善的过程中，每天的排演都有新内容。倪茂才凭借深厚的功力和艰辛的付出，完美地完成了这看似不可能的任务，在舞台上塑造了两个鲜活的人物形象：一个刚正不阿的古代官员孙安，一个古代北方少数民族首领大祚荣。

以茶棒喝　戏如人生师生情

倪茂才师承诸多名家，与大师们学戏时，曾发生过很多动人的故事，已被传为当今梨园佳话。

1990年，倪茂才在邯郸拜高派创始人高庆奎最得意的弟子、著名表演艺术家李和曾为师。一次李和曾到临清探友，忘了带每天必吃的治疗心脏病的药。倪茂才发现后急忙从邯郸赶往临清，费尽周折找遍了临清的大小宾馆，终于找到了老师。李和曾感动地说："你可真是有心的孩子，太及时了。"李老师说，你别白来，咱爷俩合作一段《逍遥津》吧——那是倪茂才与老师的第一次"同框"。临清的朋友送给李和曾一条当地的特产鱼，他们回到邯郸后将鱼放进了宾馆的冷冻柜。几天后返北京时，李和曾忘记了那条鱼。半个月后，倪茂才突然想起了冻在冰柜里的鱼，他又急忙去取了鱼，大热天地坐上火车送到了北京。那时候往返北京车票需要16元钱，师母李忆兰又是感动又是嗔怪地说："你这孩子呀，这鱼都不值16元哦，难为你的一片心啊！"

倪茂才身上有股倔劲，学戏时表现得尤为突出，平日里非常尊敬师长的他常在学戏时惹得老师大怒。李和曾曾要教他《失·空·斩》，倪茂才却说我不学，我要学《孙安动本》。老师笑着说，我还是头一次见到跟老师提要求的学生。在李老师家里，因为倪茂才认为高派的个别唱腔应该加以改进，有时不完全按照老师所教的高派唱腔学，好几次气急了的李和曾抓起东西就往地上砸，怒喝："还没学成就想着改！"以致后来倪茂才每次学戏前都会小心翼翼地把周围摆着的物品先收起来。

倪茂才对《孙安动本》这出戏有着极深的感情，因为这是李和曾先生教他的最后一出戏。2000年倪茂才向李老师学戏时，李老师对倪茂才戏言："看看过这个生日还能说戏，过不了就'嘣噔仓'了。"每每提起恩师，倪茂才总是不禁红了眼眶："李老师是坐着走的。"

在艺术的革新上，李和曾对倪茂才给予了无私的支持和扶持。倪茂才曾感慨地对我说：当时老师已经78岁了，之前得过脑血栓，教我《孙安动本》时有场殿前三跪，都是老师亲自给我做示范。学完后我在吉林演出，想找当地的老师改改剧本，人家一听是当年李和曾的演出本，说什么也不敢接。我就给李老师打电话，老师语重心长地说虽然学戏时我让你照搬照学，那是因为没打好基础未曾消化怎能吸收营养，但学成后你可以根据自身的特点随便改，继承好了才能创新。老艺术家对艺术无比纯粹的理念令我终生感怀，可以说老师发火时泼在我胸前的一杯茶浇醒了我，使我对艺术有了更深刻的感悟。

继承传承　炉火纯青一高腔

《东方早报》曾在报道中这样说：京剧高派艺术创始人高庆奎是京剧八大须生之一，由于高派对嗓子的要求非常高，因此传人日益稀少，且大多年事已高，真正能登台演出的已为数不多。吉林省京剧院倪茂才是当今京剧界屈指可数的高派名家，也被许多人看成是振兴高派的希望。

《人民日·报海外版》也曾发表《且喜"高派"后继有人——看倪茂才演〈逍遥津〉》：李和曾先生这一辈后，"高派"后继人已寥寥无几。可喜的是吉林省京剧院来京演出竟有《逍遥津》。更可喜的是，这位倪茂才继"李"学"高"，嗓音宽亮、高亢、气力充沛，唱得字正腔圆。许多观众交口称道他：不愧是一位艺术上相当成熟，并且大有前途的"高派"继承人。

《中国京剧》杂志一位资深人士感叹："倪茂才是京剧界难得的一条好嗓子！"

更有戏迷网友在网上激动地发帖说：倪茂才的《逍遥津》太棒了！精彩绝伦，无可挑剔。他的演唱已到了炉火纯青的地步……

吉林省戏剧家协会原主席宋存学则以"风月无边德为先"赞

誉倪茂才，称赞他作为一个艺术家，首先将德作为人生坐标，以此形成的艺术风格才有了风月无边的可人美丽，更称赞他虽没做过什么品牌代言人，却是观众心目中的京剧形象大使。

确实，高派老生必须具备调门特别高、嗓子特别冲、唱功特别好的基本条件，这三个"特别"的条件使得高派渐成稀有。为博采众长，学习其他流派，2009 年 8 月 1 日，倪茂才又拜叶蓬先生为师，认真受教。倪茂才担负着传承高派的重任，他对此有着清醒的认识："现在能登台演出的高派老生没有几个了，我是这里面年纪最小的，也已经 50 多了，越发觉得培养接班人的重要性。我的责任是扎扎实实地把高派继承下去，一点一滴地领悟流派艺术的真谛，认认真真地推出几部具有代表性的高派剧目，把高派艺术发扬光大！"

梦圆时分　风月无边德为先

艺术财富，接过来，更需传下去。因为高派艺术对演员的嗓音条件要求极高，所以一直以来高派艺术人才十分匮乏，影响了高派艺术的传承和发展。

京剧高派艺术人才培训班是吉林省戏曲剧院以倪茂才为基点，在 2015 年向国家艺术基金申请的人才培养资助项目，并于当年正式立项，在全国各个京剧院团以及院校的报名者中遴选出了 10 位优秀青年演员。2016 年 8 月 1 日，国家艺术基金京剧高派艺术人才培训班开班仪式在吉林省大众剧场隆重举办，倪茂才在开班仪式上郑重致辞。京剧大师高庆奎先生之子高韵笙先生发来了祝贺视频，著名京剧表演艺术家李和曾之子李新代表嘉宾致辞。培训班邀请了全国各个院团的艺术家作为指导教师，其中包括高派传人辛宝达、倪茂才、吴平，另外还邀请了康秉钧、赵景勃、张关正几位老师来教授理论课知识，同时还为学员们安排了声乐课和户外采风等课程。主要目的是挖掘和培养一批高派艺术的优秀继承人，使高派艺术发扬光大，丰富高派艺术人才的梯队建设。倪茂才动情地说："最令人感动的是，已经 90 多岁高龄的高韵笙先生（高庆奎大师的幼子）还特别录好了教学视频，以供我们学习班的教学。京剧高派艺术传承基地落户长春，为京剧高派艺术未来的发展奠定了坚实的基础。国家艺术基金京剧高派艺术人才培训班的成功举办，更为京剧高派艺术的传承储备了人才力量。"

2017 年，京剧高派艺术人才培训班在全国进行教学成果巡回展演。此次巡演挑选培训班中优秀学员代表参加，展演剧目以京剧高派经典剧目《除三害》《辕门斩子》《逍遥津》为主。学员们把在高派艺术人才培训班学到的知识，通过舞台传达给全国各地喜爱高派艺术的观众。倪茂才带领学员们的巡演唱响在长春、北京、石家庄、正定、济南、滨州、南京、金华、杭州、诸暨、义乌、上海、丹东、青岛、武汉等城市，充分展现了京剧高派艺术的魅力。

起承转合，继往开来。吉林艺术学院戏曲艺术创作研究中心倪茂才工作室也已成立，为戏曲艺术传承、培养优秀戏曲表演人才、开展学术研究和艺术交流搭建着重要平台。

立足脚下这片黑土地的历史文化，倪茂才创作的目光深情地投向东北抗联代表人物——战斗在吉林、牺牲在吉林的抗日英雄杨靖宇。2014年6月24日，大型原创现代京剧《杨靖宇》正式建组。该剧由我国著名戏曲导演徐培成任编剧、导演，著名剧作家孟繁琳任编剧（执笔），著名京剧表演艺术家倪茂才领衔主演。作为重要的革命历史题材作品，全剧通过描写杨靖宇将军这位民族英雄戎马一生的丰功伟绩，运用舞台艺术的表现手法，重新诠释和剖析了这位伟大的革命历史人物，赞颂着杨靖宇将军所带领的东北抗联精忠报国、坚韧无畏的爱国主义精神。创作之初，倪茂才就喊出了"用杨靖宇的精神排演好杨靖宇"的口号。剧院上下团结一心，充分发挥"一棵菜"的集体主义精神，立志将此剧打造成为讴歌党、讴歌祖国、讴歌人民、讴歌英雄的精品力作。该剧自2014年9月首演以来，已在北京、上海、长春、杭州、金华、诸暨、苏州、延吉、吉林、敦化、通化、靖宇县等城市演出多达90余场，并在杨靖宇殉难地组织安排了23场演出，为杨靖宇将军献上最崇高的敬意。该剧2014年参加了"第七届中国京剧艺术节""第十四届中国戏剧节""第十一届上海国际艺术节"。同年，受文化和旅游部的邀请，《杨靖宇》作为唯一一台京剧剧目进京参加庆祝中华人民共和国成立65周年献礼演出。2015年12月13日，在国家公祭日当天，该剧亮相国家大剧院。演出当晚，文化和旅游部党组书记、部长雒树刚到场观看演出，对此剧给予了充分的肯定。2017年，该剧荣获吉林省文艺最高奖长白山文艺奖。2019年，该剧赴上海参加第十二届中国艺术节，同时参加第十六届文华大奖的角逐。日前，《杨靖宇》这部作品迎来了其百场演出纪念日。上海著名评论家毛时安撰文说："在现今舞台上，高派对演员的嗓音有着极限化的要求，是比较少见的流派。而《杨靖宇》让我们又一次领略到了高派唱腔的神韵及风采。这种神韵和风采为人物塑造起到了极为重要、独到的作用。倪茂才用唱腔完成了对杨靖宇的塑造，特别是最后的安排非常得体，不仅使观众在听觉上得到了充分而饱满的艺术享受，而且让我们真切感受到英雄的精神情怀。"倪茂才则坚定地说，《杨靖宇》充分展现了爱国主义的高尚情怀，激励着我们每一个中华儿女不断砥砺前行，我们将通过此剧向伟大的祖国献上最崇高的敬意和最真挚的祝福，以国粹演绎国魂！

　　中国京剧像音像工程是传承和弘扬中华优秀传统文化的一项重要举措，是列入《中共中央关于繁荣发展社会主义文艺的意见》、中共中央办公厅和国务院办公厅《关于实施中华优秀传统文化传承发展工程的意见》和国务院办公厅《关于支持戏曲传承发展的若干政策》的国家文化工程，是党和国家对京剧艺术树经典、跨时空、多维度的保护，是对中国文化继承发展的一个巨大推动。尤其是保留了当代的名家名作，为观众进入精美欣赏提供了厚重的平台。同时，此举对以京剧为代表的民族艺术的抢救、保护和传承，具有颇为重要的示范与带动意义。工程选取当代京剧名家及其代表性剧目，采取先在舞台取像、再在录音室录音、然后演员给自己音配像的方式，运用现代科技手段，反复加工提高，留下最完美的艺术记录，彰显当代京剧艺术家的创造成果和艺术精华，以促进京剧艺术传承发展。

　　从 2017 年开始，倪茂才先后录制了《逍遥津》《辕门斩子》

《斩黄袍》《哭秦廷》《三打祝家庄》《赠绨袍》《碰碑》等高派代表作，同时受文化和旅游部委派，与贵州京剧院合作录制了《女杀四门》。还计划录制高派代表作《孙安动本》《大·探·二》《除三害》等。可以说，倪茂才在中国京剧的历史舞台上，留下了浓墨重彩的一笔！

站在舞台上、讲台上，回望40年艺术生涯，倪茂才说，我从10岁开始就踏进了戏剧艺术的殿堂，响遏行云的国粹京剧润泽着我的艺术生命，使我行舟艺海、人生圆梦。当我在国内外舞台上无数次听到掌声响起，看到古老的中华文化流光溢彩、历久弥香，在艺术的百花园中，我采得了梅花，摘得白玉兰，我为我是这美丽梨园中精彩的一枝而无比骄傲。我感恩，在我的艺术道路上，有那么多的前辈一路扶持着我、无私地支持着我。我的心中永远铭记16个字：守住清贫，耐住寂寞，只管耕耘，莫问收获。继承是必需的，创新是必要的，发展是必然的。为了艺术之树的枝繁叶茂，为了艺术流派的继承传承，我将一直努力，并到永远。

敬畏土地　粮道向天

　　鲁迅文学奖是以中国新文化运动的伟大旗手鲁迅命名的文学奖项。与茅盾文学奖、老舍文学奖、曹禺戏剧文学奖并称中国四大文学奖，是我国最高荣誉的文学大奖之一。2014年8月11日，第六届（2010—2013）鲁迅文学奖获奖作品名单正式揭晓。吉林省著名作家任林举的《粮道》荣获第六届鲁迅文学奖。

　　笔耕松漠，墨染岳桦，轻云起处，粮道丰收。任林举，是一位笔端始终行走在玉米大地上的吉林省作家。

在玉米大地上叩问命运

　　任林举现为中国作家协会会员、中国报告文学学会理事、中国散文学会会员、第五届鲁迅文学院高级评论家班学员、吉林省作家协会全委委员。近年主要从事报告文学、散文及文学评论的创作，已先后发表各类文字200余万字。他的散文《岳桦》在2009年曾被全国高考试卷选作阅读理解试题。目前出版个人专著六部：《玉米大地》《轻云起处》《说服命运》《粮道》《松漠往事》《上帝的蓖麻》。《说服命运》获 2004 年全国电力系统职工文学大赛"优秀著作奖"；长篇散文《玉米大地》获吉林省长白山文艺奖、吉林省精品图书奖，入围第四届鲁迅文学奖；散文《后土无言》获第二届吉林省文学奖；散文《阿尔山的花开与爱情》获第六届冰心散文奖；长篇纪实文学《粮道》获吉林省长白山文艺奖、首届君子兰文艺奖、第六届鲁迅文学奖。

任林举 1962 年出生于吉林乾安，从小即着迷于排列之后美丽无比的文字，甚至给同学们的留言都是他精心填就的一首首词。他曾这样形容：文学，从我懵懂无知的少年时代起，就是亮在远方的一盏灯火。虽然那时我并不知道它意味着什么，温暖、光明或者梦想？但它却对我构成了巨大的牵引和渴望。

任林举是乡亲们眼中懂事、勤快的好孩子，早早地就懂得为父母分担家务，甚至清晨大人们还未醒来，这个被呼作"大全"的心性敏感的小小少年就已经出门拾柴干活了。至今，他的身上还留有 30 多处干农活时落下的疤痕。

任林举常说："农村、农民、土地，如这些疤痕一样，给我心灵深处刻下的记忆，永远不会消退。"

因此，他的作品中，才对土地和粮食有着极其强烈的情感；因此，他的笔下才流淌出这样的文字——在所有事物里，只有粮食如流动的水一样，绵延不断，在时间的河床里承载了人类悠长的历史以及我们苦苦寻索而始终难得的道。

以鸿篇巨制抒写粮道天道

《粮道》是任林举历时两年,走访 17 个省市,与近百位农民、粮食工作者、地方官员、农业专家、科学家以及社会工作者深度访谈,经多维论证完成的一部纪实文学作品。

《粮道》不仅通过人类与粮食之间的自然依存关系表证了"民以食为天"的普通道理,而且超越了粮食的物质属性,强调和凸显了粮食的人文价值和精神属性。依凭粮食这种"人性试剂"构筑起进入事物核心的独特维度,直接触及到人、社会、自然的某些本质和深层规律。作品从八个不同侧面阐释了粮食与大道、粮食与人性、粮食与命运、粮食与文化、粮食与伦理、粮食与兴衰、粮食与安全、粮食与未来的关系。作者的视野、思考和笔触纵越远古和现代,横跨东方与西方,立足家园而心忧天下,熔史料文献、感性记忆、口述实录以及田野调查于一炉,把诸如粮食政策、人口消长、生存繁衍、自然生态、政权更迭、经济发展、文明盛衰、科技弊端、伦理诉求、历史教训等话题并入宏大、厚重的"粮道"谱系。通过对粮食生产、流转、消费及其运行规律的陈述举证,揭示出粮有粮"道",同时,也通过粮食对人类社会横跨岁月的牵引与反控等各种实例,揭示出粮道与人道、世道以及天道之间相互依存、呼应互动的内在联系。

有人说,弄懂上天的一些想法,可能是任林举写《粮道》真正的初衷与动力。他愈来愈发现人们跃跃欲试要替代上天的企图,而忘却人之所以是人不是神、皆因有着自身永远无法超越的弱点,犹如细流小溪无法承受万吨巨轮一样。

也有人说，任林举在创作《粮道》这个宏大的作品时，是把自己拉成了两把弹弓，让一部分射向江海，一部分射向天空。他让自己彻底地疼痛了。这种疼痛不是撕心裂肺那种生理意义上的体验，而是灵魂对灵魂的追逼、纠缠与搏击。任林举以一种近乎自虐的方式，一步一叩首地走在了一条神秘莫测的"粮道"上，去探寻许多人早已遗忘或不屑的问题。

在任林举的笔下，《粮道》有别于一般意义上的报告文学。作者娴熟调度多种文学表现形式，倾力兼顾文学性与纪实性，既注重材料的真实感和亲切感，又注重手法上的超离性和文本的创新性。

有评论家认为，《粮道》是纪实文学写作领域题材乃至具体写法上的突破。作品以调查报告的真凭实据为根基，充分运用诗意淋漓的文学性语言，精准把握文本叙事节奏，通过缜密的思考与辩证，最大限度地实现了生态诉求、社会伦理、生命哲学与科学精神的融合辉映。整部作品恢宏从容，绵密深致，诗意葱茏，展示了一种具有前瞻性和超越性的大视野、大气象、大境界，为神话与危机俱在的无序世界和苍生命运，倾注了深重的忧患意识和温暖的人文情怀。

执笔天问　谱说人性

粮食问题是民生大事。任林举在《粮道》中笔锋犀利，把粮食安全问题比作"另一场鸦片战争"。对于这个含义悠远深刻的定义，任林举对我说，要回答这个问题，首先得说说战争。很多人认为战争的目的是将对方摧毁或消灭，其实不是，战争的目的是征服、控制和获得利益。对于人类，最彻底的控制是精神控制，英国人很早就发现了这个道理并找到了一种特殊的载体——鸦片。但中国人觉醒了，最后他们迫不得已才动用长枪大炮。还是美国人高明些，找到了粮食这种充满智性的物质。美国前国务卿基辛格曾说："如果控制了石油，就控制了所有国家，如果控制了粮食，就控制了所有人。"对于中国这样一个东方巨龙，粮食是不可回避的软肋，在某种程度上讲，它比飞机大炮更具有打击和控制的力量。

　　关于《粮道》的创作体裁，有人说是报告文学，有人说是新概念纪实体文学。任林举则认为，不论报告文学还是纪实文学，首要一点都应该是文学，并且必须是文学。一般学术上要求这类文体必须具有三性：纪实性、政论性和文学性。这是一种限制，也是一种解放。说限制，因为它们不仅是文学而且要纪实；说解放，因为采取哪一种文学表现方式和风格并没有限定，所以在这个维度里，完全可以自由自在一些。他形象地将其比喻为一个药方，每位作者都可以根据主题表达的需要和个人的写作风格进行取舍，配方不同，文体的特征和"药性"就有所不同。如果纪实性和文学性偏重，作品看起来可能就更像纪实体小说；如果政论性和文学性偏重，可能作品看起来就更像政论散文；如果只有纪实性和政论性而缺少文学，就可能只像论文、通讯或总结报告了。

　　除了《粮道》，任林举的《玉米大地》也是关于粮食问题的。他恳切地表示，"其实不论《玉米大地》还是《粮道》，本质上并不是在写粮食和玉米，我是在写人、人性与玉米、粮食的关系。作品的重心还是在人上，说的是粮道、人道、世道乃至天道。"

敬畏文字　敬畏土地

多年的创作生涯中，任林举常常睡不踏实，于凌晨时分醒来，在趾高气扬的汽车喧嚣中，侧耳分辨那带着拖斗的三轮摩托或四轮农用车的嗒嗒声——它们的主人叫农民。任林举形容这些运输工具是天鹅群中奔出的鸭子，挣扎着向城市前行，只为运去那里赖以生存的粮食与蔬菜。这些声音频频侵入一个有良知的敏感的作家梦中，驱使他的笔在"粮道"上耕耘，心在"世道"间起伏。

第六届鲁迅文学奖和往届不同的是，本届评奖首次将评委实名投票情况予以公布。而此次获得我国具有最高荣誉的文学大奖，任林举平静地说："当鲁迅文学奖获奖名单上最终出现我的名字，我没有过多的兴奋与欣喜，只有超出自己预料的冷静。此时，我如一个埋头跋涉于崎岖山路上的行者，突然听到天空中传来了一声喝彩，我愣了一下，停下了匆忙的脚步，慢慢抬起头，这才发现在自己的前方、身边、身后竟然有那么多的同路人。原来，我并不孤单。片刻间，过往的多少失意、多少恐惧、多少挫折、多少委屈与伤痛，都化作了无声无形的泪水，开始在我的心底汩汩流淌。我一个人躲在办公室里，关紧门，静静地感受着这个奖励给我带来的巨大鼓舞和慰藉。最后，在我心灵的屏幕上，清晰地映现出两个显赫的大字：感恩。"

若将人生比作战场、将生活比作一场战役的话，那么，作家的笔就是射向生活的利器。任林举对自己的获奖作品做了这样的总结：如果说我在《粮道》里做了一些出新的努力，那就是让作品在关注现实的基础上于文学性上做得更丰富、新颖一些——在文体组合上加入了诗歌、小说和散文多种要素，力争与传统的报告文学在形式上区分开来；在语言风格上和叙述手法上尽量摆脱旧有框范的束缚，与传统的报告文学在质地、质感上区分开来；在切入的角度和思考的深度上，在文学自觉以及思维理念上与传统报告文学区分开来，尽量做到新与深，努力离平庸、平淡远一点儿再远一点儿。

（本文 2015 年获第四届吉林文学奖。第四届吉林文学奖评语：《敬畏土地　粮道向天》记述了一位作家对土地、对农民、对粮食的深刻理解和情愫，超越和构架了当下报告文学新样本。）

百炼始成钢，十年磨一剑。锋利穿铁透，收发随自然。艺业同一理，一山高一山。峰巅近咫尺，终生需登攀。《中国画十八谈》一书问世，此书独出己见，用笔惊人，展示了一个古稀长者抛却世俗杂念，剖析自我优长以飨后人的良苦用心和朗朗照人的肝胆。

胡笳击节十八拍　翰墨问笔十八谈

胡笳本自出胡中，缘琴翻出音律同。十八拍兮曲虽终，响有余兮思无穷。——听蔡文姬的千古绝唱《胡笳十八拍》，仿佛随着这位冰雪气度的奇女子一唱三叹地同行在一波三折的漫漫长路，琴音与歌声穿越古今直达心底恣意流淌……临窗月下品读关鉴的《中国画十八谈》，方看一谈，便似有识字清风牵引拂卷，一字初见，五味归心。手不忍释一气贯通十八谈。字里行间长歌击节、广袖善舞，直觉香茗润心、墨香沁脾，再思文姬十八拍"是知丝竹微妙兮均造化之功，哀乐各随人心兮有变则通"，不禁轻叹蔡琰所言之精致、精准。

品读《中国画十八谈》，不禁想起我以前写过、非常喜欢的这样一句话——清风明月四时景，景中有人自在吟。

先说景中之人。关鉴，满族，1941 年生，吉林海龙县人，所以他常自题：海龙人关鉴。1964 年毕业于吉林艺术学院美术系，分配到吉林人民出版社任美术编辑，1980 年调入吉林省美术创作室（今吉林省画院）工作至今。从毕业创作《知心人》《杨占山家史》两件作品参加第五届全国美术作品展开始，在画坛频现才华。他的作品曾被中国美术馆收藏，并刊登在《美术》《人民日报》《光明日报》等报刊上，曾在北京、天津、上海等美术出版社出版；曾为国家外事活动复制过自己的作品；作品被人民大会堂、中央军委、国家博物馆、毛主席纪念堂、宋庆龄纪念馆等展馆收藏；有数十篇有关美术的文章在《光明日报》《中国文化报》等报刊发表。曾作为美术代表团成员出访美国、朝鲜、韩国，并曾获得其他国家授予的荣誉称号，作品为多国友人收藏。曾任吉林省第六、七、八届政协委员，现为中国美术家协会会员、吉林省文史馆馆员、中央文史研究馆书画院研究员、吉林省画院专职画家、国家一级美术师。其代表作《欢乐的草原》《革命代代如潮涌》《大车店》《蓖乡秋》《寒凝大地》《风和日暖》《千秋功罪》《关东风情》等为人所熟知。尤其是他那件颇具传奇色彩的代表作《革命代代如潮涌》，以工笔重彩描绘知青下乡受欢迎的热烈场面，构图开阔、基调欢快，成功入选"庆祝新中国成立二十六周年美术作品展览"，从此声名远播，有关此画的传奇故事在坊间交口相传，可堪写进历史。而故事的主角关鉴，却仍似在他作品的清风明月四时风景之中，自在吟唱。

品书必及人，说《中国画十八谈》，当说肝胆、说品格，说风骨，说境界。

说肝胆。此书观点可谓独出己见，语出惊人，大胆至极！卷首语开篇即言：笔者已年过古稀，十六年的编辑生涯和五十年的绘画创作实践，积正反两方面的经验，弄清了一个问题——中西画虽都是造型艺术，但是两个不同甚至是相反的绘画体系。工具自不必说，从理论基础，到认知理念、观察方法、处理手段，都无共同之处。闻此观点令人震惊之余，再往下看，却体会到作者良苦的用心："反思自己半生所画，因为受所学西画基础所累，均离真正的中国画艺术相去甚远，因此格调不高。自身的反面经验，不想因后来人迟悟而浪费时间，此系笔者写此书的动机之一。"作者是20世纪60年代早期国画专业的毕业生，多年来倾心关注中国画坛。他发现了一个十分值得深思的问题：活跃在中国画创作方面并有一定成绩的，虽也有专业毕业生，但有一半甚至更多一些的是没进过院校门的。他们并没有进过专业院校，没学过西画的素描和色彩，但他们的作品都曾在国家及省内产生较大的影响。所以关鉴大胆得出这样一个结论："中国画的学习，肯定有区别于西画的自身规律，否则他们又不是超天才，如何能够在国画创作领域往来自如呢？西方的素描其意在'体'，中国画的线描其意在'形'，两者的外在特征和实质精神都不一样。中国画的造型基础是线描，它本身就是高级的、其他艺术无法替代的艺术形式，我们无须舍弃民族固有精神屈就西方的词汇。"关鉴更大胆放言：特定时间、特定空间、特定光照下的可视存在和色彩科学是西画的理论依据；对客观存在的自我意识和主观精神是中国画的理论依据。学习中国画，学历不是问题！时间不是问题！年龄不是问题！那么什么是问题呢？创作意识是问题！学习方法是问题！思想方法是问题！品阅至此，掩卷长思——古稀长者，抛却世俗杂念，剖析自我的优长以飨后人，其情可感，其心可叹，更可见其开阔的朗朗肝胆。

说品格。画品如人品，关鉴退休后教了几个身份、年龄、经历、基础、资质、修养各不相同的学生，用他的话说，大多是没拿过画笔的"白纸"。为在中国画领域"传道授业解惑"，他总结毕生的经验，进行深入的理论思考。他自创了一个从后向前学的逆向教学思路，短时间内这些学生都有不同程度的提高。学生极力劝说他将这些宝贵经验写成文字留传下来。而这一力作，正如该书的序中所说——关鉴是一位颇有成就和影响的国画大家。他的大量作品以鲜明的主题、丰富的题材和精湛的艺术功力，热情讴歌黑土地壮美河山和火热的社会生活。形式风格多样，构思独具匠心，笔法不拘一格，刻画人物细致入微，有很高的艺术造诣。《中国画十八谈》集关鉴半生学习、创作、研究成果，对于探讨绘画艺术规律，促进学术交流，丰富画坛理论很有意义。关鉴也在他的书中表示，创作从来就不只是一个简单的基本功问题，它与画家的政治倾向、文化素质、思维方式以及洞察力、想象力、表现力等多方修养联系在一起，甚至关乎作者本人的人品。中国画以线为骨，意象为魂，墨为主体，笔墨语言，散点透视，题识钤印，博大精深。所以，《中国画十八谈》用相当笔墨谈及画家的品格、修养、悟性、眼睛，旨在给那些只追求画画基本功的学习者以提示。

说风骨。有专家在点评《中国画十八谈》时指出：该书从探索中国画创作规律出发，借鉴古今中外艺术成果，阐述了中国画的基本功、基本方法、要领技巧及其基本特征，强调艺术的本质在于创造、在于创新。倡导作为一名画家，要有"大爱、挑战、牺牲、傲骨、谦虚、有情、襟抱"等思想境界和艺术情怀，把提升画家的品格、修养放在创作的首位，这是非常可贵的。而风骨，又是一个寄情翰墨之人所不可或缺的。中央美院美术史系主任、教授、博士生导师、中央文史研究馆馆员薛永年称关鉴为吉林美术界的才子，并赞誉他"探秘传统，金针度人"——用的是元遗山诗意："晕碧裁红点缀匀，一回拈出一回新。鸳鸯绣了从教看，莫把金针度与人。"薛永年赞许关鉴不做那种"不度与人"的绣花人，将《中国画十八谈》誉为金针度人之作。

说境界。《中国画十八谈》第一谈"关于中国画教育的思考"，被薛永年称为阅读这本书的"钥匙"。薛永年认为，20世纪以前，中国画只有画没有所谓中国画，西画传入中国，在美术教育上渐成主流形态后，才有了中国画或国画的名称，以与西画相区别。然而在西方强势文化冲击下，由于缺乏自信，甚至以科学衡量文化，国画往往被视为保守的画种，遭受不断的改造，处境比较艰难，这一切都反映在美术教育中。薛教授中肯地点评道：虽然从学生时代关鉴就是佼佼者，然而他的专业基础偏于写实，他的创作思想较长时间偏于认识客观世界，在受到时代恩惠的同时，再聪明的人也不可能不受到时代的局限。可贵的是，他对这点十分清醒，而且早已纠正并加弥补，并且把自己最新的认识教给学生，如今又以十八谈的形式诉诸读者。

所以说,《中国画十八谈》站在新世纪的高度,反思中国画 20世纪以来的正反两面经验,在弄清上述问题的基础上,对中国画理法认识,已经去除了遮蔽,透视到内核,抓住了要害,谈出了关键。

在关鉴自己的眼中,《中国画十八谈》是一本介乎于简明读本、教学讲义、感悟思索、经验总结之间的书籍。围绕中国画的教育论、本质论、创作论、笔墨论、神韵论、空间论、构图论、风格论、画家修养论、品格论、理法对立统一论、学习方法论等,展开繁简适当、深入浅出的讨论。讨论的问题涉及了中国画的道和技,思维方法与表现方式,基础和创作,画内与画外,传承与变革。在第十五谈中,作者将中国画创作的五十对矛盾逐一解析,但也有不属于矛盾范畴的几对内容收入其中。正文之外,又加《砚边余墨》一段,将作者对艺术之理解点点滴滴组织进去,亦是非评非议,若感若悟,信马由缰,随处而止。关鉴表示,他还准备将这种逆向教学继续深入研究,以期使这种教学方法更加完善,也欢迎有共同认知的同道同人加入这种逆向教学方法的研讨中来,以求"众柴之效"。

《胡笳十八拍》击节长歌唱不完,滴滴血泪洒汉书,《中国画十八谈》翰墨问笔写不尽,一腔心血寄案头。正如关鉴《铸剑图》一诗云:百炼始成钢,十年磨一剑。锋利穿铁透,收发随自然。艺业同一理,一山高一山。峰巅近咫尺,终生需登攀。

墨荷润利笔　静湖洒暗香

重重叠叠飘逸如云的荷叶洋洋洒洒，似乎每一条筋脉都流溢着潜藏于墨色之中、饱含浓郁生命的新绿；接天连日的无穷碧叶之间，一枝红艳露凝香——柔嫩红透的荷花半遮娇容，好一朵淡淡妆、天然样的出水芙蓉！这就是刚刚出版的蒋力华书法作品集《静湖荷香》清悠淡雅的封面，也是蒋力华倾注深情创作于母校东北师范大学静湖荷塘边的摄影作品《静湖荷香》。

蒋力华是一位学者型的书法家。他自幼酷爱书法艺术，在繁忙的工作之余，陶醉于甲骨、钟鼎、魏碑、唐楷之中，可谓床头案上，全是碑帖；心临手摩，意驰神飞。用他自己的话来说就是：坐则手在腿上勾画，站则脚在地上运势，随时感受着二王的清朗秀美，欧虞颜柳的光明正大，癫张狂素的高山流水。经过多年的研磨，走笔挥毫时，其行笔、运墨、韵律、气势、神采等皆独具一格，自成体系。

读蒋力华的作品，你会发现，他在创作中总是选择自己情有独钟的文辞内容，将自身真性情的流露饱蘸笔端，尽性挥写所思、所想、所追求、所向往……如大气磅礴、豪气干云的"观沧海"，如意味深长、含意警人的"海有容""足有峻气，心抱春怀"；如吞云吐虹、酣畅淋漓的"笑看红尘""行气如虹，行神如风，寥寥长空、蓬蓬远春"；如意境幽远、引人遐思的"烟柳画桥""小园香径，一曲新词"；如暗香袭人、怡情养性的"静如兰若""轻燕春风，野竹秋雨"……品读其作品，正像有些专家所言，字字皆有"磅礴乎字外"的张力，似乎要冲破有限的纸面向四周延伸。

如此这般，无怪乎书法名家观其书作皆作赞评。著名书法家丛文俊解读其作品时说，蒋力华的作品中没有丝毫的巧思、矜持和矫饰，笔墨与情怀浓浓地交融在一起，在浓烈的艺术气氛中营造出一个真实的自我。因为作者从大山中走出来，他的笔墨情怀映衬出大山的厚重与博大、坚质与苍郁，作品的朴实之美则是衔接作者与大山间的桥梁，所以观者从作品中所读到的也就是一个真实而富于活力的书法家。著名书法家金中浩曾评说，蒋力华的书法独特之处首先在于其"气势"——笔墨在纸上纵横驰骋，所向披靡，犹如挟大海风涛之气，笔阵中层层推进的惊涛骇浪大有摧城拔寨、横扫千军之势。这"气势"正展现了书者博大、刚正的胸襟。其次是作品的神采，透过他的笔势、节奏，隐隐能嗅到米、黄的气息韵味和秦汉的质朴无华、魏晋的雄健洒脱。再次是作品的章法，气势开张，错落有致，使整幅作品有绘画的构图美：时而如渴骥奔泉，时而似飞龙破壁，时而又翩若惊鸿，时而则华茂青松。吉林人民出版社总编辑邢万生描绘蒋力华的书作"力透纸背，华彩鹰扬"，认为其作品曰真、曰新、曰劲、曰境。另有方家则认为，蒋力华的书体以大字行草见长，以元气淋漓为宗旨，务求笔饱墨足而富于激情。他弃文人的"怯弱"与"美饰"，重情、重势、重趣、重直率真实的流露，坦坦行来，在不雕不饰中却暗含一种精神的力量与"法度"的自由性，洒脱而无放纵之弊，浑莽有雅逸之致。其大学行草在"癫张狂素"的体势骨脉中兼杂颜真卿的圆浑遒劲、米南宫的韵势跌宕、王觉斯的雄健错落与黄庭坚的纵横狂放，可谓众美咸备而独出心裁，化古出新，假人为我，体现出了书法家融汇前人的能力和建创自我的才思，是一种文化精神和自我品性的发轫之作。

现为中国书法家协会会员、吉林省书法家协会副主席、神州书画院特邀书画师的蒋力华，书法作品多次参加国内外重大书法展事；吉林美术出版社出版了《蒋力华书法作品集》、吉林人民出版社出版了《蒋力华书法新作选》，他还曾与友人携手刊印了作品集《嘤鸣集》。其书法作品集《静湖荷香》，是蒋力华向母校东北师范大学建校六十周年献礼之作。在东北师范大学这个精英辈出的校园里，蒋力华度过了人生中集中读书最多的一段时光。学生时代的蒋力华有空就泡在图书馆中，如饥似渴地攻读喜爱的书刊典籍。中文系资料室有一套日本出版多达20卷的《中国书道全集》，他从头至尾翻赏研读了10余遍仍兴犹未尽。是中国书法艺术殿堂中熠熠生辉的书法大家和法书巨作，使他确立了对中国书法艺术穷尽一生不懈追求的方向。在《静湖荷香》一书中，蒋力华的书法作品与他拍摄于母校的一幅幅校园景观，尤其是静湖荷塘的摄影作品相得益彰，相映成趣。

整本作品集充溢着一个谦谦学子对母校的无限情意。

书法艺术中笔随心意,意随神游。而所谓神者,心悟之悟也。多年的书法研究使蒋力华对书法艺术有一番深刻的心悟,他认为,"玄机"在于对书法线条的高超把握,因为书法生命是书法线条的逻辑展开,书法线条在有限中游离出无限,生长出艺术之花。陶文线条朴厚,甲骨文线条劲爽,金文线条凝重,石刻文线条粗犷,竹木简线条妍美。真、隶、篆是书法线条功力的诉说载体,而行草书则是书法线条上的伟大生命律动。这种书法线条的生命律动具有革命的性质,是中国书法最重要的美学特征,在线条把握上的极富智慧者,则是书法史上长青不朽的书法家,即现今之所谓"巨匠"。书法线条依于笔,本乎道,通于神。正如孙过庭谓之"如奔雷坠石,如鸾舞蛇惊,如绝岸颓峰",在癫狂的跃动中抖擞神采,拍发气韵,幻化境界。

从蒋力华的书作中可以读出,书法艺术已贯穿了他的整个生命并融入了血脉之中。他曾说,书法是他永远的生活和生命之舞,而且是沁入心脾并与之相伴终生的。在他的标准里,一幅作品能让人精神一振是为佳品,如春天之生机盎然则为上品。所以,他信笔勾勒的,便是他所欣赏的行神如空、行气如虹;是他所喜欢的荒荒油云,寥寥长风;是他所企望的空潭泻春,壮士拂剑……而这一切,都归结为平淡平静平常平凡饱含人生境界的——我写我字。

凌笔写神骏，潇洒唱大风

　　有一种语言叫清雅，有一种气势叫磅礴，有一种精神叫傲岸，有一种品格叫风骨。

　　翻开大八开的《易洪斌现代写意画选》，一股雄浑豪迈之气扑面而来。封面上，一团团漫卷的火苗在腾踏奔涌而来的万马之中熊熊燃烧，无数匹骏马狂奔着、嘶鸣着，在鲜红的火阵中横空出世。这幅摄人心魄的作品，被画家命名为——《诞生》。

　　在易洪斌的所有画作中，直达观者心灵的，是那浓烈夺目的色彩，酣畅飞扬的笔墨；是那充溢每一个角落的蓬勃的生机、张扬的生命；是那勃勃向上、昂扬豪迈的气魄；是具有强大的震撼力和感召力的激情。正像艺术界前辈蔡若虹老人对其所盛赞的那样："神在征途形在马"，讲的就是易洪斌在绘画上形神两胜的卓越气象。

　　易洪斌的画，大致可分为以下几个方面：

　　一为情怀博大、气势浩荡、飞云流火、刚扬壮美的极具感性色彩的作品。且看他的《来疑沧海尽成空》《大漠那边红一角》

《大气》《方阵》等作品，在那尺幅之围、毫管之下，似看到大千世界，红尘潇潇，浩气东来。那腾云驾雾携雷御风而来的马阵，如历史的洪流以巨浪逐天的万千气象向前迈进。

易洪斌笔下的马，一方面学习借鉴了西方现代绘画的技法，一方面吸收了中国传统文化和民间艺术的营养，表现力极强。在当今时代伟大的历史变革期，人类社会产生着一次又一次剧烈的地震，振幅之广、震波之强直指人类灵魂的皈依处。作为具有五千年悠久历史的中华文化，恰如喷薄红日、皎皎明月，辉映在天地之间。而易洪斌的作品，正有着一种时代的龙马精神，一种阳刚雄豪的美。

酣畅淋漓的作品中，画家的用笔十分洒脱大胆，展现出多种表现风格——如《红云深处》一画中，群马由猎猎怒火中似一股奔涌的铁流奋蹄飞驰而来，骏马身上那如钢似铁的青铜颜色，佐以大红大黄熊熊燃烧的火，马阵与火阵相搏、相映、相溶、相亲……马借火势，火借马威，再对马儿以跳跃的红色点睛，于是骏马的眼中也有了喷射的火苗。整幅作品以底部铁蹄扬起的尘沙为托，如天马行空，又如蛟龙出海，勾绘出气脱毫素、骏骨英风、潇洒飘逸、天机入神的不可阻挡之势。

在易洪斌《所向无空阔，真堪托此生——关于马的随想》一文中，我们可以看到画家临案作画时眼前的景象是怎样的："当诗圣杜甫搦管挥毫写下这样激情喷涌、寄慨遥深的诗句时，他大约也像我现在画马时一样，眼前一定风烟滚滚地掠过无数骏马与主人同生共死、赴汤蹈火的景象。不同的是，他心中沉积的对社会的感察、对人生的咏叹、对友情的渴求，已然力重千钧地凝聚于笔端。'所向无空阔，真堪托此生'，此十字胜过千言万语，高度凝练地展示出骏马一往无前的气概和忠勇无俦的品格；除马之外，天地间何物可当此盛誉！此诗写尽了马的威力、马的风范、马的作用和人对马的深情，堪称咏马的千古绝唱。"

这就是画家爱马的内心独白，也是他笔下的马何以如此大气磅礴、激情四射的心灵源流。

二为崇尚自然、感悟哲理、拷问现实、理性思考的作品。画家近年创作了一组颇具深意的作品——《仁者》《圣者》《智者》……

先看《仁者》。画家在画作题记中写道，"一支年代不详，以杀伐为生的武装队伍，不知从何而来、向何而去，没有谁能止住他们坚毅沉重的步伐，当之者必将遭遇一场血战。但是此刻，一个小小的意外使这些铁石心肠的战士猝然止步——就在他们的脚前，跌落了两只嗷嗷待哺的黄口雏鸟，两个年幼无助的弱小生命……"在这幅作品中，手持利器的剽悍勇士也在这娇嫩无比的小生命面前停下来了，于是大军止步，虎目生情。画家还题写道："谨以此献给世界动物保护行动。——人和动物在这个星球上都有生存的权利。"这是画家对整个人性所提出的严厉的叩问。

再看《智者》。绿荫下，巨石旁，一只可爱的猴子怡然自得地骑在老虎的身上，而另一只猴子则在温顺地与一位智慧的老者对话。这里展示的，是一个灵魂和另一个灵魂相互之间的心灵融会，是将思想的灵媒转达为视觉的语言。在这里，没有暴虐，没有欺诈，无所谓强悍，无所谓弱小，人与动物、植物乃至大自然共同构筑了一道温馨和谐的风景。这或许就是画家理想中的伊甸。

还有《圣者》。一位母亲，双手托着一个酣睡的婴儿。那小小的柔软的生命，在母亲的抚慰下安然入梦。无论周围有着多么的动荡不安、风起云涌，婴儿在毫无防范、无所顾虑地酣然大睡。因为环绕在她们身边的，是一双双高举的手、一道道关切的目光。浓浓的爱意流溢在整幅画面，此情此景，已容纳不了别的任何东西，只有爱，圣洁无邪、至善至纯的爱。这是画家对人类最高情感的呼唤和祈盼。

三为至情至性、婉转细腻、柔和唯美、温馨脉脉的作品。在《长恨歌图》《凌波》《在水一方》《天地之间》等作品中，观者读到的，是另一种蕴含、另一种情感。

《长恨歌图》中，现实与梦想、战场与宫闱的巨大反差在画面上相生相斥。画家更以浪漫笔法，描绘了一对相亲相爱的人一起向着云天，向着理想的境地飞升，表达了"天长地久有时尽，此恨绵绵无绝期"的真挚情怀。至于《在水一方》《夜香犹在》等，则主角都是一清纯的女子，或与藤叶相伴，或与天鹅等美的精灵相望，或与兽中王者猛虎以目光对话。

著名画家刘国辉曾这样评价易洪斌的画，认为他"在并非人物画的画中读到了人的存在"，"画出了自己的风采、自己的品格"，在他的作品中，让人们看到了"寄托着一种希望，一个健全的生命存在和积极的人生态度"。在易洪斌的作品中，似乎猛虎的双眸也闪耀着人性的光芒，是对艺术境界中"物我两忘"的完美追求。

正如诗言志一样,画中的语言代表着画家的本性,画如其人,画就是画家人格品性的图解。对易洪斌来说,马是最能为其代言、表达其情怀的灵物,具备了别的物象所不能替代的刚性和力度。恰似一方家所云,马有龙的精神、牛的耐力、雄狮的英姿、虎的威风,既雄强刚烈,又温文尔雅,似乎人们可以在马的身上感受到各种精神内容。当此风云际会的大时代,声势逼人、风卷残云、气吞万里的骏马骄傲地成为时代的精灵、巡天的神龙。这也正是画家将其奉为自身精神图腾的缘由。

易洪斌曾这样说过——我一直相信,打破时间与空间的壁障,让历史之河一泻千里的,首先是壮伟之举,是浩然之气,是力,是铁,是拼搏与奋斗,是奉献与牺牲。而对艺术的追求,则应苦觅穷求、抵死缠绵、澄怀悟道,方能怡然心会,触处皆春。所以,只有具备丰厚的文学艺术底蕴,有对历史的深切理解,有对美学的独到把握和对艺术的悟性与灵感,他的作品才能恰到好处地交流着理智与激情。艺术的语言如行云流水随心而化,艺术的空间如宇宙苍穹浩渺无边。在他的感受中,马已不单纯是马,而是志在四方的猛士,是闪电霹雳,是一种上天入地横绝六合冲开一切险阻开通前进道路的力量,或者说,它本身就是历史的洪波大浪。

掩卷深思,我们是否可以得出这样一个结论:善用箫者,凤自环其耳;苦为舟者,艺海自渡也。其实易洪斌已回答了这个问题——"纵峻耳如削,瘦骨如铁。漫说北群空八骏,欲挽天河洗尘色。问何时,大象兮无形,耿星月。"

丹青绘宏卷　笔底尽风流

丹青宏卷，尽绘风流。有这样一位已 90 高龄的老艺术家，从新中国成立十周年至今，先后创作了党的领袖系列中国画作品，作为对党、对祖国的献礼，在国内外引起了极大反响。回顾他具有代表性的作品：《毛主席来到俺庄丰产田》（庆祝新中国成立十周年献礼作品，连续六次再版）；《高山流水》获纪念联合国世界环境日"祖国环境美"展览金奖；他还创作了周恩来、刘少奇、朱德、宋庆龄、彭德怀、刘伯承、贺龙、胡耀邦等素描像……他曾这样深情地表示："我从艺数十载，除了领袖人物，还有大量的人物画是表现工农兵和知识分子的。我曾深入全国数十个大型矿务局，为全国著名劳动模范画像；又深入长江抗洪第一线，既歌颂抗洪军民英雄，又表现了党和国家领导人深入抗洪前线、为国为民的伟大襟怀。"

他，就是我国著名书画家胡忠元。

在东北亚艺术中心以"一带一路·文化相通"为主题的第七届东北亚国际书画摄影展中，胡忠元作品专馆展出了老画家的百余幅作品——他每一幅传神的画面，都是让几代人回忆的历史瞬间；每一个被画笔永恒凝结的瞬间，都是当代历史上曾大书特书的史实。本届书画摄影展还首次展出了胡忠元创作的习近平总书记画像。

深情系笔端　宏卷心绘成

胡忠元，1929年出生于吉林四平一个丹青世家，祖籍山东蓬莱。他5岁学书，6岁习画，14岁就在当时的报刊上发表画作，题材从人物、动物、花鸟、山水及至书画的工笔、写意、真草隶篆皆有涉猎；从小还游艺于琴棋书画之间，精熟小提琴、吉他、二胡、高胡、木琴、京胡、口琴等8种乐器。他1948年参加革命，1956年加入中国共产党，系中共吉林省委党校离休教授。现任文化部中国诗书画院院长；为中国美协、中国书协会员，中国摄影家协会、中国艺术摄影学会、中国新闻摄影学会、中国老摄影家协会会员；中国工笔画协会原理事；中国现代格律诗学会理事；走进崇高书画院名誉院长；澳门神州妈祖文化交流协会高级顾问；台湾《投资中国》杂志资深记者、艺术顾问；韩国现代美术家协会名誉会长。

吉林解放后，作为解放大军中的一员，胡忠元被分配到吉林省党政干部学校（后改名为吉林省委党校）。他发挥自己的艺术强项，教唱歌曲《解放区的天是明朗的天》《咱们工人有力量》《没有共产党就没有新中国》……省广播电台每逢周六播放他的中西乐器独奏，几近家喻户晓。集会游行、欢庆解放，人们高举他画的领袖像走在队伍的最前面。

　　几十年来，胡忠元的书画作品先后载入《人民功勋艺术家》《一代大师》《共和国杰出艺术家》《中国艺术大家》《走向世界十大中国画家》《聚焦中国书画大家》（书法、国画两集，并为书名题字）《中国书画领军人物》（书法、人物画、花鸟画三集）《国礼艺术大师》等。部分作品由国家代表团赠送给友好国家元首、政要……其书画作品被中南海、人民大会堂、毛主席纪念堂、国家主席会议室和许多博物馆及碑林收藏。2011年纪念辛亥革命100周年时，全国政协将其精品人物画《国母宋庆龄》赠送给中国台湾。2011年，在军事博物馆举办了《庆祝中国共产党成立九十周年·胡忠元从艺六十七周年诗书画展》。

　　胡忠元画中领袖人物精彩神韵的成功创作，源于老艺术家心中对祖国、对人民的强烈的爱。他曾一次次长久地对着电视机目不转睛，一字不漏地认真聆听总书记的报告，体会报告的精髓深义，在心中拨动强有力的美妙乐章，及至动笔，不仅是翰墨流溢、汗水浇注，更是心血绘就。

以画颂伟人　展笔写精神

　　1959年，时任吉林省美协副秘书长、30岁的胡忠元接到任务，用3个月时间创作完成工笔人物画《毛主席来到俺庄丰产田》，向国庆十周年献礼。他认真体会毛主席诗词、书法中的恢宏气魄，仔细研读毛主席的经典篇章，探其精髓，品其真味，终于圆满地完成了画作。该作品以毛主席视察河南新乡七里营公社时的情形为参考，以农村大地的丰收景象为背景，描绘了毛主席看到丰收好年成的喜悦之情，表现了领袖情系人民的深情厚谊。此画一经面世，通过省展、东北三省联展及进京展而迅速传播，年画、挂历多次再版，广泛见于美术类图书，而立之年的胡忠元声名远播。

此后的数十载，他将对领袖的爱倾注笔端，多位领袖人物像在他的画笔下绽放光辉。用赵南起上将的评价就是——其创造性劳动"影响了几代人"。

在陈云105周年诞辰之际，时年80高龄的胡忠元接受了以陈云"四保临江"为素材的主题创作任务，以一年的时间数易其稿，完成了名为《飞雪兼程，星夜曙光》的工笔巨作。作品将陈云在大战前气定神闲、从容不迫的气概表现得淋漓尽致，用业内专业人士的话说就是"画出了陈云的睿智、深刻和大局意识"。以致该画在军事博物馆展出时，百余位将军观看展览，陈云的老部下驻足画前连声称赞："陈云同志的神态抓得太准了！"

心血融翰墨　从容走丹青

第九届全国政协副主席、中央军委原委员、总后勤部部长、上将赵南起曾特地为胡忠元写下《再说人民画家胡忠元》一文：1999年，胡忠元同志在历史博物馆举办"庆祝新中国成立50周年诗书画作品展"时，我为他写过《人民画家胡忠元》，如今，我又写《再说人民画家胡忠元》。其新作《大成至圣先师孔子圣像》和楷书《弟子规》赞声如云。他的作品把工笔人物的孔子圣像刻画得细致入微、栩栩如生、活灵活现；楷书《弟子规》写得结构严谨、笔精墨妙。孔子的神韵、作品的内涵深深打动了观者。作品顺应了我国社会主义精神文明建设的需求，适应了人们对弘扬中华传统文化、建设文化强国的需要。艺无止境，止于至善。胡忠元同志多才多艺，诗书画并举，笔耕不辍。他把对党、国家和人民的热爱，倾注于诗书画作品中。在艺术创作上，他坚持数十年如一日，潜心钻研，不断创新，创作出一幅又一幅艺术精品，赢得了许多赞誉；他把对贫困学生、少数民族孤儿、孤寡老人等弱势群体的感情，通过作品的捐赠、义卖加以充分表达，中华慈善总会曾为他颁发感谢状。伟大的时代必然产生杰出的艺术家，杰出的艺术家必然以其精心打造的作品回报伟大的时代。希望胡忠元同志"老骥伏枥，壮心不已"。

报告文学作家吴扬以《人活精神》，详尽描述了他眼中的胡忠元：当今画坛，胡忠元的作为和品格难能可贵，是传统文化精粹生生不息的范例。胡忠元以其作品，以他那一代知识分子的特质，垂范当下，继往开来。岁月匆匆，但它总会为我们截留一些标本，深深地打上时代的烙印，使我们从中看到知识的力量，了解自身的差距，也就看清了方向在哪里，明天怎么办。

"人生何其短，转瞬两鬓斑。大难犹不死，垂暮霞满天。"这是 1999 年 11 月胡忠元在他于中国历史博物馆开幕式上吟读的诗句。豁达的老艺术家乐观地言道，人生易老，一个体弱多病的我，现在身体健壮、满面红光、白发转黑、吃睡皆香，写字画画，宛如青壮……

　　《中国收藏》曾用十个版面介绍胡忠元的人品、作品，正如其中这样一段评语所言："人的可贵在于平凡中的梦想，而成功之后的可贵在于甘于平凡……胡老可以算是功成名就的画家了，但可贵的是胡老总能保持一颗平常心，在有生之年笔耕不辍，始终把自己当成一个普通的艺术工作者，每一幅都画得那么虔诚。毫无疑问，这是他的画作能够长久留在历史长河中的充足理由。"

我和著名画家胡忠元

昂然千年不死,死了千年不倒,倒了千年不朽。这,就是胡杨。2016 年 10 月,《大漠心境——施永安焦墨胡杨长卷》由人民出版社正式出版发行。这件以胡杨为题材的长卷,完全用焦墨贯穿始终,以隶篆之笔挥写胡杨,堪称一部展示胡杨美、弘扬胡杨精神的巨制。展长卷,清晰可闻远古而来的声音:谁说已近枯老,吾身依然刚直。

大漠心境走篆笔　铁画银钩颂胡杨

昂然千年不死,死了千年不倒,倒了千年不朽。这,就是胡杨。

胡杨,因其叶子既有杨树之形,又见柳树之貌、枫树之姿,故也称三叶杨、异叶杨,维吾尔语称其为托克拉克,即世界上最美丽的树;蒙古语称陶来,并尊为圣树;汉族称之为扎根大漠的英雄树。胡杨之美,以博大之脉波、平等之频率,向世间所有人发送。然而,最先收到者,总是那些热爱生活的人。胡杨,其青铜的风骨、绝世的风姿,直如电石火光般击中了一位吉林书家的心。

隶篆金石笔　以心写胡杨

"甲午杪秋,游西北木垒胡杨林。震撼吾心,以篆笔写之。"2014 年秋，吉林书家施永安应邀前往新疆。初识胡杨，那可观的外在之美，可感的内里之魂，激荡着他的心灵。而得知"发扬胡杨精神"一语已成兵团将士的座右铭，其触动之大、印象之深，在书家心底引发了又一次"地震"。

忆及与胡杨的初见，施永安动情不已。他感叹地对我说，世间万象都有缘分——我与画结缘在初中，与胡杨结缘，年已六十有六。时逢初雪之后叶落色空，那些或孤寂独处或三两为邻的胡杨，深深地打动了我。好像木垒的每一棵胡杨，瞬刻之间都顺着单反的镜头，钻入我的胸怀。从此，胡杨之姿魂牵梦萦，给了我大漠般的心境，几乎占据了我全部的生活空间。我少年时代的绘画之梦，辗转五十多年才得以实现，可谓漫长的求索之路。长年篆隶、篆刻的实践与研究，似乎就是在为今天的重操画笔做充分准备！手头先后刻制的百十方闲章，也似乎是专为胡杨而备。尤为重要的是，数十年的篆隶实践、教学示范，最为注重的就是中锋用笔与捻管使转，如今顺势过渡到胡杨，还是那几支石獾笔，当是苍天使然罢！

铁画银钩精研考，一朝写尽胡杨情。施永安以胡杨美、胡杨精神对其内心的震撼、感悟，焕发出创作的激情，执书家隶篆之笔龙蛇挥画以写胡杨画卷。脑海中荒寂风雪中的胡杨极度深沉、瑰玮凄美，以一股无形的超强磁力把他从篆隶金石中拉进胡杨之境。历时两年，施永安沉浸在胡杨昂扬高绝的世界里，完成了 800 余幅胡杨速写，并终于将胡杨长卷付诸现实。

行笔以心，不可止也。2016 年 10 月，《大漠心境——施永安焦墨胡杨长卷》由人民出版社正式出版发行。这件以胡杨为题材的长卷，完全用焦墨贯穿篇头卷尾，用篆笔写胡杨的形态与纹理，画心宽九十六厘米、长六十六米，堪称一部展示胡杨美、弘扬胡杨精神的巨制。纵观长卷，正如作者所感：游西北木垒，知大漠情怀，悟抗争性格，犹闻青铜气息，纹理中有虬龙雄风，亦见鸟兽生灵。更有斑驳之忆，风沙袭扰，久日不雨，以及气候骤变，都会无意间雕琢老身，留下印忆之痕。

放畅达心意　传导是精神

倾尽心血写长卷，施永安为的是传导那一份精神、那一份正气能量；为的是把胡杨之美、胡杨精神，传递给更多的人，让有形胡杨给人以无形启迪。在他心中，胡杨有着极为特殊的艺术价值和精神内涵。他说，竭尽身心之力，用书篆之笔写胡杨，传播胡杨之美，是我的责任。发此声时，他已忘却了自己已近古稀的年龄。慷慨淋漓间，他对何以选择胡杨为题材之问做如此答："是胡杨选择了我，我也爱上了胡杨。这，是大自然与我的缘分。"

漫漫写生路上，静立于胡杨林中，施永安收远古之音，听胡杨合吟。胡杨以独有的沧桑之美，向他传输着尊严、自信与力量，让他以六十六岁之年，汇集身心之力，去与胡杨沟通、交流。他眼中、笔下的胡杨——似肖像者，仍显示着生命的尊严；似鸟兽者，依然可见荒原之野性；似青铜器者，其形如鼎、古朴庄严，机理若篆、天公可读；还有那纹理万变、枝貌无双之美与高密度之满满的正能量，都震撼着他的心灵。那动静交织独特的沧桑美，驱动他的画笔，描绘那坚韧、深沉之性格。他想大声向天："谁说胡杨林中沉寂无声，在那天公造物的奇异形态与鬼斧雕琢的纹理上，都可清晰地感知到史诗般的律动，以及远古生命的呐喊！"所以，他以书法之笔绘画，记录的是与大自然抗争之履历表，是胡杨史诗般的神话——那是远古生灵的群像，飞扬大漠雄风，尽显青铜霸气。

人间有正气　慷慨挺脊梁

淋漓命笔,尽述心境。多年的书写、篆刻、教学、著述等实践，尤其是篆隶的丰厚功底，为施永安由书法转入绘画打下坚实的基础。长卷中百余棵胡杨造型各异、纹理多变的沧桑、峥嵘之美，以及用笔之使转、老辣，勾、皴、擦同时进行，还有题款中诗词风采,无疑尽来源于此。著名画家高向阳对此做了这样的评价：施永安是由书法走向绘画的成功实践者，亦是以篆书笔意写胡杨的先行者、拓荒人，他蹚出了一条用篆书笔法写胡杨的独特之路。

在施永安的胡杨长卷中,在他的笔底和心里,胡杨美的本真、兵团将士刻骨不忘的座右铭，铮铮铁骨的胡杨精神，都应该是脱去繁茂装饰后的至简。具象而言，就是那些在恶劣环境下的极限抗争，致使枝干生成近于畸形的奇伟瑰怪；是那些极富多维变幻的动感和颇具生灵、令人联想不已的无双造型；是那些鬼斧般的粗犷雕饰，堪称神工的万变纹理，以及渗透着两周青铜器、汉代画像砖的浓重气息。所以,他笔下的胡杨取篆书之法，用的还是案头那几管书写篆隶的石獾笔，以近四十年地写篆积淀，把写字的抽象线条转化为绘画的具象线条，其共性为表现美、传导美，故而笔下写实多于写意。这种线条转化，有着令人入迷的微妙过程……

身在胡杨林中，施永安似可觉察到世间的生灵再现。他说，胡杨所有构形、机理的线条，都会让人感知生命的延伸，宛如黄河九曲的流脉，跃跃律动的五线谱，篆隶用笔的屋漏痕。胡杨的生存环境是恶劣的，既要身遭狂沙肆虐，又要饱受盐碱侵蚀和缺水的煎熬。胡杨林里总能见到一些树之主体虽已枯萎，然而谁也想不到会在什么部位节外生枝，焕发出一簇绿意盎然。偶见体弱者便躬身触地，难以想象接了地气之后，像是从地面上长出一棵树来，叶冠其上，再披金黄。亦有宁折不弯者，如同断壁残垣，其形壮美凄凉，直如天公之造物。此情此景，怎不令人怀想：是什么力量在支撑着它，从来不因贫瘠而迁徙，顽强地守护着自己的家园，保有着亘古不变的信念，足踏盐碱，身披黄沙，不失尊严，屹立不倒，防沙护林，以保一片绿洲？这，就是胡杨精神之所在，是千古传颂的大漠之魂，是胡杨无愧的美称——大漠的脊梁。

人在理解、亲和胡杨中，以达同步得意，会心不远。诚如施永安与胡杨的对话所得，展长卷，清晰可闻远古而来的声音：

谁说已近枯老，吾身依然刚直。这，就是心中的胡杨。

时空融皓魄·烈火透人心

"《唇典》是2017年中国文学天空划过的一道闪电，建立了一座与东北有关、与边疆有关的人情世态的博物馆，考验着我们对文学的认知度和忠诚度。"这是在由复旦大学中国当代文学创作与研究中心和《收获》杂志共同主办的刘庆创作研讨会上，吉林省作家协会副主席宗仁发对小说《唇典》给出的评语。这次研讨会，也是继在北京现代文学馆举办的《唇典》创作研讨会之后，关于这部小说的又一次重要文学讨论。

刘庆，1968年出生于吉林省辉南县，1990年毕业于吉林财贸学院。1990年在《作家》杂志发表小说处女作。1997年《收获》发表第一部长篇小说《风过白榆》，并由作家出版社出版。2001年在河南文艺出版社出版长篇小说《冰血》。2003年《收获》刊发长篇小说《长势喜人》，后由漓江出版社出版。长篇小说《唇典》刊发于2017《收获》长篇专号（春卷）。另有中短篇小说近百万字，发表于《作家》《大家》《钟山》等多家文学期刊。

品读刘庆其人其作，我想到的是四个词汇：时空、皓魄、烈火、人心。

时空：挥墨未洒辛酸泪，十年辛苦不寻常

刘庆的作品创作有十分准确的时间记录：因为他习惯于在一部作品开篇时写下时间。《唇典》写下第一行的时间是2005年2月18日22：03；2015年9月3日上午10：26，《唇典》完成了最后一行。可谓——挥墨未落辛酸泪，十年辛苦不寻常。其实刘庆也没想到这次写作会耗费十多年的时间，太漫长了！以致他如此戏说："在我的认知里，只有曹雪芹的《红楼梦》才配得上这么长时间的写作。"

刘庆对时间的理解是独特的。一般文学作品都需要时间的对应，但《唇典》不用，讲故事的主体是一个萨满。现实中的人需要以年代和时间格式化地标记人生，但神灵不需要。神灵没有时间概念，神灵超越了时间。这一时空，婉转灵动。

2000年12月26日，刘庆就在日记里写下了唇典两个字。这个词他是在一本介绍东北文化的书上看到的。书上说唇典也叫春点，是一个行业的行话和切口的意思。《林海雪原》里的"天王盖地虎，宝塔镇河妖"即是唇典，是土匪的行话。刘庆写下这两个字的时候便已将其改变原意：字有字典、词有词典，而唇典，就有了更多的想象空间。他将其引申为口口相传之意，唇典——口口相传的民族史、民间史，是无字的经典，是嘴唇上传承的故事，既贴切又传神。刘庆深以为这两个字会成为一本好书的名字，为了这个书名他兴奋了好久。"请静静地听吧，

这是古老的长歌，萨满神堂上唱的歌"，当他从满族神话《西林安班玛发》的头歌中摘引完这几句，《唇典》的写作基调就已经定型。

写作期间，刘庆的朋友帮他找了辽宁营口一处僻静的农家院，他一个人去了那里——去完成已在心中雕刻多时的长篇小说《唇典》。《唇典》的最后部分是在农家院的麻将桌上完成的。时逢淡季，农家院只有他一个人住。晚上，前面村子里有人去世，正在办丧事，远远的能听到哀乐的悲鸣……

《唇典》中的故事大部分发生在白瓦镇。白瓦镇是虚拟的，原型是吉林珲春。白瓦镇是一个五方杂处的地方。小说开头就是森林小火车开入白瓦镇。那是 1910 年，现代文明进入此地。珲春有着特殊的地理位置，一眼望三国——中国和朝鲜、俄罗斯的交界。这样的地理位置有着天然的复杂性。

"写东北的历史从 1910 年写起最合适。" 1910 年，清朝到了末年，此后，满文将在中国大地上逐渐消失。东北迎来了第一次移民浪潮，大批人从山海关涌入东北。很长时间里，刘庆以为给盛唐带来毁灭性打击的安禄山和史思明的故乡是在甘肃或青海那一类的地方，所以当得知他们来自辽宁朝阳时，刘庆大吃一惊："金庸的武侠小说多次提到过这里，《天龙八部》中慕容复要重振的燕国的国都就在朝阳。这里还是红山文化的发祥地之一。"刘庆小时候听《岳飞传》，从未将黄龙府和长春附近的农安联系在一起。"一直觉得胡地非常遥远，岂知自己就生活在胡天胡地之中。"

20 世纪 60 年代，刘庆的母亲逃荒到东北。和许多东北移民一样，刘庆的母亲特别会讲故事。《唇典》里有一个公鸡的故事：一户人家的女儿，每夜都有一个身着华服的男子来和她共度良宵。家人发现了这个秘密，让姑娘将小伙的衣服藏起来。第二天早晨，鸡叫头遍的时候小伙子离开。姑娘藏起来的衣服变成一地鸡毛，而一只没毛的公鸡却在发抖。原来，公鸡就是那个小伙子。这个故事是刘庆的母亲讲给他听的，被他写到了《唇典》里。刘庆的姥爷是渔民，曾经踩着冰排小船逃生上岸，这一经历被写进《唇典》上部《铃鼓之路》中的第五章。

刘庆这样描写他的笔耕：写作的过程总是细若游丝、随时断掉的光景。这是一次无法回头的冒险，船在水中浸淫已久，波掀浪涌，随时可能倾覆。要么前功尽弃，要么争取完成。有时候，大脑常常进入枯水期，语言的河流好像干涸了，那些句子就像失约的客人，酒席摆好了、饭菜凉了，就是不肯到来。现实中的故事比你想象的还要精彩和不可思议，作家能否超越读者的想象和现实的丰富，也许是当下严肃文学最大的挑战。

长篇小说创作就像远涉沼泽中的一条大河：在一个有阳光的早晨，你想象着目的地的鲜花与壮美，于是你带上干粮和几本书上路了。一开始，你兴奋着，很容易涉过了几个泥潭。你向前走去，于是陷入了沼泽深处，但瘴气里还有花香，还有蛙鸣，可你要应付潜流、深潭，还有更多的未知的凶险。这样的写作真是一种冒险。最初的时候，仅仅是一个火花，照亮了你的心灵，在笔尖和键盘上熠熠生辉，你高兴你捕捉到了它。然后，你中招了，你不得不用两手将那火花捧在手心里，而你的四周长风呼啸。又像一个大风夜室外的一点烛火，随时都会被风吹灭。

一堆柴草点燃了，浓烟滚滚，风越来越大，这堆无用的柴草根本无法战胜黑暗，可是这堆火已经点燃了，要么你任由它熄灭，要么你让它燃烧起来……

破冰扬帆，破茧成蝶，终有天成。

《唇典》写了十年，刘庆一直想不到好的结尾，这部书的创作航标若隐若现、似乎迷失了。

有一天，刘庆和一位朋友聊天，朋友指着一棵高大的树木告诉刘庆，这棵树是从长白山里挖来的。那棵大树静默不动，刘庆却心里一动——树木离开了它的生长地，被种植在喧嚣的城市，成为城里人生活的点缀。那些被强行移植的树木会感觉到疼痛吗？也许那些灵魂的觉醒和幻灭同时到来了，灵魂、神明和现实瞬间凝固在一起，头顶的云彩已经变成了历史的烟云，一束光打在他的脸上，命运神奇地打通了时空的屏障，刘庆仿佛接收到了灵感的频道和密码。过去就是今天，爱原来一直与我们同在，无论敬畏还是疏离，无论怀念还是迷茫，爱从未背离——就在我们身边，就在我们心里。

那一刻，刘庆心怀感激，他知道，《唇典》可以写完了。

《唇典》的写作不是断断续续地写了十年，而是持续笔耕十年的写作。刘庆和《唇典》在一起生活了十多年。他知道，《唇典》走出他的书房就不再属于他，而将独立面对读者、独自面对时间、独自接受喜悦和评判。

写下最后一个标点，他希望，《唇典》是一粒幸运的种子，能够种进人心，茁壮成长。

皓魄：人生自然当如是，心海太空走"幽灵"

刘庆 54 万字的长篇小说《唇典》，首刊于 2017 年《收获》长篇专号（春卷），其后全本由作家出版社出版。

《唇典》一经问世即引发国内文学界多方关注：

2017 年位列中国小说学会年度排行榜长篇小说榜榜首；

2017 年进入《收获》文学排行榜长篇小说榜（专家榜）；

2017 年进入《扬子江评论》文学排行榜长篇小说榜。

2018 年 7 月 17 日，香港浸会大学，六位终审评委——钟玲、陈思和、黄子平、阎连科、陈义芝、白睿文——坐在一起。一个大纸牌子放在讲台上。时间到了，牌子打开，第七届红楼梦奖揭晓，获奖的是刘庆。

这次红楼梦奖决选激烈。刘庆的《唇典》和台湾作家连明伟的《青蚨子》一度打成平手，分别获得了六位决选评委手中的三票。终审评委当初设定为六位，就是预测到有可能打平时，不是一轮定输赢，而是在此情况下进行充分讨论。有意思的是，经过一番讨论，各有一位评委改变了原来的主意，结果又是平手——还得继续讨论、继续投票。最后一轮，其中一位评委改投《唇典》，刘庆胜出。

学者钟玲在美国上大学时研究过萨满，她非常希望到当年刘庆收集萨满材料的地方走一走。她很欣赏《唇典》对萨满的描写，认为没有哪本小说能像《唇典》这样把萨满写得这么透彻，她说："《唇典》是萨满文学的典范。"

《唇典》中充满神明，用令人惊叹的方式描述了人们熟悉而陌生的现实和历史。刘庆觉得可以用"精神现实主义"来描述《唇典》。东北的民间文化的确有着唇典的某些特征。在《唇典》的创作中，刘庆将萨满作为一种精神力量来呈现，"如何处理好神话、传奇和现实的关系是一个难点。更重要的是要将这种精神力量和历史结合在一起。"历史真正的组成部分，是血肉和每个当事人的命运，搅拌命运的，不是泥浆，而是血浆，还有欢喜和悲伤的泪水……

随着对萨满的了解，刘庆逐渐认识到将萨满和"跳神"等同实在是对萨满的亵渎。"成为一个萨满，不但要承受精神上的痛苦，更要承担未知的命运。史实证明，他们最终还会被抛弃。中国北方萨满的命运最后定格，雪神消失了、风神消失了、爱神消失了……"相对于其他东北作家对萨满的书写，刘庆笔下的萨满的确更具精神力量。他将社会现实纳入《唇典》的范围里。而神灵和神明视角的出现，新的叙事系统产生了：换一个视角看人生，就多了一些理性、血性和诗性，多了一些悲悯和忧伤。这种悲悯和救赎，渗透着小说对万事万物的关照。

评论家程德培认为，《唇典》非常突出的是用了不同的视角，尤其是萨满的视角。对萨满来说，或者对萨满的很多秘密来说，它没有时间，是反时间的，或者短暂的时间、瞬间的时间。时间与反时间这两个视角是很精彩的，有对立性和互相渗透性，既写了历史又完成了追根溯源，寻到人类生存的本源。从时间和反时间来处理，两种视角交替、对立。现在，人类与自然的关系已经变成人们日常生活、每时每刻要碰到的问题，这个主题甚至超越历史。贯穿《唇典》从头到尾的一个最重要主题，就是处理人和自然的关系。《唇典》不是让人们回到过去，而是借过去对今天或者未来发出感慨。刘庆笔下的人物不是用正面或进入人的内心写，而是写得如幽灵般的模糊感。小说把许多黑白分明的东西悬置起来，写出不可认知的东西。

评论家吴义勤和王金胜合写的"《唇典》论"里则这样写道："游荡于《唇典》的'幽灵'，连同作为民间宗教的萨满教，深蕴着集体意识与无意识，包藏着族群的普遍生活经验和智慧……百年之前，鲁迅曾召唤先秦文化的'幽灵'，从中汲取'原生的力'以为民族创生的资源……为的是以之为本源，开出现代文明。果真如是，《唇典》岂不也游荡着鲁迅、沈从文式的现代'幽灵'？"

烈火：圣灵之光破长风，火花盈袖绽心头

由复旦大学中国当代文学创作与研究中心和《收获》杂志共同主办的刘庆创作研讨会，主题最后凝聚为"源自东北大地的圣灵之光"。而刘庆之于烈火，似乎格外动情。他常常讲起自己小说里的一场场大火，讲起自己小说里的盗火女神：

"由于特定的生存环境，相当长的历史中，萨满在人们的生活中担当着特别的角色，是人与自然打通关系的纽带，为人提供灵魂上的指引与精神的抚慰，他们是神秘的，也是有血性的、温厚的。我在小说中写到了盗火女神拖亚哈拉大神的形象，为了给人间盗取火种，美女其其旦将神火含在口里，最后被烧成虎目、虎耳、豹头、豹须、獾身、鹰爪、猞猁尾，但她仍保

持着一颗人心。她四爪踏火云，巨口喷烈焰，驱冰雪，逐寒霜，驰如电闪，光照群山，为大地和人类送来了火种，招来春天。这和汉文化中龙的形象何其相似？尤其是这个神灵还有着一颗'人心'，这就多了更多的象征。东北人身处寒冷之处，对火的渴望成就了这一极具地域文化特色的火神崇拜。富有牺牲精神的神明正是通过萨满的演绎穿透人心。"

于是，在《唇典》里，大火从头烧到尾。火成为隐喻。对抗东北的寒冷和命运的寒冷，需要火。

作者对火元素的安排更是旗帜鲜明。除了描述东北人因地处寒冷之地而渴望火之外，也指出这种经验式的渴望经由萨满文化而转化成一种精神圣痕："对火的渴望成就了这一极具地域文化特色的火神崇拜"。

《人民日报》海外版副总编李舫说，长篇小说《唇典》的开篇，充满了诡谲的气息，让你想起罗贝托·波拉尼奥和他的《2666》，想起博尔赫斯和他的《特隆、乌克巴尔、奥比斯·特蒂乌斯》，想起托马斯·品钦的《万有引力之虹》，想起安伯托·艾柯的《以玫瑰之名》……作为文学群像的精神史，"一切真历史都是当代史"，这是为人们所熟知的"克罗齐命题"。无疑，《唇典》涵盖了自 1910 年以来到所历经的诸多决定时代走向的历史事件，但细读起来，这些关键性的历史事件在作者的精心叙事中，全部退回到背景式的存在。《唇典》为人们呈现的是：在时代的风云嬗变中，在古老与现代的碰撞中，在战争与和平的交迭中，在苦难与安定的轮替中，这一方人民的心灵运动史。《唇典》的结局是对灵魂树的追寻、也是对一代人的守护、更是对逝去者的爱、对苦难者的悲悯。作者试图向读者传递的是"悲悯是摒弃狭隘的道德判断之后的大爱，只有无私的大爱才是唯一的救赎之路"。

是的，人会在纷乱面前做出不同的选择，人的精神在遭际苦难与战争之后也会被重新塑形，它或许会变得凶残、丑恶。但终其到底，总有一些手执普罗米修斯之火的人依然坚守着这份源自心底的爱与暖。

同为生长于东北，李舫这样理解——作家刘庆探寻的是：正是心灵内在的爱，才使人们不至于在执着中毁灭、在熔铸中迷失，才会在历经透彻心骨的断裂之后去原谅、去宽恕。这份爱其实并不源于被束之高阁的神明，它是人们心灵的底色。《唇典》描述了在时代的裹挟下，人们的各种行动选择、精神面向，这些共同构筑出了20世纪前叶东北人的故事。这种集熔铸力量与爱于一身的萨满式精神是这片土地所浸润的文明气质，也是这方人的文化基因和精神编码。

所以，《唇典》讲述的是我们的家乡，我们的内心，我们的成长，我们的世界，以及——我们的未来。

人心：风过白榆话静好，长势喜人染沧桑

刘庆是敏锐的，也是敏感的。他一直觉得，年轻人消解掉对现实的感受是非常糟糕的事情。刘庆在小学五年级的时候，曾在日记本上写下了这样几句诗：那是春天的中午，村子外面的稻田白亮亮的，村子里很安静，正午的阳光照在村路上，路

像一条大河，白白的，高大的杨树一动不动，仿佛每个开着的窗口都传出沉睡的打鼾声……

年少时，刘庆参加过长春春风文学函授班，学费第一年是12元，第二年是16元。他在地瓜地里一边翻蔓子，一边向父亲要函授的学费。他一直一直不停地跟父亲讲，很快就能赚回稿费。刘庆发表第一首诗是在大学一年级，虽然他读的是财经院校，学的是统计学。

1996年，刘庆写完了长篇小说《风过白榆》。那时候，他还没有勇气向《收获》投稿。1996年8月，作家出版社编辑张懿翎到长春，刘庆志忑地将稿子交给张懿翎，张懿翎当场翻看，也就三分钟的光景，她说，这个稿子我出了。

1996年的一个冬夜，刘庆在外边和朋友吃饭，汉显BP机上出现了一个陌生的上海电话号码，刘庆向朋友借了手机回电话。接电话的是《收获》杂志编辑钟红明，告知准备在《收获》发表长篇小说《风过白榆》。刘庆欣喜若狂，打电话给好几个兄弟，强迫别人祝福他。他甚至将借来的手机顺手给了饭店服务员。回去之后才想起来……

2003年，刘庆又在《收获》杂志发表了第二部长篇小说《长势喜人》，并被中国小说学会评定为2004年长篇小说榜的上榜作品。《唇典》是他在这个文学期刊上发表的第三部长篇，其间跨度20年。

《收获》杂志由巴金在上海创办。东北作家和上海很有渊源，20世纪30年代的萧红、萧军就是在上海通过鲁迅走向文坛。刘庆的三部长篇都在《收获》首发，在全国得到如此殊荣和待遇的作家也很鲜见。

为何要写？想法何来？刘庆说，1895 年法国的无声影片《火车进站》首次放映，那是人类电影的诞生日。人类可以用影像记录世界、演绎人生，这意味着人类有了另一只眼睛看世界、看自己。8 年之后，中国人拍出了自己的电影，名字叫《洞房花烛》和《难夫难妻》，从这件事上也可看出民族化和现代性上的差异。火车冲进人的视觉屏幕，更打破了人类的地理界限，火车的轰隆声使一切都发生了变化，对当时人们的心理产生了巨大的冲击。

人类已经有那么多书了，为什么还要多你的这一本？为什么写这个故事？这个故事的意义何在？你的创作会有哪些超越和独到之处？落笔前，刘庆总是在思考这个问题。他思考意义、思考节奏、思考控制、思考故事结构。他告诫自己：读者真正需要的是荡开一桨、划破沉闷、享受水波不断散开的涟漪，就像一个歌者，一个不需要前奏的地方，唯有开口便唱，方能石破天惊。至于是不是具有"史诗性"，那要看造化。但有一种追求是必须崇尚的，那就是追求的境界不但要有天地间的奔放和辽阔，还要有行吟诗人的从容、优雅和感伤，你要用想象和张力完成贴近人心的赞词和颂歌。

复旦大学中文系教授张业松评价刘庆是一位很有自己写作意图性、自觉意识非常强的作家。他认为《唇典》是继承了革命意识题材的作品，同时作品中又包含了现代文学的另外一个传统，即以沈从文为代表的所谓地方性文学的传统。所以《唇典》是当代文学中向传统致敬的作品。人们只知道上海是冒险家的乐园，但是刘庆告诉人们，东北是一个更残酷、更血腥的冒险家的乐园。不仅有各种冒险家相互之间的搏斗，还要从那个地方的自然环境、历史遗存等等中去讨生活。人被完全撕裂掉，即无根的生活，但是在无根生活的漫长历史过程中人们看到一个东西，这个东西令人感动，就是——人性。浙江师范大学教授徐勇则将刘庆小说里面描写的成长直接作以命名——"时代制约下个人的忧伤成长"。

《收获》杂志主编程永新表示：从1997年的《风过白榆》，到2003年的《长势喜人》，到2017年，刘庆带着他的《唇典》强势回归。读《唇典》时的阅读感受是更接近于诗的象征，在刘庆的小说里有东北的大历史。

刘庆把一部小说比喻为一个人——故事是身体，故事线索就像四肢，故事的丰富性就像血脉，故事的时间跨度是这部书的年龄，而小说的思想和内涵就像一个人的灵魂。情感是灵魂的语言，故事的紧凑和紧张仿佛身体的感觉。艺术是灵魂的游戏，精神是肉体和灵魂的触点。

在刘庆的笔下，中国东北的近代史是场景转换最快的一幕幕悲喜大戏。他认为，20世纪30—40年代东北作家萧红、萧军在中国文坛上的崛起，可以说是东北人的心灵史和现代中国心灵史的第一次接轨。他们的作品之所以产生轰动，就是因为东北最早成为沦陷区，他们的家国之痛比其他地方的作家要更早、更强烈，也更深刻。大的历史格局和多方角逐，历史的转换铺陈中不屈的存在，神灵的力量从日常生活中的进进出出，每一段历史都深刻地塑造和影响了东北人的性格与文化，以此为背景讲述东北人的心灵史，才会让人们更知道来处与去处。

来自何处？来何来。

去往何处？去何去。

《唇典》这部小说里面反复讲到一个词就是"回家"，那么，这部被专家品评为"一部东北志、一个非常好的大文化文本"的作品，能成为基于什么意义上反映东北大地百年来生的坚强与死的挣扎的岁月长卷？又怎样绘就漫天飘飞导领灵魂回家的路引？书中有歌意：沿着铃鼓之路回家来。如果给东北这片黑土地赋予一种人格力量，这个人的命运最曲折、最跌宕起伏，最刚烈也最壮烈、最屈辱也最复杂、最富深情也最粗犷。用什么视角、什么观点、什么格调去感受和体味这片高天厚土的体温和情感的百转千回呢？

如此，我以为，有一句专家评语或许更为切骨——这是一部具有中国东北作家刘庆故乡色彩的、中国版的《百年孤独》。

曹和平：青年企业家的青年企业

看过《思悟偶得》这本书，脑海中浮现出这样几个词——那就是感动、感慨、感佩。

说感动。认识曹和平是在 1986 年。我还记得第一次见他是在长春车城百货似乎是一间不规则边形的办公室里。那是现在的欧亚集团还在摇篮里的时候。这么多年来，见证一个企业家和一个企业一步步走向成熟、破茧成蝶的坚实身影，确实非常令人感动。

说感慨。这本书记载了一个成功企业家的心路历程。书名为《思悟偶得》，其实绝非偶得，任何的"得"都不是偶然的，有了常年的思、深刻的悟，然后才能"得"。

说感佩。书的前言中有句话说得很好：这本书不是在刻意阐发某些理念，刻意遵循某种逻辑，刻意追求某种意境，而是在某时某刻，对某类问题的思考。这是人与事、人生与事业的融合；是思索与行动的相互印证；是内在张力的外显。作家写作需要体验生活，而曹和平的这本书，是以他每时每刻的生活、工作，他为之奋斗、为之付诸全部心血的欧亚写成的。书的副标题为《我与欧亚三十年》，可以说，曹和平早已与他的欧亚、他的事业融为了一体。

多年以前曹和平被称为青年企业家的时候就已经早生华发，那时候彰显的是成熟与稳健。多年过去，他已是满头华发，但好多人还是习惯性地称其为青年企业家，我想，这时候体味更多的则是蓬勃、朝气与焕发——曹和平和他的欧亚，将永远是青年企业家领导下生机勃勃的青年企业。

清音一曲桃花落　墨洒尺素吟秋声

如果用笔底生春、墨里含情来形容林百石的画，我觉得还是比较准确的。从他年少时代在上海发表第一幅美术作品起，到现在已出版的连环画、插图、国画等作品逾万幅，他的作品无一不是细腻入微、充满情致。

林百石作品中，犹以水墨人物见长。尤其是他笔下的仕女图，可谓暗香涌动、花影摇墙。在他的作品《知音》中，红衣与白衣少女在低垂的花枝下拨琴弄箫，枝头，一只小小的鸟儿是她们唯一的听众，小鸟儿张开小嘴，似要随着琴音箫音轻声鸣唱。画家颇具深意地将此画命名为《知音》。

林百石的画中人经常是与音乐相伴的——古树下、月影中吹箫的女子；竹荫里、溪水旁的弄琴佳人；迎着扑面而来的尘沙、怀抱琵琶毅然前行的明妃昭君……在这些作品中，画家用笔着色十分清雅明丽，构图娟秀而细致，尽显其纯净如水的美好蕴含。因为这些人物，都是作者心中美的化身、美的精灵。观赏这样的作品，正如一位著名作家所言："感到眼前拂来一缕清新自如的风……从绘画的表现手法上看，明显可以看出在汲取了传统绘画技法的基础上，贯通了当代绘画技法。"这从画家用线勾勒人物时，以润墨代线，着意于断线留空，笔断而意不断；画面色韵枯荣一体，淡雅和谐，着色蕴情，笔墨自如；追求人物背景空间意象多义等方面充分体现出来。

林百石还创作了不少大气磅礴、恣意挥洒的作品。如在《戏珠》中，画家的笔一改似水的柔情而为酣畅淋漓，明珠闪亮、海波汹涌，翻卷的神龙在怒吼的惊涛骇浪中与持珠的童子嬉戏。整幅画面水波飘荡、密流如织，充满极度的动感。

在林百石的一组颇具哲学意境的作品中，我们看到的是他心中另一种意象。如《悟道图》《庄子梦蝶图》《妙谛不多弹一指，善缘无量佛千身》《佛缘》等，在《佛缘》一图中，画家笔下是这样一个意味深长的场景：似乎是壁立于整个画面的一个大大的"佛"字下，一位长须长者在默然地理须思考，那深邃的目光，穿越了时间，穿越了空间，望向远方。《丹枫虽老犹多态，散作漫山野蝶飞》中，戴笠的老者在满天飘落的枫叶中拈酒静坐，闭目遐思，那苍茫的思绪似已随纷纷飘坠的点点残红缥缈于远古。

近年来，林百石又痴心致力于中国画"钟馗系列图"的创作。他将中国古代传说中那位"才高八斗，学富五车"，只因"相貌丑陋异常"而未中状元，金殿上一怒拔剑自刎，死后被封为"驱魔大神""平鬼大元帅"，专门负责捉鬼的钟馗——绘来，将其刻画得有血有肉，栩栩如生。

在林百石的钟馗画中，绝少出现那种青面獠牙的恶鬼形象，而多以赏梅、醉酒、嫁妹、观剑等雅事为题材，极力淡化钟馗之"丑"、之"恶"，着力揭示钟馗的内心之美，给人以高雅的艺术美感。《钟进士嫁妹》中，钟馗立目横眉，率真阳刚；钟小妹妩媚娇柔，含情脉脉。强烈的美与丑的对比与融合在观者心中达到了很好的统一。《钟进士醉酒》中的捉鬼英雄，则表现出了憨态可掬的天真童趣，一目圆睁，一目微闭，自斟自饮，令人平生一股亲近之感。

林百石的钟馗画极重发掘新意，并不仅仅为画而画。他不只是刻画了一个疾恶如仇、刚烈如火的钟馗，而且刻画了一个有血有肉、有着平常心，刚柔相济、可畏、可敬、可亲又可爱的钟馗形象。

多年来，林百石在美术创作道路上笔耕不辍，屡创佳绩。他现为中国美术家协会会员、中国出版工作者协会装帧艺术研究会会员、吉林省美术家协会副主席。他的中国画《山珍》《亚妮塔》《人猴》分别参加全国第六届、第七届、第八届美术作品展览；中国画《秋声》《悟道图》获韩国1992年、1993年《国际艺术大赏展》金牌奖。1995年，他又赴韩国汉城（现名首尔）、釜山、全州、丹阳等地进行艺术交流展。1997年，他的作品在《中国扇面》艺术展中获金牌奖。2001年，他成功地举办了《林百石水墨人物画展》。他的艺术简历也被编入《中国美术辞典》《中国当代书画家名人大辞典》《中国当代中国画名人大辞典》。

曾有美术界名家这样点评林百石的作品——中国画发展千百年至今，要想突破难度极大，尤其是人物画，有所创新非常艰难。在这种情况下，找好自己的位置、坚定不移地走下去很不容易。而百石独有自己的风貌，在旁若无人的状态中走自己的路，矢志不渝地前行。从其作品中可见其修养：该严谨处一丝不苟，该放纵的地方大气磅礴，笔墨情韵、意境幽深，走线力透纸背不飘浮，泼墨点染极富生气。画中的形式语言看似单纯，但细品又很丰富，笔墨刚柔顿挫很有节奏美感。画如其人，林百石的作品再次印证了这句话。

春水润笔，朗月入怀。艺术作品的创作过程是一个用心灵感悟生命、表现其独特价值的特殊形式，品读张振洪的油画作品，正如其人所言：尺幅画布，当以灵魂覆盖、用心灵撞击……

春水润笔江作纸　朗月入怀玉凝魂

一个美丽的小女孩，置身于天空与四周布满阴霾、阴森恐怖的背景下，一切都是那么的倾覆、无助……小女孩手中鸽子造型的风筝掉落，风筝线梦幻般茫然飘散……女孩失去了风筝，风筝失去了蓝天，战争使人类失去了和平……

这是张振洪油画作品《失去蓝天的风筝》所告诉人们的。品读张振洪作品，感受到的是其中流溢充盈的灵动的、哲思的、自由的、美丽的艺术语言。

画语当在品　意在不言中

艺术作品的创作过程是一个用心灵感悟生命、表现其独特价值的特殊形式，它不应该受到任何来自心灵自由状态之外的束缚，它是内容与语言形式的高度统一，是无意识状态下散发出的一种精神，只有完美的统一才能获得它的价值——张振洪的艺术创作，就是在本着这种艺术原则而又无意识强调这一原则的状态下进行的。

张振洪，1967年出生，1992年毕业于东北师范大学美术系油画专业，现任吉林日报社美术部主任、吉林省美术家协会常务理事、吉林省油画艺委会副主任、吉林省油画学会常务理事、吉林省政协书画院副秘书长。

1995年，张振洪油画作品《失去蓝天的风筝》参加"正义·和平的礼赞——纪念世界反法西斯战争胜利50周年国际美术作品展览"，获银奖。同年，该作品发表在《美术》杂志第十一期和《中国文艺报》，并编入大型画册《书画集英》。这幅作品引起了很大的反响，并受业界好评。他在最初构思这幅作品时，就想避开战争的场面和杀戮的情景，而从另一个深远的永恒的人类愿望出发，呼唤正义与和平这一美好主题。战争中最大的受害者莫过于儿童，因为他们在战争中所面临的，是失去一切的一切。所以，张振洪在画面上将一个纯洁可爱的小女孩放在阴暗恐怖、压抑得令人透不过气来的背景下，直到将女孩的身体压得倾斜，稚气的、本来应该天真无邪的面孔中却夹杂着儿童不该承受的恐惧与无助，手中掉落的风筝在硝烟似的昏乱中摇摆挣扎，似在无言地控诉着战争给人们带来的灾难。

画中人物没有明确的年代，张振洪认为，她可以是任何时代的儿童，也可以是任何人种，她只代表人类、只代表儿童。女孩被勾画成似雕塑般的形象，面孔只有张着的嘴巴是清晰的，其他细节基本忽略——孤独于硝烟中倾斜的女孩强化着战争的无奈与残暴，大张的嘴仿佛在呐喊：不要打仗！不要战争！

创作之初，作者一直处于一种自由的状态，下意识支配着感觉，这种艺术感觉是扑面而来且极具感染力的。朦胧中，画面呈现出战争笼罩的阴森恐怖的可怕世界，隐约看到一个正在呐喊的小女孩身影闪现，这时的感觉是强烈的，而神思间色调已开始明确——既准确地表现战火硝烟，又不具象地把战场置于画面，却直诉符合作品的艺术语言。所谓画语当自品，意在不言中。

笔随心走　心驰笔行

从 1988 年作品《角落》参加吉林省青年美术展，张振洪沉心静笔，踏实前行：1993 年，出版连环画《淘气王》；1994 年，出版图书《绘画卷——世界十大史诗画库印度卷》；1995 年，作品《失去蓝天的风筝》在纪念世界反法西斯战争胜利 50 周年国际美术作品展览中获银奖；1996 年参加《东北三省油画精品展》并获优秀奖；同年举办"长春青年画家 8 人联展"，6 幅作品参展；1997 年，作品《村口》参加中国油画学会展；1999 年，参加新中国成立 50 周年美术展；2000 年，参加全国油画写生展；2001 年，参加建党 80 周年美术展并获奖；2002 年，参加"桥——中国长春当代艺术邀请展"；2003 年，作品《烈日》参加第三届中国油画展；2004 年，参加中韩艺术交流展；2009 年，作品《阳光 2008》参加吉林省美术展览并获优秀奖；2010 年，作品《风火山》参加吉林省优秀作品晋京展；2013 年，作品《木材厂》参加吉林省油画双年展并获金奖。此外，他的作品还多次在国家级报刊发表，多幅作品被收藏。

品读张振洪作品，总有深思与回味。因为他的作品，往往给观者以更多的思考余地，尽可能地传递一种精神，并且这种精神总是从美的质感出发，给人以全新的体验。因为在他的理念中，艺术品必须是在时代精神的极度影响下建立在艺术家的创造性直觉上。基于这一点，张振洪的作品自由地游走于传统和现代之间，信笔自在，绝不刻意——这也正是他潜心遵从的艺术创作的本质和特性。

画布：以灵魂覆盖，用心灵撞击

米兰·昆德拉在一次访谈录中曾说："一切造就人的意识、他的想象世界、他的顽念，都是在他的前半生中形成的而且保持始终。"这句话，张振洪已用他的画笔将其融入画布。置笔于案之时，他常常神游遐思：人往往后知后觉，那些成为不可违抗的命运的前半生，总在经历的过程中茫然无知，以至于让无数外在的范本和规则为灵魂塑形。所以人有些问题永远无法解答，比如我是谁？然而，答案从不会从天而降。

所以，张振洪对自身有着这样的理解：如果我对生活或艺术有所发现，实在是因为幸运，命中注定了要和画布结缘。在其相伴之下，走过对事物表层的模仿，对世事浅薄的痛苦和狂喜，和对色彩线条偏颇的追逐，最终中年以后得以在颜色和形状背后，模糊地看见那些无色无形也无影的孤独、死亡和生命本身。此岸的物体、人身，都能被画笔勾勒，然而它们都只是真理零散而扭曲的碎片。真相永远在彼岸，不是物体，也不是形象，而绘画的神秘之处在于，它能够用颜色和形状传达出没有任何颜色和形状的存在，它可以透过现象接近真理。

画布给张振洪的这个启示促使他在绘画上完成了一个巨大的转变。曾经一段时期，他沉迷于伦勃朗绘画的暗里生辉。投掷时间在色盘之中、在轮廓之里，企图让颜色自己发光，不需借助外来的光线，便能照亮线条、生出光芒。执念之中，便困在了对色彩和轮廓的"宗教"之中。这"宗教"里的壁画都如在人间又如在天堂，他热切于勾勒唇角的弧度、眼神的情绪和鼻梁的冷漠，在一切有形的光影中寻求极致，寻求能够对现实有所超越的"复制"，寻求一种有形的表达，在这其中抵达美和真实。

这样的艺术寻求，他持续了近十年的光阴。一步步地抵达，然而内心一层层的虚空。他抵心自问：这些能直接勾勒的美，有确切所指的色彩，到底能在人追问生命追问真理的路途上走多远？一些空洞的无名在看不见的暗处召唤，等待着一场空无又实存的填充。他意识到，是时候了。于是如高速公路上掉头，向着一个更渺茫更没有清晰路标的地方开去……即使化为灰烬，终将美如烟花。

在德勒兹的哲学中有一个至关重要的概念，即"无器官身体"，"身体就是身体，它是单独的，不需要器官，身体从不曾是组织体，组织体是身体的敌人"。张振洪告诉笔者，这最初始的感觉和最纯粹的本质引领着他，让他想起远古传说中的混沌——混沌是一切的源头和归宿，耳得之为声，目遇之成色，心感之为情，一切面目都是后来因循了"人"的需求和感觉才渐次"清晰"，便也注定无法跳出"人"的欲望和感觉的藩篱。而真相应该是隐藏在这些具象的欲望和意识的投射体之外的。当眼睛不承担看，当耳朵不承担听，当嘴巴不承担吞咽，画布上的存在，才开始真正找寻最根源的真实。

看看今日的画作，再看曾经的画作，张振洪从心底不予置评，只感叹在艺术自由而不着边际的引领下，自己彻底地变了个人，心爱的画布也彻底变了样子。清晰的变得模糊了，那些模糊不清的方能清晰。他轻松言道："拿得笔来，下笔之前，我的眼睛替我看了风景，但这视觉不能落笔到画布上，它先投射到灵魂之里，抽取色相，重构元素，内心的声音会告诉我留下最重要的，于是我留下了。这便是我认为的真实。这种真实之里，潜藏着两种时间之流，一是当下的分秒，是我们确实感到的存在；另一个是潜在的所有过去和未来，它在每一个当下默默地注视，为画布敞开一个空间，这个空间不只开给作画的人，也开给观者，在其中他们能看到属于自己的生命和孤独。"

画布：以灵魂覆盖，用心灵撞击。正如张振洪最心仪的基弗的诗句：

我立在凋谢了的时辰的绽放中，
并为一只迟飞的鸟存下一块松香，
它红若生命的羽毛上托着片雪，
粒冰衔于喙中，它穿过夏天而来。

漫画家是用画笔表达自己的思想、机智和幽默。看许澎的漫画，从内容到运用比喻的形式都是生活中的现象，乡土味十足，似乎能看到东北二人转的风采。《许澎漫画》不但记录了作者自己的创作路程，也记录了这几十年的社会变迁。这是漫画所独具的功能，也是漫画特有的魅力所在。

种五味子　尝开心果

50多年前普通得不能再普通的一天，吉林省吉林市十二中学初一某班正在上美术课。美术老师拿出一张从报纸上放大的漫画，兴致高昂地讲解着——他给学生们讲的是大漫画家方成讽刺美国兵的一幅时事漫画。画得精湛，讲得精彩，学生们都被方成高超的漫画艺术深深地感染了。也许这位美术老师此后根本不会记得这堂普通的初中美术课，更不会想到，坐在这个课堂上的一位少年，从此被他所描绘的漫画艺术深深吸引。小小少年萌生了一个美好的心愿，将来也要画漫画……

许多年过去了，这位名叫许澎的少年已成长为一个出色的漫画家，他的漫画《看人家缝的》被方成选入他编的《中国漫画集》，并在授课讲堂上对许澎创作中语言的运用做了充分的肯定。

许澎话很少，他笔下塑造的漫画人物中有个木哥，举止性情颇有几分与他本人神似：有些木讷，话语不多。他的作品中，破题之语也往往寥寥几字，但木里点睛、拙中生妙，看后令人回味无穷、淡淡余香。他神态安静地对我说，我不是个聪明人，不能同时做两件事，所以我的漫画分几块，一段时间只画一类画，这在《许澎漫画》这本集子里能看出来。我做人也较为低调，甚至于获奖证书和其他资料也曾丢失过一些。

谈及他的漫画创作，许澎说，我的现在是我孩童时做梦都想不到的。小时候，我的父亲刚到吉化作见习技术员，工作忙收入少，母亲在我六岁时去当学徒工，干的是最脏、最累的加锌粉的活儿。为了减轻他们的负担，我和哥哥都是七八岁就会做饭。现在说来难以置信，如今的家长们不惜重金给孩子买画具乃至逼迫孩子学这学那，我却因为条件所限无奈到处乱画曾挨过母亲责罚。虽然母亲不太支持我画画，却常常身体力行地告诉我，做人要有志气。许澎最初知道漫画泰斗华君武，是在年少时那个特殊的年代。20 世纪 90 年代，许澎因为他所创作的一幅漫画作品与华老有了接触，了解到那是一位十分宽厚的长者。许澎告诉笔者，他在校学习的时间很短，好在从小爱看杂书，英韬先生"漫画家的大脑应该是杂货铺子"的理论对他启发最大。而许澎把他的老师徐鹏飞时常说的一句话，一直牢记至今——学画先学做人。许澎认为，徐鹏飞作画有大智慧，做人更是自己的楷模。

1990 年，许澎画了一幅漫画作品《死个明白》，反映的内容是把鹅当成板鸭卖的漫画，在《江城日报》发表了。几天后，一位朋友告诉他，见报当天，市内几大市场卖熟鹅的都被罚了，这个结果是许澎没料到的，他为此也十分欣喜，可见当时漫画在社会上的影响有多么大。说到此，许澎不禁感慨，时过境迁，现在的批评渠道多了，可鸭子却反过来常常被冒充鹅了。

许澎的作品中，多以几句通俗有趣、令人读后忍俊不禁、拍案回味的打油诗配画，标题更是让人拍案叫绝。如早在1984年创作的《看人家缝的》，刚做完手术的病人，脸上伤口缝得粗针大线，病人指着旁边一位正在认真细致干活的鞋匠气愤地对医生说："看人家缝的！"医生红着脸，羞愧欲逃。《账记在你名下》中，一群干部正在大吃大喝，竟对一只老鼠说："账记在你名下。"大模大样地签上了"自然耗损"的字样，贪腐之态跃然纸上。都说巧妇难为无米之炊，《取经》中，丈夫拉着妻子来到某奶粉厂门前："你总说无米难为炊，你看看人家没奶牛是怎样生产奶粉的。"针砭时弊，切中要害。《幸福不用找》中，手拿小梨的稚童快乐欢跳，怀抱大梨的孩子却一脸茫然，不知所措。画外一首直白的小诗：幸福不用找，只要心态好；休羡人家多，莫嫌自己少。画简言赅，耐人寻味。而《鲇鱼炖茄子》则反映了一种和谐安详的生活态度：老伴拿手菜，那叫一个盖；鲇鱼炖茄子，平生我最爱。画面上，手提大鲇鱼和茄子的老婆婆悠然前行，眼神得意地瞄着身后紧紧跟随的老头子，老爷爷美滋滋地拎着酒瓶，颠颠地跟在老婆婆后面，一副相伴相依、幸福满足的美好图景。观罢此画，我不禁叹息——这是经历了多少风雨研磨才精粹出的温润如玉的静好岁月啊。

虽然艺术经历充满艰辛，但许澎常说的却是：在同龄人中我是幸运的，我初中没念完就毕业了，下乡三年，又做了八年翻砂工，以后通过自己不懈的努力，承蒙恩师和朋友们的帮助，给予我那么多鼓励和荣誉。我更是幸福的，赶上了这个能够人尽其才、改革开放的时代，有一个温馨美满的家。

在为《许澎漫画》所做的序中，《人民日报》高级编辑、中国美协漫画艺委会主任、著名漫画家徐鹏飞这样写道：经常听到有人说，你们许多漫画家咋看不出来有幽默感呢？我想，这里面有个误解，就是把漫画和喜剧、相声、小品混在一起了。这也难怪，它们都是属于讽刺与幽默范畴的，都是使人发笑的艺术。不同的是，喜剧、相声、小品是靠演员去表演。他们举手、投足、一颦、一笑都要夸张有趣。而漫画家不一样，他们是用画笔表达自己的思想，机智和幽默。这个过程别人是看不到的，看到的只是他完成的作品，所以，漫画家在生活中完全不同于那些喜剧表演者们，很难从外表看出职业特点来。许澎就是典型的很难琢磨出他的职业的漫画家。

徐鹏飞认为，看许澎的许多作品，从内容到运用比喻的形式都是生活中的现象。乡土味十足，似乎能看到东北二人转的风采，令人印象很深。在20世纪80年代徐鹏飞初次见到许澎时，发现许澎不善言谈，表情还有些木讷。由于对漫画的共同爱好，两人走得比较近，彼此逐步开始了解。徐鹏飞对许澎有这样精准的点评：善于思考是许澎创作中的最大优点。而有些固执的性格也使他对事物观察与众不同，这在艺术创作上是一件好事。他在20世纪90年代走向了创作的高峰期。画出了许多佳作，这些作品有的参加了全国美术展览，有的在国家级比赛中获奖。他在实践中找到了自己的漫画语言，在绘制上也有了自己的风格，题材内容也渐渐开阔。这和他调到吉林日报做专职漫画编辑的岗位环境大有关系，视野的开阔、周围的文化气氛成就了他的进步。进入新世纪，大漫画的概念逐步形成。传统漫画受到一定冲击，许多作者改弦易张。但许澎仍然坚守着自己的爱好，以漫画家的责任为己任，关注社会、关注生活、配合新闻报道的热点，开辟新闻漫画专栏，创作反映小人物生活的连环漫画，并涉足哲理性漫画、体育专题漫画以及后来的水墨漫画。而且依然保有着自己的个性和特点，可谓独树一帜。

对于许澎未来的创作，作为当今漫画界领军人物，徐鹏飞更是给予厚望：一个人的成功，不仅依赖勤奋不懈。更重要的是对自己事业的专注和痴迷，才能让你去追求一辈子。艺术的成功很大一部分要靠经历。许澎已到了退休年龄。对艺术家来说，也就是第二个创作期开始了。这个时期，可以远离工作烦琐的事物，可以身心自由，而有了更多能支配的时间。看到许澎这本画集的作品，不但记录了许澎自己的创作路程，也记录了这几十年的社会变迁。这是漫画所独具的功能，也是漫画所特有的魅力所在。总结的同时，自然是展望。愿我们共勉——忠于自己、安于寂寞、以漫画为职责、抒写民众的心声。

一首有趣的《许澎自叙诗》，也许即是不善言辞的许澎以文字的手法，漫画出的自画像吧——

笔下木哥，几分像我；有些木讷，话语不多。一生学画，也曾坎坷；废寝忘食，没少挨搋。怯问学历，无缘班科；漫画理论，全靠自摸。起初没懂，何为幽默；不得要领，退稿成撂。幸遇良师，鹏飞楷模；画自己的，来源生活。得一妙思，大呼二喝；睡梦之中，惊醒老婆。喜做驴友，开阔眼界；粗茶淡饭，有声有色。不良嗜好，别来烦我；平生只爱，漫画一个。给我舞台，感恩报社；种五味子，尝开心果。年逾半百，又习水墨；渐悟人生，简单快乐。

此女子浓墨重彩：俺像野花一样疯长、绽放

"郝俪伫立在画廊中，她的作品从四面八方将她包围。这就是我对郝俪的第一印象。我看到作品中的人物随着艺术家想象的音符从油画中走出，翩翩起舞。她的艺术是如此生动、美妙而丰富，她思想中的音乐与我心底的音乐渐渐合二为一。如果你有幸能欣赏她的作品，'聆听'她的音乐，她的作品将深深地迷住你。"这是好莱坞著名导演、影片《狮子王》导演罗伯特·明可夫对郝俪的精彩点评。

在我的眼中，1975年11月出生于河北灵寿县北庄乡李家寨大队双沿西沟村小山沟的郝俪，无论是1989年离开山村去石家庄打工，做养鸡饲养员、服务员、纺织工，还是1994年到北京八一电影制片厂一位美术师家当保姆，还是当保姆期间师从美术师开始初学绘画；还是1999年以特招生的方式进入中央美院版画系学习；抑或是2001年毕业于北京中央美术学院版画系；及至2009年于北京798艺术区成立郝俪艺术中心，她都是那个郝俪，那个色彩浓烈得化不开、直扎眼底的女子——郝俪。

只要见过郝俪，她就会在初见之时于你的视线里刻下丰艳无比的一笔，让你难以忘记。

村姑郝俪：十字路口的女人

郝俪的经历故事性实在太强：刚出生时，因为前面已经有三个姐姐，家里期待生个儿子，所以作为女子的她时刻准备着被父母抛弃；长大些想要嫁个好人家，却因是农村户口一次次遭到遗弃；北上做小保姆，心怀梦想却遭受各种欺凌打压与限制；鼓起勇气做单亲妈妈，父母认为她丢脸，再度不认可她……幸运的是，郝俪的前半生，跌跌撞撞地完成了从村姑、打工妹到艺术家的转变——说幸运是不准确的，其实是因为在强大的现实中，她把自己活得比男性更强大。

郝俪曾伤情地说，我的出生不受欢迎。父亲从小就跟我说，你长大后如果弟弟没条件娶老婆的话，他要拿我给弟弟换老婆。所以我从小就知道，自己的命运有可能是被送给别人，或者被交换。看郝俪的作品，迷茫与忧伤的情绪随处可见。有评论说，她的每张画中都隐藏着一段不愿为人知的小心思。绘画成了她的伊甸园，也成为她自卫的最好武装。以至有媒体直接用标题形容她：除抽空生个娃，她都在画画。

村姑郝俪曾站在这样一个人生抉择的十字路口：一边是嫁人，一边是去当小保姆但可以学画画。所有人都不同意她选择画画，都劝她嫁人去过安稳日子。那个时候，画画，只有画画，是她可以离开石家庄不嫁人的唯一出路——自保的出路，也是

2004年-2017年

我和画家郝俪

她当时所能抓住的最好的机会。

虽说是自保，但画画给了郝俪无限的慰藉。于是，她一边拿起画笔，一边当保姆。画着画着，心进去了，流淌出了快乐，释放出了苦涩倾诉……著名艺术批评家贾方舟对此感叹：郝俪的画所呈现的正是她作为一个人的本来面目，她没有试图去美化什么，她只是以真诚之心说出了一种真实的存在，而这正是现代人所失去的又普遍向往的东西，正是郝俪艺术的价值所在。

艺术家郝俪：永远温暖看世界

"郝俪的成功是个奇迹，她以自强、自信的独立精神，完成了从一个乡村人向城市人身份的转换，完成了一个村姑向一个艺术家身份的转换。我相信，成功永远属于不向命运屈服的强者！"这是著名艺术评论家、中国艺术研究院研究员陶咏白对郝俪的寄语。如果说郝俪的作品风格迫人，那么，她自身就是一个独特的存在、一个动人的传奇。

郝俪，以其独特的女性视角，用画笔和雕塑形成女性、儿童、生命、城市化等多个系列主题作品，进行着温暖现实主义的创作探索。现在的郝俪已是业绩赫赫：2010 年在北京尼泊尔驻华大使馆举办《中国当代著名女画家郝俪尼泊尔油画作品展》；2011 年于北京美国驻华大使馆举办《郝俪个人作品展》；2013 年于波恩德国科学中心举办《今日中国艺术》作品展；2014 年于法国马赛画廊举办《野花静放》郝俪个人作品展；2017 年于湖南长沙李自健美术馆举办郝俪大型回顾展；2017 年于长春第七届东北亚国际书画摄影展举办郝俪大型回顾展……2009年受邀参加法国巴黎卢浮宫国际展；2011年受邀参加美国洛杉矶的国际博览会；2014年受邀参加德国多塞尔多夫市政厅《中国艺术》作品展；2015年作品《惊垫魂》受邀参加丹麦国家博物馆《雅各布森国际肖像作品展》；2017年作品《小胖看世界》受邀参加丹麦国家博物馆《雅各布森国际肖像作品展》……2000年版画《向往》被中国美术馆收藏；2008年油画《假日的姐妹俩》被瑞典国王收藏；2008年油画《爱情旋舞曲》被法国总统萨科齐收藏；2009年油画《花儿为什么这样红》《中国妈妈情》《童年的摇篮曲》等作品被美国驻华大使洪博培夫妇收藏；2013年油画《小胖的那一天》《花开花落情聊聊：自画像》、雕塑《放飞女儿心》被妇女儿童博物馆永久性收藏……近年，其作品更成为拍卖会的宠儿：2014年油画《角色》参加香港苏富比2014年春季拍卖会；2014年油画《徘徊在十字路口的女人》参加香港苏富比2014年秋季拍卖会；2015年油画《一个暖和的下午：自画像》参加香港苏富比2015年春季拍卖会；同年，油画《画室里的自画像》参加香港苏富比2015年秋季拍卖会。

李自健美术馆馆长、画家、策展人李自健这样说，郝俪人如其画，朴实热情，坦荡大方。我们艺术风格迥异，却能相互理解激赏。我们年岁跨越一代，却有着相近的求学磨难。我折服她艺术才华的同时，更感动于她，二十多年前，从河北太行山贫困山沟出走的一个十几岁的农村女娃，凭着对艺术梦想的不懈追求与艰难拼搏，从一个打工妹成长为走向世界的艺术家。

村姑艺术家郝俪：俺像野花一样疯长绽放

"你的每一幅作品都在讲述着美丽的故事。所有这些作品都悬挂在美国大使官邸的大厅里，它们不仅感动了我们全家，也感动了每一个来到大使官邸的人。在我们全家即将离开北京之际，我们带走了你的作品，同时也得到了你的精神。我们将把这些作品安放在我们美国的家中。"这是美国驻华大使洪博培及夫人玛丽送给郝俪的话。艺术无国界，艺术的感染力温润相通。

以"一带一路·文化相通"为主题的第七届东北亚国际书画摄影展在东北亚艺术中心开幕，郝俪从北京来长春参展。她沉静地说，作为职业艺术家，我从北京798艺术区带来了100多件我不同时期创作的作品，包括油画、线描、雕塑、版画等，以及以我的作品为基础开发的衍生产品，展现给春城观众。我以最认真的态度参加此次展览，我的作品也成为本次展览的众多亮点之一。当我第一次来到东北亚艺术中心，映入眼帘的是宏大的空间、不同国家的国旗徐徐飘扬，见证着在这里成功举办过的各种国际交流活动。希望各地的艺术爱好者有缘走进我的世界，能从中感悟到，作为女性画家的我，一直在用画笔、以敏感而坚定的态度，诠释着生命的价值、情感的质朴、母亲的伟大、孩童的情趣、撕扯的人生。我的作品如同火焰，燃烧着岁月，留下了痕迹，让岁月定格在画面中。我生命的情感如同乐章，一次次回响在过往的音符中，流淌在每一幅作品里。

旅美电影制片人关雷溟这样品评道：观郝俪的画，个性浓烈得令人躲也躲不开；见郝俪的人，心地纯朴得让你忘也忘不掉。她是为绘画而生的吧，是怎样的勇气支撑着她从遥远的小山村步步艰辛地走到首都北京！郝俪的心是一座火焰山，你一走近就会感到那炽热的温度。郝俪，就是那个火焰山上的精灵，她会一直舞蹈下去，直到生命的辉煌！

这就是我眼中读出的女画家郝俪——浓墨重彩，强烈炫目。正如她自己所言：**俺像野花一样疯长，生命力顽强；俺像野花一样绽放，为世间留下芬芳。**

三　听　竹

天山长白共吟唱　这边歌来那边和
——吉林省作家赴新疆阿勒泰援疆采风撷影

"在那遥远的地方，有位好姑娘。人们走过了她的毡房，都要回头留恋地张望……"每当这歌声响起，人们都会遥想祖国的大西北，遥想那个神秘美丽的好地方。而吉林人，对那里更有着别样的情愫、别样的情怀——因为，有数百名优秀的吉林儿女，正在这片远离家乡的热土上奉献着自己的青春和汗水，与新疆人民一起，建设着这个"新疆好地方"。

2010 年新一轮援疆开始以来，按照中央的总体部署和安排，吉林省对口支援新疆阿勒泰地区的阿勒泰市、布尔津县、哈巴河县、吉木乃县。2010 年至 2016 年，先后选派 2 批 255 名计划内援疆干部人才，累计拨付援疆资金 11.3 亿元，重点实施了定居安居、产业引导、生态建设、数字惠远"四大工程"和"长白""灯塔"两个计划，落实九大类 234 个项目，涵盖了产业发展、群众住房、生态农业、文化事业、培训就业、干部人才培养和基层基础设施建设等各个领域。2017 年，吉林省又选派了计划内第三批援疆干部人才 159 人，其中党政干部 47 人，专业技术人才 112 人。这些人平均年龄 42.3 岁，年龄最大的 58 岁，年龄最小的只有 25 岁；其中大学学历的 106 人，研究生学历的 25 人，女性 40 人。2016 年 12 月，由孙立君担任总领队的前指骨干进疆顺利完成工作对接，2017 年 2 月 22 日，159 名吉林援疆干部进疆工作。此外，应新疆当地要求，2015 年 8 月，吉林省还计划外选派了 50 名教师、医生进疆开展为期三年的支教支医工作。根据"万名教师支疆计划"部署，2018 年 1 月，吉林省还选派 124 名中小学教师进疆工作。至此，吉林省在疆干部人才达到 333 人，比第一、二批总和还多 78 人。

美丽遥远的新疆，也许在人们心中的是那歌中描绘美好的怀想，但在吉林人的心中，却多了一份沉甸甸的情感，那就是——牵挂。

2017 年，九月秋阳，由吉林省作协主席张未民，和吉林省委组织部原副部长、吉林省人事厅厅长、现吉林省文化援藏援疆促进会会长、著名诗人吴文昌担任团长的吉林省作家赴新疆阿勒泰援疆采风团，来到了阿勒泰。吉林省作家协会已是连续三年赴新疆阿勒泰援疆采风，提出建立"远方的生活基地"，践行"遥远的关怀"，并在全国报刊上发表了一批书写阿勒泰和吉林援疆事业的作品，与吉林省文化援藏援疆促进会联合出版了一部作品集，在深入生活、扎根人民方面做出新的探索。其做法受到了中共中央宣传部、中国作家协会、中共吉林省委宣传部的肯定。

"激情难抑此遥临，极目三疆唱古今。风雨千秋烟过眼，唯留不朽是丹忱。"这是吴文昌第四次来到新疆写下的新诗，也是所有吉林作家的心声——"蓬离汉塞焉无意，雁入胡天原有情。梦里犹思家国事，心随明月到边庭。"

情牵北国好儿女　心随明月到边庭

"作为吉林作家，我们当然要扎根黑土，关注家乡。但作为中国作家，面对一带一路宏伟蓝图当怀笔耕天下之心！所以我们号召吉林作家放宽眼界、提高站位，创作出具有阿勒泰北疆风情的优秀作品，也展示出我们吉林援疆队伍数年来所做出的巨大贡献。"张未民表示，"遥远的阿勒泰牵动着吉林的文学之心，跨越千里踏上北疆的土地，我们就是要把这颗遥望之心落到实处，以打开视野、开放地学习。在我们的援疆干部身上，真实地体现了一颗实实在在的中国心，吉林作家有责任、有义务，把这份家国情怀、无私大爱诉诸笔端！"

刚刚踏上阿勒泰的土地，吉林作家们就遇到了牛羊"转场"的壮观景象：一群又一群成百上千的牛羊，追随着季节的脚步，寻觅着下一个再下一个草场家园。牧人悠然骑在马上行走在天地之间，温柔地轻唱。此情此景，眼眸心底被清空，脑海中浮现的，似乎只有"天苍苍，野茫茫，风吹草低见牛羊"，是可含蓄其中的唯一绝句：美丽的新疆啊！

吉林作家们马不停蹄，连续奔赴吉林援疆队所在的阿勒泰一市三县，感受着吉林援疆人对祖国、对边陲深深的情感、坚定的意志，耳闻目睹在这如诗如画的"千里画廊"所发生的动人故事，任扑面而来的鲜活生动敲打心窗、催润笔墨……

集全国之智、举全国之力对口支援新疆，是党中央、国务院做出的重大战略决策部署。吉林省第三批援疆干部人才赴疆，满载的是2700万吉林人民的深情厚谊。2016年11月，中共中央组织部、人力资源和社会保障部和中共吉林省委组织部、吉林省人力资源和社会保障厅相继印发文件，安排部署新一批援疆干部人才轮换选派工作。短短半个月，全省就有896名干部人才自愿报名。经过单位推荐、资格审查、组织考察、身体检查、讨论决定、报告审批等选拔程序，中共吉林省委组织部坚持好中选优、优中选强，筛选确定吉林省新一批援疆人选。2016年12月19日，吉林省委书记巴音朝鲁亲自审定吉林省第三批援疆干部人才人选和总领队、副总领队建议名单；12月21日，省委召开专题办公会议，审议确定吉林省第三批援疆干部人才总领队、副总领队人选。2017年2月17日和2月12日，省委书记巴音朝鲁和省委副书记、省长刘国中先后接见吉林省第三批援疆干部人才总领队孙立君，就如何做好新一轮吉林援疆工作作出明确指示；2月22日，省委、省政府在长春龙嘉机场举行仪式，欢送第三批援疆干部人才赴疆工作，时任省委常委、政法委书记金振吉率领党政代表团进疆送行；4月下旬至6月上旬，省领导王君正、陶治国、王晓萍、王凯先后听取吉林省援疆前方指挥部关于长春援疆、纪检援疆、文化援疆、党建援疆的工作设想汇报，就如何做好下步具体工作提出明确要求……

在阿勒泰地区召开的欢迎大会上，总领队孙立君代表159名第三批援疆干部人才和上批继续留疆的50名计划外援疆教师医生庄严承诺：坚决贯彻落实党中央治疆方略，始终牢记吉林省委、省政府重托，把做好对口援疆工作，作为对党忠诚、不忘初心的具体体现，作为践行宗旨、服务边疆的重要舞台，作为增长才干、锻炼成熟的重要机会，脚踏实地、埋头苦干，竭尽全力、忘我工作，坚持不懈、久久为功，为稳定阿勒泰、建设阿勒泰、繁荣阿勒泰做出吉林贡献！为更好地激励援疆干部人才务实担当做贡献，吉林省援疆前方指挥部大力倡导"绝不相负"的新时期吉林援疆精神，激励大家不负组织重托、不负新疆群众、不负家国情怀、不负援疆岁月。

肩并肩、手拉手、心连心——援疆的吉林儿女满怀激情、无私奉献，与66万阿勒泰各族群众一道，勠力拼搏、砥砺前行，努力开创阿勒泰地区团结和谐、繁荣富裕、文明进步、安居乐业的大好局面。

中国作协会员、吉林省作协诗歌委员会委员葛筱强动情地说："关于阿勒泰，在我抵达之前只是心中一个遥远的传说，不可触摸、不可想象。而当我的双脚行走在阿勒泰的山川草木之间，我想自己已经成为另一个自我的传奇。在阿勒泰辽阔而神奇的土地之上，一切生灵都是这个世界上最为动人的传奇，比如为她的安宁与美丽埋首劳作的人们，比如她怀中迎着季候轮回转场的牲畜，比如她打开朗阔的胸襟随时迎接每一个风尘仆仆的漫游者……但在这些中间，最令人感动的当数吉林省援疆干部多年来在阿勒泰的辛劳付出，他们在物质与精神两个层面结出的累累成果，更是这块土地上最为令人侧目的传奇，既让人动情泪涌，也让人热血激荡。"

天山长白相携手　绝不相负是忠诚

　　吉林省委书记巴音朝鲁在全省对口支援工作会议上强调，要紧紧围绕社会稳定和长治久安总目标来谋划推进援疆工作，把民生工作做好、连心工作做细、发展工作做活、基础工作做实，确保中央要求部署落地生根、见到实效。

　　按照这一指示精神，吉林省第三批援疆工作队入疆后，认真贯彻以习近平同志为核心的党中央治疆方略，坚决贯彻落实吉林省委、省政府和新疆维吾尔自治区党委、政府的决策部署，狠抓队伍管理、创新工作思路、调动各方资源，紧密结合受援地实际需求，全力助推阿勒泰地区实现社会稳定和长治久安。工作队牢牢抓住民生这个根本，认真落实新疆维吾尔自治区九项惠民政策，确保援疆工作援到点上、扶到根上，让援疆成果惠及更多群众。

　　工作队首先建章立制，从严从实管理队伍。按照吉林省委、省政府提出的平安援疆、廉洁援疆要求，努力建设一支清正廉洁、务实担当的吉林援疆人才队伍。他们一手抓援疆任务落实、一手抓干部人才管理，成立6个工作组和5个分指挥部，健全完善相关制度规定，立规矩、讲程序、明责任，确保援疆项目、援疆资金、援疆队伍"三安全"。依据党纪处分条例、廉洁自律准则和新疆当地关于党员干部作风建设各项要求，专门制定出台了吉林省援疆干部人才"十严禁十不准"，涵盖了政治纪律、廉洁纪律、工作纪律和生活纪律等各个方面，标清底线、划出红线。

　　为更加有的放矢做好支援工作，第三批援疆工作队入疆后深入调研，把功夫下在摸清实际需求、理清工作思路、找准主攻方向上。他们广泛征求各方意见，实地了解基层情况，集思广益群策群力。在此基础上，分领域研究制定了党建援疆、文化援疆、产业援疆、科技援疆、教育援疆、医疗援疆、金融援疆等具体方案，先后多次召开前方指挥部扩大会议，逐一研究讨论相关方案，对工作思路、援助措施、资金保障等进行集体把关。

　　吉林省援疆前方指挥部总指挥孙立君、副总指挥李新先后带领纪检、组织、宣传、发改、教育、卫生、科技、商务等部门的援疆干部，多次深入"一市三县"开展进村入户式调研，了解当地经济社会发展情况，摸清群众牵肠挂肚的事情，掌握援疆规划执行情况，找准稳定发展存在的突出问题，科学确定2017—2019年吉林援疆工作思路，确保"规定动作"保质保量完成、"自选动作"突出吉林特色。

　　行走在阿勒泰广袤的土地上，吉林作家们一路行一路记，所到之处无不感受着强烈的"如歌的行板"：

　　"借梯登高、借风行船"——面对资金短缺现实困境，吉林省援疆工作队大胆创新工作新思路，积极探索援疆工作新路径，不等不靠，努力谋求外力支持，主动与大型央企沟通对接，合力推动吉林援疆工作。在吉林省援疆前方指挥部的组织发起和大力推动下，在"首惠于民"这一价值追求和发展理念的感召下，5月26日，阿勒泰地委行署、吉林省援疆前方指挥部与中国建筑工程总公司旗下参与"一带一路"互联互通综合建设领域的要素资源提供商和新型智库平台——中建兴业集团，签订战略合作框架协议，三方正式确立战略合作关系。三方就联合共建阿勒泰基层党建合作区达成六点共识：坚守"首惠于民"原则，坚持"不济民不做、不共赢不做、不传创不做、不生态不做"的发展追求，坚持"民心驱动、党建驱动、规划驱动、产业驱动"的发展理念；以党建援疆推动产业援疆，以国有资本组织要素资源，以产业系统支撑集体经济，积极推进组织方式和发展模式创新，真正把基层群众组织起来，大力发展有组织的边疆基层经济；协力共建"千里画廊、百村增收、万户就业"工程，全面提升基层党组织的经济发展功能；联合打造智库联盟、投资联盟和产业联盟，共同发起设立边疆建设产业基金，首期募集规模 100 亿元人民币；充分利用多种金融创新手段，重点支持"千里画廊"辐射区域的分布式社会服务系统，重点支持国家级跨境旅游合作区和边境旅游试验区建设、社会事业发展及城市基础设施建设，积极参与"丝绸之路经济带"及"中蒙俄"经济走廊建设；共同打造"冰雪圣城、丝路航站、千里画廊"城市名片，推动阿勒泰基础设施、旅游服务、科学汇集、文化交流等全方位级次跃升，进而实现阿勒泰地区产业发展、人民致富、社会稳定和长治久安。

签约仪式上，阿勒泰地委书记张岩深情地说，阿勒泰是"最具实力的贫困地区、最有影响的偏远地区、最有前途的落后地区"，极具发展潜力和优势。这次三方确定的战略合作，是贯彻落实中央第二次新疆工作座谈会的具体行动，是吉林对口援疆工作真心投入、真情付出、探索创新的充分体现，是中建兴业集团履行央企社会责任的生动实践，为阿勒泰地区奠定了投资支撑、体制支撑、产业支撑，对阿勒泰今后经济和社会发展具有关键性的促进作用。希望三方联合积极筹建"新吉丝路学院"、策划阿勒泰科学小镇，使合作内容在阿勒泰全部落地生根，结出丰硕成果，共同建设中国梦的阿勒泰版。

天高云淡，恢宏画卷。作家们仔细地倾听着，动情地观察着，认真地记录着……通化县职业教育中心党支部书记、曾荣获冰心儿童文学奖的女诗人秀枝在记录本上写道：行走在阿勒泰的日子里，内心极不平静，一直被吉林省援疆干部和队员的奉献精神深深感动着。作为内地一名基层党务工作者，我特别特别想把这些援疆故事讲给我们支部的党员们听一听。

石榴牵绊籽离离　西出阳关有故人

"见到家人格外亲！你们看，我连鞋都没来得及换，听说家乡来人了，我还没给孩子喂奶穿着拖鞋就跑来了……"听说吉林作家来看望他们——"家里来人了"，吉林援疆队员贾莉莉兴奋不已。她是松原广播电视台主持人，现在负责吉木乃新闻。贾莉莉是位爽快利落的女孩，她快言快语地说，我就是个男孩子性格，我坚定地认为保家卫国是本分，也一直为自己没能成为一名军人为国效力而遗憾。现在我听到了援疆的号角，有幸成为援疆人中的一员，恰好弥补了我从军的梦想。她认真地表示，我不怕吃苦，我来，就是为了吃苦的！

贾莉莉赴疆时孩子只有三个月大，临行前，她把家里的棉被、衣服甚至洗衣液统统打包带上，还特地给宝宝准备了很多很多的纸尿裤，怀抱着幼小的孩子长途飞行来到北疆。刚到当地，大多数人都出现了水土不适的症状，贾莉莉带着孩子，更是度过了艰难的适应期。除了生活上的不适，工作上的转型也给了她很大的考验：她需要立即完成从主持人到新闻主播的快速改变。要强的贾莉莉克服了生活和工作上的重重困难，一心投入到工作之中。她乐呵呵地说："如果能在有生之年，把未能实现的军人梦以为国戍边的方式圆梦，那我就心满意足了——不走寻常路，人生大不同。"与来自家乡的作家们亲近地聊了一会，贾莉莉就急急告别为孩子喂奶去了。望着她穿着拖鞋匆匆而去的背影，作家们的眼睛都湿润了。

与前两批相比，吉林省第三批援疆干部人才在克服两地分居、气候干燥、饮食差异等诸多困难的同时，面临的安全形势更加严峻，工作压力成倍增加。但他们毫无怨言，顽强拼搏、忘我工作，殚精竭虑地接好援疆事业的接力棒。

总领队孙立君已经连续两次援藏，刚刚结束六年援藏任务，又积极响应号召，主动申请援疆，凭借丰富的边疆建设经验和满腔的家国情怀在众多人选中脱颖而出；吉林省水利厅工程师王义新58岁，是吉林援疆队伍中的老大哥，已是二次援疆的他即将达到退休年龄，可是干起工作来比年轻人还风风火火；吉林省信托投资公司职员李政彤是一名90后高学历金融人才，在209名援疆干部人才中年龄最小，正在休婚假的他接到三年援疆通知，二话没说就告别娇妻奔赴征程；阿勒泰地区二中9名吉林援疆女教师，平均年龄29岁，5人未婚、4人新婚，她们把自己最美好的青春年华奉献在祖国西北边陲，这吉林的"九朵金花"盛开在阿勒泰丰饶的大地上。

吉林省乾安县医院妇产科副主任张志艳，2012 和 2017 年两次参加吉林省援疆医疗队，先后被授予优秀援疆干部、吉林省三八红旗手荣誉称号，她的家庭被评为全国最美家庭。在援疆工作中，她除了临床工作外，还经常为边防官兵、社区居民、转场牧民巡回义诊，并坚持通过开办讲座、现场教学等帮助当地医生提高业务水平。其实，张志艳胃部刚做过手术，儿子即将高考，爱人工作繁忙，父母年事渐高，再次援疆确有困难。但回想起 2012 年第一次援疆时边疆少数民族患者期盼的眼神、治愈后由衷感激的目光和依依不舍之情，她还是毅然决然再次参加了援疆队。出发前，她的公公突然发病卧床不能自理。同为医务工作者的丈夫对她表示，自己会尽儿子、儿媳的双份孝道，不要辜负组织上对你的信任。张志艳带着万分牵挂、内疚和不舍，再次踏上援疆之旅。吉木乃县海拔两千多米，刚刚到达，眼涩、鼻干、腹胀、腹泻、失眠、耳鸣等症状马上出现了。一天傍晚，一位当地乡村女教师突发剧烈腹痛，人已休克，如转到阿勒泰治疗，病人很可能死在转院途中。病情非常危险，没有时间思考，张志艳立即准备急诊手术。手术室非常简陋，更衣间没有窗帘，没有暖气，刷手、洗手全是冷水。她顾不上这些，考虑患者还未生育，以最快的速度成功进行了该院第一例保留卵巢手术。术后患者恢复很快，张志艳却病倒了。但看着转危为安的患者，望着喜极而泣的病人家属，她十分欣慰。那位哈族患者出院时连连说："是吉林省援疆医生给了我第二次生命！援疆医生，叶聂科谢阿勒各斯阿衣榻焖（从内心感激你）！"

入疆以来，除了临床工作外，张志艳还随同专家组与吉木乃县妇幼保健院开展了"靓丽工程，健康行动"，打造吉木乃特色的各族各界妇女靓丽形象，着力提高乡镇居民身心健康。她说，人生中难得有再次援疆这样一份经历，不仅增加一份阅历，更是增加一份担当。我要尽我所能，把先进的管理理念、新医疗、新技术带给新疆，努力打造新疆各族同胞心目中的"吉林妈妈"形象，成为新疆各族医生的良师益友，让当地的医疗技术水平提高到一个新高度。选择援疆，就是选择奉献！援疆，是留给我未来意义非凡的回忆！

此心可敬，此情可感。吉林省援疆干部们的一言一行，拨动着吉林作家的心弦。松原市文联副主席刘鸿鸣感慨地说，在个人利益、家庭利益与国家利益冲突时，他们自觉地服从国家利益，自觉地听从党和祖国的召唤，远离故土和亲人，与各族人民携手建设边疆，已经超越了小我的人生。就像阿勒泰满山遍野的石头，他们与一代又一代的边疆建设者和保卫者，为我们的时代矗立起一座座精神的丰碑，为我们的社会夯实了价值的地基。

再留杨柳绿边疆　融入江山化作诗

不忘初心，不辱使命，不负重托；廉字打底，学字为先，干字当头。吉林援疆人舍家报国、忠诚担当、团结奉献、创新奋进，以青春和热血激情援疆、务实援疆、平安援疆、廉洁援疆。

在以往良好的基础上，自进疆以来，吉林省第三批援疆工作队就在反复思考和认真谋划今后三年的吉林援疆工作思路和突破口。他们紧紧围绕反恐维稳、民族团结、民生改善、意识形态、人才培养等方面，坚持把抓基层打基础摆在突出位置，精心谋划党建援疆工作。充分发挥党的建设在对口支援工作中的方向性引领功能和基础性支撑作用，在传统的经济、干部、人才、教育、科技、文化、卫生"七位一体"援疆工作格局基础上，率先在19个援疆省市提出党建援疆概念，依托边疆建设基金和陆续启动的产业投资，力争实现"以党建援疆推动产业援疆，以国有资本组织要素资源、以产业系统支撑集体经济"这一目标。并努力率先在各援疆省市蹚出一条可学习、可借鉴、可复制、可推广的党建援疆工作路径。他们积极探索边疆基层经济发展新模式，系统谋划产业援疆工作。把产业援疆作为带动就业的有效路径，因地制宜引进、培育一批小微企业，增加就业渠道，扩大就业空间，吸收劳动力就地就近稳定就业，发挥就业在兴疆、富疆、稳疆中的积极作用。他们充分发挥科教大省的人才智力优势，扎实做好科教援疆工作。坚持"输血"与"造血"相结合，充分发挥吉林省高校数量较多、科教实力较强的优势，通过智力援疆模式，努力为当地培养一批优秀干部人才，留下一支带不走的高素质援疆队伍，为实现社会稳定和经济发展提供强有力的干部人才支撑。他们着眼构筑各族群众共有的精神家园，全力推动文化援疆工作。紧贴阿勒泰地区宣传文化事业发展实际，依托吉林宣传文化资源，加强文化设施建设，通过多种形式深入开展中国特色社会主义、社会主义核心价值观和中国梦宣传教育，务求在新一轮对口支援工作中打造出具有吉林特色的文化援疆品牌。

强力推进，紧锣密鼓。吉林省援疆前方指挥部召开《阿勒泰地区千里画廊旅游开发总体规划（初稿）》汇报会。《规划》提出了阿勒泰地区旅游产业发展愿景：打造世界级旅游度假目的地——千里画廊·丝路航站·冰雪圣城。《规划》基于资源完整性、景观一致性的角度考量，将千里画廊旅游资源划分为四大片区，整体打造成以阿勒泰市为中心，形成西部大喀纳斯生态旅游区、东部大可可托海特种体验旅游区、南部古尔班通古特沙漠 safari 野奢生态旅游区三大核心节点支撑的整体架构。《规划》提出开展冰雪运动项目点亮冬季、建设重要景区景点汇聚焦点、打造三大交通系统联通世界的发展思路。

吉林省援疆前方指挥部召开《阿勒泰地区冰雪产业考察情况及规划建议》座谈会。受阿勒泰地委、行署委托，按照阿勒泰地区大力发展冰雪产业的战略部署，吉林省援疆前方指挥部联合中建兴业集团，委托国内冰雪产业顶尖专家组成规划团队，先后 3 次对阿勒泰地区的冰雪产业发展情况、冰雪资源、地理环境和环保情况进行调研评估，在广泛征求各方意见的基础上，形成了阿勒泰地区冰雪大区规划编制建议。勾画出一幅以阿尔泰山脉为依托、以大滑雪旅游为引导、以 PPP 运营模式为支撑的阿勒泰冰雪大区远期图景，明晰了阿勒泰滑雪旅游产业走国际化跨越式发展的新思路。

2017 年 10 月 18 日，中国共产党第十九次全国代表大会开幕。吉林省援疆干部身着正装、满怀喜悦地观看开幕式直播，大家聚精会神、认真聆听，激情满怀、群情振奋。吉林省援疆工作前方指挥部总指挥、阿勒泰地委副书记孙立君正在吉木乃县督导维稳工作，他全程收看开幕式后高兴地表示：新一轮吉林援疆工作中的千里画廊是"美丽中国"题材，千里驿站是"乡村振兴"题材，千里航站是"一带一路"题材，"首惠于民"就是以人民为中心，"千里画廊、百村增收、万户就业"工程就是把"以人民为中心"落到实处的具体举措，"四不四驱"发展追求紧扣供给侧结构性改革……这些都是第三批吉林援疆人半年来的精彩创造和生动实践！

思路之门打开、写作之笔触达最前沿。一路走来，吉林援疆人的事迹深深打动了吉林作家的心。四平市作协副主席、公主岭市作协主席王剑说，新疆之大之美之奇，看了让人震撼，既增长了知识，又开阔了视野。而吉林援疆干部对新疆的无私奉献精神，让人敬佩，也让人牵挂。可以说，新疆之行是一次文化之旅，更是一次充电之旅。

吉林省作协采风团还与阿勒泰地区作家进行了亲切深入的交流。并向阿勒泰图书馆赠送了吉林作家作品。阿勒泰作协主席艾丁·合孜尔高兴地说，虽然我们远隔千里，但我们有着共同的爱好、梦想和共同的语言。我对吉林作家有很多了解，张笑天、胡冬林、任林举……他们的写作风格非常值得我们学习。我去过两次长春，长春的净月、雕塑公园如诗如画太美了！他还为双方文学艺术上的合作提出了许多建议，比如《作家》杂志进入阿勒泰图书馆、阅览室，比如长影致敬经典、再拍哈萨克题材影片等等。阿勒泰作协名誉主席霍斯泰·加合亚表示，新疆文学一方面继承传统，一方面追求创新。改革开放为新疆带来了翻天覆地的变化，各族人民团结并肩才能共同前进。希望阿勒泰吉林两地作家亲密携手、共同提高。

一茬接着一茬干，一批更比一批好。11.8 万平方千米的阿勒泰土地上，处处可见吉林儿女撸起袖子加油干的辛劳身影。吉林省援疆干部正在广袤北疆的将军山下、克兰河畔谱写吉林色彩新篇章！正如吉林省文化援藏援疆促进会会长吴文昌诗词所言：万里西行岂等闲，援疆苦辣感千般。以身许国心虽烈，三载离家泪也潸。维稳勇迎刀剑险，建功笑对打拼艰。但求世代能留此，常引春风度玉关。

我在美丽的新疆

吉林文化"大篷车""试航"英伦
——吉林省艺术团爱丁堡国际艺术节商演记

吉风漂洋送吉祥，响鼓一声动精魂。锦绣山河丹青似，吉林画卷到英伦。

八月爱丁堡，细雨霏霏。

2016 年 8 月 12 日，当地时间 14 点 30 分。

英国爱丁堡大篷剧场。

动人心魂的开场鼓拉开了吉林省艺术团参加爱丁堡国际艺术节首场演出的序幕。这是吉林文化"大篷车"登陆英伦的首次"试航"！

好戏开场，起舞踏浪。

锦绣山河丹青似　吉林画卷到英伦

美丽的爱丁堡是英国著名的文化古城、苏格兰首府，曾被联合国教科文组织授予"文学之都"的美名。爱丁堡国际艺术节创立于 1947 年，是目前世界历史上最悠久、规模最大的艺术节，

采访英国 BBC 电台前主编、英国文化交流有限公司艺术顾问
托尼·维奇米勒

与爱丁堡市副市长史蒂夫·卡多尼在爱丁堡市政厅

被公认为世界上最具有活力和创新精神的艺术节之一。该艺术节所邀请的参展对象包括音乐、舞蹈、戏剧各领域中的顶尖人士以及深具潜力的新秀，被业界称誉其对推动全球剧场艺术蓬勃发展功不可没。2016 年的爱丁堡国际艺术节先后有 3500 多个艺术团体献艺，可谓五彩缤纷、争奇斗艳的国际艺术盛会。

吉林省艺术团以《雪韵春光》大型综艺晚会亮相 2016 爱丁堡国际艺术节。晚会以吉林省歌舞团有限责任公司的歌舞《雪韵春光》为主体，融合了京剧猴戏、水袖、长绸和杂技、民族器乐，以及吉林省满族撕纸、面塑等非物质文化遗产展示。

激越的开场鼓敲响之后，曼妙的音乐声中，美丽的"丹顶鹤"飘然而降翩翩起舞；京剧《美猴王》一亮相，便赢得了对孙悟空十分熟悉和喜爱的英国观众的喝彩；舞蹈《找情郎》充溢着浓郁的关东情调；京剧水袖和长绸表演《天人共婵娟》美轮美奂、精彩绝伦；舞蹈《冰凌炫舞》勾画了中国北方晶莹剔透的冰雪世界；杂技《永恒的爱》展示着力与美的和谐结合；鼓乐《龙虎斗》鼓韵铿锵、震撼心弦；晚会在舞蹈《缤纷的土地》欢快的音乐声中向观众道别，那云缠雾绕般轻柔的舞姿，既是对大美吉林的赞美，更表达着对各国人民的友好深情……

首场演出获得了观众的热烈欢迎，并得到了当地媒体和评论的赞扬与好评。苏格兰文化旅游外交大臣菲奥娜·希斯洛普称赞说，中国艺术家和表演者为爱丁堡国际艺术节增光添彩。

首演过后，我采访了英国 BBC 电台前主编、现英国文化交流有限公司艺术顾问托尼·维奇米勒。他高兴地说："我特别愿意和媒体说说我的真心话！文化的引进和输出其实是很难的，而舞台是最好的媒介。和吉林省演出团合作多年，你们常常不断给我以惊喜，给观众崭新的与众不同的感受。你们的文化产品充满了创造力，这也是成功合作的源泉。《雪韵春光》晚会十分唯美，音乐更是出奇的好，既体现了传统特色，又有现代创新的新声音。它所流露出的喜悦之情，是会令人不自觉地微笑起来的。"托尼·维奇米勒告诉我，他对吉林印象最深刻的就是冬日吉林那积得高高的、厚厚的白雪，美极了！他向往着再去看看春天的吉林风貌。

爱丁堡国际艺术节专业摄影师斯科特·赖斯·法威尔十分喜欢吉林省艺术团的表演，他一丝不苟地为吉林省艺术团拍摄了许多精美的剧照。他诚挚地对我说，到目前为止，吉林省艺术团是其拍摄过的艺术团中最好的，他一定极力推介，回去就将这些图片放到他的 Facebook 上，让更多的人关注、了解并有机会看到这台精美的节目。大篷副经理、小丑演员查威尔则一口气用了五六个 "very" 表达了对吉林省艺术团的喜爱。

掌声方歇，大幕又启。一切才刚刚开始。

"大篷车"试航：浪打风正一帆悬

首演成功只是一个好的开端，更大的考验还在后面——此次吉林省艺术团是以纯粹商演的形式走出国门、闯进市场的，面临着市场尤其是国际演艺市场严峻的检验，也面临着自身观念转变的巨大冲击。

踏上行程，胸有指南——红色党章在行囊。临行前，吉林省歌舞团有限责任公司董事长王明华郑重地将红色党章放在背包里。踏出国门前，吉林省艺术团就成立了以王明华和省对外文化交流中心副主任张洪涛、吉林日报文化部主任龚保华组成的临时党支部。

王明华表示，这次初闯国际市场对吉林省歌舞团意义重大。吉林省歌舞团是一个转企改制的院团，要想将社会效益、经济效益很好结合在一起，就必须得到市场的认可。在大篷演出还是第一次，需要艺术上的准备，更需要观念上的准备。这是真正的市场，演了一场之后，能否征服观众的心，持续演下去、走下去？观众的状态和反响取决于产品的质量，需要我们树立推销文化产品、提升文化品牌的意识。市场不允许你高高在上，需要踏实接地气。这对每个演员都有强烈的触动，让我们解放思想，开拓新局面，摆脱故步自封，衔接上通往国际市场的新路。王明华激动地说，我们要借这次开拓国际市场的机遇，展示实力，锻炼队伍，让吉林省歌舞团这块品牌更加闪亮！

借国际艺术节的平台和东风，推出吉林文化产品，是这次英伦商演的初衷和目标。吉林省艺术团团长、省中外文化交流中心副主任张洪涛深感此行任务艰巨、责任重大。她告诉我，大篷演出的形式不同于剧场殿堂，但在德国、法国、英国、荷兰、丹麦等国家十分普遍流行，很受当地百姓欢迎。此次吉林省艺术团在省文化发展资金的扶持下，以省直文艺院团为班底，组成丰富综合的艺术形式，走向国际市场进行纯粹的商演，这在吉林省还是首创。此行带去的都是具有浓郁中国元素、吉林特色的文化产品。我们就是要借助国际文化交流的平台向世界展示，中国不仅拥有璀璨悠久的传统文化，更能推陈出新与国际接轨。这也是为吉林文化"走出去"，树立文化自信、为中国发声、讲好吉林故事采取的新举措。

吉林省中外文化交流中心与英国演出商菲利浦·甘迪先生已合作了 10 多年，双方合作默契。此次组团商演，更肩负着在省直院团转企改制的当口，为其转型发展助力的重任。张洪涛凝重地说："商演一切都要凭自身的实力和努力去争取。我们带来的要永远都是有创意的东西，要永远给观众以不断的惊喜。"

市场放眼：敢问路在何方？

市场是最残酷的，市场是最客观的，市场也是最公平的。

爱丁堡有着悠久的历史，并始终坚持以文化营造最优雅的城市。它的文化资本许多都堪称杰作、价值连城。2004 年，爱丁堡被联合国教科文组织授予世界第一座"文学之都"。有着 70 年历史的爱丁堡国际艺术节更是吸引着来自世界各地的一流文艺团体在此举行精彩的演出。

一个城市如此钟爱文学、钟爱艺术，其艺术鉴赏的水准和要求之高可想而知。爱丁堡有着独特的文化与历史，更有鉴赏他国文化的极高的智慧眼光。此次爱丁堡国际艺术节，先后有 3500 多个艺术团组前来参加。对观众来说，是一场琳琅满目的饕餮艺术盛宴；对参演艺术团来说，如何能在这高手林立的市场上立足、赢得一席之地，则是个严峻的考验。

望着演出大篷，张洪涛说，2000 年，我作为演员第一次赴英演出，就是参加爱丁堡国际艺术节。大篷是一种纯粹的商业性演艺形式，有着坚实的基础，非常符合当地娱乐习惯。大篷已成为一种文化，是家喻户晓的年节常态。我们文化"走出去"，除了文化交流，还有产业之路。产品好是基础，卖点是关键。对商演来说，首演成功只是好的开端，还要不断积累、传扬，努力适应市场的需求，这样才能有经久不衰的生命力。

检验开始了。吉林省艺术团的每个人都绷紧心弦、憋足了劲。张洪涛在团长的重大职责外，还是翻译、灯光、播音员；王明华除了带好团队，还身兼领舞；每个演员都抓紧时间刻苦练功、认真彩排；我也客串"补位"，做起了剧场"迎宾"。尤其是阴雨绵绵的天气，每当迎进一个冒雨前来的观众，所有人的心中都十分欣慰、感觉暖暖的。

一位当地观众热情对我说，他是个"蓝领"，十分喜欢中国，并特地邀请到他家做客的波兰朋友前来观看吉林省艺术团的演出。一旁的波兰朋友也向我表示，中华文化博大精深、与众不同。大篷前厅的非物质文化遗产展台，张焰的撕纸、李光的面塑也引起了人们浓厚的兴趣。孩子们拿着面塑孙悟空爱不释手。观众中一对苏格兰夫妻都是医生，当他们得到现场制作的撕纸剪影时，两人高兴极了！

我在客串"迎宾"时看到，不少观众看过一次后，又第二次、第三次带着家人朋友来看，他们像老朋友一样与我打着招呼，由衷地表达着对中国文化的喜爱。

大篷票房经理桑德拉热心地向吉林省艺术团提出了积极建议。桑德拉的三个孩子从小在马戏大篷长大，看过无数表演。

孩子们看了吉林省艺术团的演出后十分兴奋，过了好几天还议论不休。桑德拉说，这说明你们的节目令人快乐愉悦，正在为人们所接受。在英国，对演出的好评坏评传达极快，就像撑开的雨伞一样。口碑人气需要积累，你们已经有了良好的开端，还要加大力度宣传推广。一位名叫玛丽亚的观众也特地为艺术团的宣传献计献策，她诚恳地说："哪怕一次只让人了解一点点，慢慢地深入人心。你们是出色的、无与伦比的！那些站起来鼓掌的人对你们的喜爱都是发自内心的！"

此次活动的合作演出商菲利浦·甘迪先生看了演出后非常高兴，他表示，这台晚会具备商业演出的潜质，明年可以为艺术团运作赴英国伦敦孔雀剧场的商业演出项目。

前路悠远　路在脚下

阴雨绵绵，我与吉林省艺术团团长两人抱着厚厚的宣传单，行走在爱丁堡喧闹繁华的王子街上，在演出间歇为吉林省艺术团站街宣传。

竞争是残酷的。艺术节期间，3500个艺术团组竞相绽放，市场的优胜劣汰完全取决于观众的选择。各个艺术团都使出了浑身解数，想尽方法推介自己。与吉林省艺术团同一大篷演出的泰国演出团已在该地驻场演出19年，其间经历了从不为观众接受、一场只有区区六七个人，到现在场场爆满座无虚席。但即使在观众火爆的情况下，他们也不敢有丝毫懈怠——其宣传负责人告诉我，每天早晨很早他们就出发了，他们要走上足足十个街区,到不同的地方发放宣传册,每天至少要发上 5000 张!因为,面对的是瞬息万变的市场。

虽然我已从事新闻工作 30 多年,团长张洪涛也从事了 16 年的对外交流工作,但亲身站街宣传对我们两人倒真是个全新的体验。王子街上行人如织,我与团长相视不觉莞尔,互相鼓励——我们两位中国女士这样出现在爱丁堡王子街上,也是英伦一景哦!当人们接过我们的宣传单,惊喜地发出“中国”“吉林”的声音时,我们心中的感动与欣慰无以言表。

参加商演,演员们的感受也不同以往。吉林艺术学院教师周楠深有感触地说,艺术团汇集省内各门类精英艺术家,把多样艺术形式完美结合成综合晚会,让国外观众有了全新的感受和认知,可谓独树一帜,这种编排和演出形式在全国也走了很先锋的演出道路。艺术团面对各种困难迎难而上,团员们台上兢兢业业、生活中团结互助。作为艺术院校教师,有机会和平台与各艺术门类艺术家同台表演,并看到世界不同地域、不同形式的表演,对自身的眼界、格局和艺术修养都有极大的升华。

吉林省歌舞团国家一级演员王月红表示,代表祖国、代表吉林参加爱丁堡国际艺术节,感到无比光荣和自豪!演出完全是售票商演,观众给予我们很高的评价,每一句 thank you 都让我激动万分!观众的掌声和叫好声就是对演出的最高认可!我以前曾来过英国商演,感觉英国观众已经越发喜欢上了我们的民族歌舞。从他们主动花钱买票观看我们的演出,演出结束兴奋地与我们合影,可以看到他们是真心喜爱。这也让我们对走向世界舞台增强了坚实的信心。

吉林省艺术团的演出成功了。爱丁堡国际艺术节评奖委员会委员特地前来观看了吉林省艺术团的演出；《雪韵春光》大型综艺晚会在众多受邀参加艺术节的团组中，获得了爱丁堡国际艺术节组委会的四星推荐。难能可贵的是，此次商演以无赠票、英国本土观众占九成的良好成绩，进行了市场开拓的有益探索。

8月16日，爱丁堡市副市长史蒂夫·卡多尼在市政厅接见了吉林省艺术团，对吉林省艺术团不远万里来到爱丁堡表示热烈的欢迎。他说，爱丁堡与中国的人文交流有着悠久的历史，我曾几次拜访中国。创立于1947年的爱丁堡艺术节是一场欢乐的文化盛宴。今年的爱丁堡国际艺术节还出现在了中国中央电视台《新闻联播》的报道中。对于吉林省艺术团的到来，我感到由衷的高兴，你们的到来为艺术节增光添彩。期待在不远的将来再次与你们见面。

英伦"试航"圆满谢幕，余音美好萦绕心中。

前路尚远，前程可期。

愿景在前，路在脚下。

沧海放舟，不进则退：岸，就在那里

市场是什么？市场在哪里？

细雨霏霏，典型的 8 月英伦天气。

站在爱丁堡最繁忙的商业大道和交通动线王子街上，与吉林省艺术团团长一起捧着厚厚的宣传资料，面对的，是令人目不暇接、琳琅满目、花样翻新的各种艺术表演和宣传推介——这，就是此次吉林省艺术团文化"大篷车"的"试航"之地。

此行，这，就是市场。我们的市场，就在这里。

爱丁堡这个名字源于苏格兰语，意思是"斜坡上的城堡"。这座历史悠久的城市既有雄厚的文化资本，又有雄厚的艺术资本。2004 年，爱丁堡被联合国教科文组织命名为"文学之都"。这个命名，是因为爱丁堡有着极为丰富的文学活动。这里，是《大不列颠百科全书》的诞生地；《福尔摩斯探案集》智慧的笔锋在此勾画；从《艾凡赫》到《金银岛》，乃至家喻户晓的《哈利·波特》；从诗人彭斯到经济学家亚当·斯密，随手拈来都令人叹为观止。从艺术资本上讲，爱丁堡国际艺术节更是不同凡响。自 1947 年创办以来，有着 70 多年历史的爱丁堡艺术节已成为世界性艺术盛会：爱丁堡国际艺术节、爱丁堡边缘艺术节、爱丁堡军乐节、爱丁堡国际图书节、爱丁堡电影节、爱丁堡国际爵士乐节和爱丁堡多元文化节……几将各种艺术形式尽收囊中。爱丁堡申请"文学之都"命名时是这样说的——爱丁堡是一座建立在文学上的城市。其实，爱丁堡还是建立在艺术上的一座城市。而市内耸立的司各特、史蒂文森、达尔文、休谟等人的纪念碑，更是无声地为这座城市诉说着什么……极目望去，它昂首阔步踏出的文化个性令人深思。

风笛声声，呜咽含情。

在这样的大文化背景下，吉林省艺术团首次大篷商演"试航"英伦，可谓直面最严苛的文化市场，直面最严酷的文化挑战。在这个苏格兰文化底蕴深厚、世界各地演艺团组云集的国际艺术节上，如何展示自身实力，踏歌起舞、脱颖而出，赢得市场争得一席之地？

爱丁堡当得起节日之城这个美誉。在爱丁堡全年最热闹的 8 月份国际艺术节，艺术活动接踵而来，街上挤满了来自世界各地不同文化背景的游客。3500 个艺术团组的纷至沓来、优胜劣汰争夺的严峻现实，考验着投身商业演艺市场的"选手"。

这是最直接的文化市场之一——这里有来自世界各国各民族的"考官"。

这是最严格的文化市场之一——这里有审视各艺术门类经验丰富的眼睛。

正如著名的苏格兰格子呢以颜色样式组合的不同，而有不同意义、代表不同的苏格兰氏族一样，文化的多元、文化的融合、文化的引进、文化的输出，使这个世界，变得五彩缤纷、色彩斑斓。

博大精深的中华文化傲立于世界文化之林。而在中国的东北吉林，近年来，文化风暴与经济奇迹在这片黑土地上的相伴而生，更体现出吉林人高度的文化自觉、文化自信与文化自强精神。吉林文化产业的风生水起、异军突起，为吉林文化走向国际市场提供了坚实的基础和无限的可能。这也是吉林人启动精神引擎、解放思想的时代担当。

闯市场，关键在一个"闯"字。

闯出一片天地，闯出一路风景。

沧海放歌，迎风荡舟；浪峰当前，不进则退。

无论船进船退，岸，都在那里，迎接弄潮的人。

花儿长红香在骨　光影流年总倾城
——电影和一座城

中国，吉林省，长春市，红旗街。

中国，中国电影，长春电影制片厂。

中国东北吉林省长春市，有一条著名的街道——红旗街。红旗街一端为繁华的红旗商圈，一端为路如其名的宽平大路，在街的中段，有一座别具特色的建筑,这座建筑的中心小广场上，矗立着一座毛主席塑像——慈祥地、坚定地、默默地，注视着那人、那城、那时光、那岁月……注视着中国电影前行的道路。这座建筑，就是"新中国电影的摇篮"——长春电影制片厂。

长春，中国东北的一个城市，因为长春电影制片厂，与中国电影结下了不解之缘。

因为长春电影制片厂，长春，被称为——电影城。

电影城的名字，充溢着战火硝烟、年轮风雨、沧桑巨变。无数的银幕经典中，传唱着一首首刻印着历史痕迹、深埋进几代人心海的不朽歌声……

岁月荏苒，长春电影制片厂已过 70 华诞。长影，已成为一个经典文化地标。

一座城的电影记忆：风烟滚滚唱英雄

　　1937 年 8 月 21 日成立的"株式会社满洲映画协会"，号称远东最大的电影制片厂。它是日本帝国主义当时在中国设立的最大的文化统治机构，垄断了伪满的电影制作、发行和放映权。"满映"用电影这一载体对中国人思想和灵魂进行的政治战精神战文化战打了 8 年。

　　作为新中国建立的第一座电影基地，东北电影制片厂是在解放战争的炮火硝烟中建立发展起来的。1945 年 8 月 15 日，日本无条件投降，其在东北的文化侵略基地——"满映"解体。当年 10 月 1 日成立的东北电影公司，标志着中国共产党有了自己的电影基地，中国老一辈电影人在一片废墟上掀开了中国电影史崭新的一页。"兴山建厂"的光影记忆，将新中国电影艺术家们白手起家、艰苦创业的情景永远定格在历史画面里。1949 年 4 月，东北电影制片厂迁回长春现址。1955 年 2 月，中共中央文化部决定东北电影制片厂正式更名为长春电影制片厂。

　　风烟滚滚唱英雄。战火硝烟中成长起来的长影，在建厂同时，为及时反映、紧密配合东北解放战争，马上开始了纪录片的创作生产。他们派出多支摄影队到前线、工厂和农村，艺术家们以摄影机当笔，在胶片上作画，拍摄了大量极为珍贵的历史文献资料。并先后拍摄了新中国第一部纪录片《民主东北》（1947 年 5 月—1949 年 7 月），第一部木偶片《皇帝梦》（1947 年 11

月），第一部科教片《预防鼠疫》（1948年夏），第一部动画片《瓮中捉鳖》（1948年12月），第一部短故事片《留下他打老蒋》（1948年2月），第一部长故事片《桥》（1949年5月），并译制了新中国第一部译制片《普通一兵》（1949年5月）……为新中国电影事业做出了开拓性贡献。

长影是名副其实的新中国电影的摇篮——她为新中国电影事业聚集、培养和输送了大批优秀电影人才。从建厂到20世纪80年代，长影无条件地为全国兄弟电影厂和电影机构输送领导人才和业务骨干等2000多人。新中国电影事业的奠基者和我国影坛上的很多著名人士都曾在长影工作过，如袁牧之、吴印咸、陈波儿、田方、钟敬之、钱筱璋、许珂、罗光达、严文井、成荫、吴永刚、吴祖光、徐苏灵、特伟、徐彬、凌子风、孙谦、于蓝、钱江、沙蒙、于敏、林杉、郭维、林农、王炎、武兆堤、苏云、袁小平等。他们在"摇篮"里创业，在"摇篮"里成长，又从"摇篮"里分赴祖国各地。他们不但带去了自己的艺术和技术，也带去了长影的传统和风格。长影人以忠于使命、敢为人先的精神，引领新中国电影至行千里，用永不放弃的精神重现了现实主义的魅力，以艺品和作品确立了长影的形象。

在拍摄第一部多集新闻纪录片《民主东北》时，当时的东影相继派出32支摄影队到达前线、工厂和农村，拍摄了30多万尺极为珍贵的历史文献资料，真实而完整地记录了东北解放战争的艰难历程。拍摄过程中，张绍柯、杨荫萱、王静安三位年轻摄影师牺牲在战场上，用青春和热血浇灌了新中国的电影事业……

一座城的光影流年：四面青山侧耳听

70 多年来，长影在废墟上起步，在艰难中前行，在创新中发展，始终坚持为人民放歌、为时代立像、为民族铸魂，共拍摄故事影片 1000 多部，译制世界各国电影 1100 多部，还生产了大量的纪录片、戏曲片、科教片、美术片、电视剧等。

银屏光影 70 年。长影在人民电影的发展史上树立了一个又一个里程碑。最早表现革命战争题材并取得杰出成就的《中华女儿》、电影艺术家于蓝初登银幕之作《白衣战士》，还有《赵一曼》《钢铁战士》《平原游击队》《董存瑞》等等。家喻户晓的《白毛女》由表演艺术家田华扮演喜儿，这部戏中，她拍下了其电影人生第一个镜头。还有《上甘岭》《英雄儿女》《祖国的花朵》《刘三姐》《我们村里的年轻人》《创业》《开国大典》《红牡丹》《不该发生的故事》等等。70 年来，长影吸纳培养了一大批在国内外享有盛誉的影视明星，在长影这个"摇篮"里成长，完成了自己的处女作和成名作，留下了一个个栩栩如生的银幕形象，留下了一串串铿锵跋涉的坚实脚印。他们用角色传达出的冲出银幕的强大正能量，至今仍燃烧和感染着人们。

银屏放歌 70 年。长影影片中的经典歌曲《让我们荡起双桨》《敖包相会》旋律飘荡至今；作为新中国电影史上一座丰碑的《上甘岭》，其插曲《我的祖国》响彻大江南北；"阿哥阿妹情意深，好像那芭蕉一条根"……美妙的歌声出自《芦笙恋歌》;《红孩子》中的《共产儿童团歌》成为孩子们代代传唱的歌曲；火热的农村题材影片《我们村里的年轻人》中，郭兰英演唱的富有山西民歌特色的插曲《幸福不会从天降》《人说山西好风光》历久弥香;《草原晨曲》承载着几代包钢人的记忆,被包钢确定为厂歌;新中国第一部彩色风光音乐片《刘三姐》不仅是我国风光音乐片的开山之作,也是当时拷贝发行量最大的影片,被称为人美、歌美、景美的"三美"佳作;《冰山上的来客》中《花儿为什么这样红》《怀念战友》《冰山上的雪莲》,是作曲家雷振邦用灵魂创造的音乐奇迹;《达吉和她的父亲》用充满人情美、人性美的故事展现民族团结,因此片引发的"人性论"争鸣,在新中国电影史上尤为罕见;根据巴金小说《团圆》改编的《英雄儿女》1964年在全国公映,王成那句冲天裂地的"为了胜利,向我开炮"至今震荡着观众的心灵,而《英雄赞歌》也深深影响了几代人。

长影还培育了一批著名的书法大家——2004年以前长影出品的电影字幕都由字幕师书写,他们中出现了很多大书法家,如苏平、周昔非、郝幼权、吴自然、姚俊卿、金钟浩等,其书法艺术在全国也有着很大的影响。

摇篮中的摇篮——小白楼。长影,是新中国电影的摇篮;而长影小白楼,则被称为新中国电影剧作家的摇篮。素雅庄重的小白楼位于长影东北角,建造于1938年,是伪满治安部大臣于琛澂的别墅,因墙体外立面呈白色而得名。新中国成立后的几十年来,下榻过小白楼的文学巨匠、大师们数不胜数,赵树理、孙谦、马峰、马拉沁夫、严文井、乔羽、林杉、沙蒙、郭维等等,都曾在这里下榻。长影那些优秀影片的剧本几乎全部在这里诞生,像《桥》《钢铁战士》《内蒙人民的胜利》《董存瑞》《上甘岭》《赵一曼》《英雄儿女》《祖国的花朵》《平原游击队》《刘三姐》《我们村里的年轻人》《创业》《开国大典》《红牡丹》《不该发生的故事》等等。小白楼门前的梨树，是导演苏里从编剧马烽的山西老家移来的树苗。从小白楼里培养、扶植起来的年轻作者更是数不胜数。三年困难时期，按照周总理的指示，厂里把主要创作干部们安排到小白楼居住，尽量为他们提供相对好一些的副食，以保养身体安心创作——此事称为"为艺术家追肥"。现在，长影博物馆将小白楼局部还原，墙上的投影把《白毛女》的电影文学剧本和完成片做了对比，从中可以看到编剧文学剧本创作和导演二次创作的差异。

在新中国电影的流金岁月中，人们看到这样一种"长影现象"：在人民电影的开创期，长影人以敢为人先的精神，创造了人民电影的"七个第一"，开启了新中国电影多片种尝试的先河；在中国社会主义电影初创期，长影雄踞主潮，创造了革命现实主义电影的一批经典名片，成为几代人永不褪色的时代记忆；进入改革开放新时期，长影不忘社会主义电影的神圣使命，用诸多震撼心灵的优秀影片塑造了中国共产党人和社会主义国家的崇高形象，对促进解放思想、推进改革开放起到了积极作用；在计划经济向市场经济转型期，长影率先在全国电影界启动并完成文化体制改革，探索并实施电影创作与电影产业"双轮驱动"的发展战略，不仅在主业上拍摄了一大批弘扬社会主义核心价值观、唱响主旋律、传递正能量的优秀影片，还率先走上产业化发展道路，实现跨区域发展，构建形成结构优化、布局合理的大电影产业链，为中国电影事业发展开辟新路。

一座城的文化坐标：花儿总是那样红

今天，走进长春电影制片厂的大门，通往主楼的大道上镶嵌了22块铜板，用大事记的形式记录了长影70多年的发展历程。通过文物收藏保存、艺术展览、数字化平台、电影互动、电影工业生产等多种形式，翔实记录长影创业史、发展史和文化史的长影旧址博物馆已对外开放。

进入长影博物馆，我每每注目的是那幅美轮美奂、斑斓炫目、利用建筑原窗结构创作的琉璃画——万丈光芒中，代表放飞梦想的吉祥鸟在凤凰的引领下，奔向太阳、奔向辉煌，这幅画是长影流金岁月的缩影，也是长影美好明天的愿景。

目前，长影拥有一大批经验丰富的艺术创作人才和管理人才；拥有当今国内外先进的数字化影视制作和录音等生产设备；拥有大量具有文物保护价值的电影史料及道具；拥有享誉国内外的中国唯一一家电影交响乐团——长影乐团；拥有深受业内专家和电影爱好者推崇的专业电影期刊——《电影文学》《电影世界》；拥有中国首家世界级电影主题娱乐园——长影世纪城；拥有中国东北唯一一家专业电影频道——长影频道；拥有中国东北首家五星级电影院——长影电影院；拥有国内唯一的电影主题音乐厅——长影音乐厅。长影还站在新的历史起点上做出战略抉择，实现跨区域发展，打造集影视制作、影视娱乐、影视商务、影视演艺、影视教育、影视传媒、影视科技等多功能于一体的超大型国家级国际化电影产业园区、国际文化产业合作平台、世界级电影娱乐王国。而这些，都是一座城市具有弥足珍贵文化积淀，具有标志性、时代性的文化地标。

70 余年风雨兼程，长影用精彩的年轮真实地记录着新中国电影发展的历程，书写着长影人的光荣与梦想、荣誉与辉煌、求索与希望，铸就着新中国电影人的魂，更孕育和传承着新中国电影的火种和希望。

往事钩沉 70 年，花儿总是那样红。我曾与朋友畅想过这样一个引人遐思、令人热血澎湃的愿景：在长春这座电影城，在长影门前的红旗街上，至今保留着一条味道满满的有轨电车线路。每天，古老的有轨电车从红旗街头人流密集的长春万达电影院，叮叮当当经过长影、宽平大路，驶向中国一汽集团方向电影城。试想，若将每辆电车都有特点地以长影的经典影片片名命名，比如"平原游击队"号、"红孩子"号、"我们村里的年轻人"号、"冰山上的来客"号、"英雄儿女"号……当这些承载着人们深厚情感的电车驶过长春这座城这条街，驶过长春电影制片厂门前，在那座令人仰止的毛主席塑像挥手致意和检阅下坚实前行时，那，是何等经典的城市文化符号；那，又是何等动人的景象！

铁匠炉旁拜大年

2014 年的大年三十，伴着清脆的爆竹声，我和中国民间文艺家协会副主席、吉林省非物质文化遗产保护专家组组长曹保明一起，驱车赶赴长春市二道区英俊镇长青村田洪明铁匠作坊，在这个当今已极少见的铁匠作坊里，与曹保明及他所著《最后一个铁匠》的书中主人公老铁匠田洪明一起过年。

与老铁匠一起过年这个"新春走基层"动议已和曹保明一起思考好久了。以往好几年春节我与他电话中互相拜年时，他不是在深山老林老猎人、挖参人的炕头上，就是在偏远村落能口述生动民间故事的孤寡老人家中，有一年还正在为一个已过世的杰出文化传承人扫墓。今年我提前打了电话，想知道这位省非物质文化遗产保护专家组组长又要前往哪个令他牵挂的地方。得知他今年将要和《最后一个铁匠》中的主人公老铁匠一起过年，并邀我同行，于是，伴着清脆的爆竹声，我和曹保明一起驱车前往田洪明的铁匠作坊。

我经常和曹老师共同探讨：当今城镇化飞速发展之际，有

大年夜，我与老铁匠打对锤

和老铁匠夫妻在铁匠炉旁过大年

些传统文化越来越濒危，农耕文化从乡野走进城镇，它的命运会怎样呢？我们也一直惦记着长春城市边缘几乎仅存的田洪明的铁匠作坊，因为老铁匠是典型的农耕文化向城镇化转变时期杰出的文化遗产的传承者。

田洪明的铁匠作坊现在几乎已属绝无仅有——在城市边缘林立的小区高楼群中，工具齐全、有声有色的铁匠铺子似乎是一个温暖古老的传说。家家户户都在喜庆新春，踩着满地红红的爆竹屑，我们刚到作坊门前，就听到了清脆欢快的打铁声：田洪明和老伴一边哼着山东腔的打铁歌，一边叮叮当当干得正酣：铁匠炉烧得旺旺的，铁匠夫妇的脸庞映得红红的。看到我们到来，田师傅高兴极了："真没想到你们能来给我拜年呀！"指着挂得满墙的铁匠工具，他乐呵呵地、得意地悄悄告诉我，他现在是个有手艺绝活的快乐的老铁匠，年轻时是个帅帅的快乐的小铁匠，老伴就是他当年走村串户干铁匠活时凭着好手艺追到手的呢。

田洪明今年 61 了，他继承祖上的手艺，当了近五十年铁匠。随儿女进城后，城市生活对铁匠手艺的青睐逐渐淡化，但他对祖传的手艺却不忍割舍，于是他坚决不住进儿女买的新楼房，而是坚守着他的铁匠作坊，大年夜也雷打不动——这成套的工具和技艺是他心中的宝啊！为此，每到大年三十晚上，住在高楼里的儿女们都只好把饺子给他端到铁匠棚子里吃。

曹保明边做记录边对我说，田师傅是典型的农耕文化向城镇化过渡期的文化存在。每到过年时，他都思念起他的先人，忘不掉先人传下来的手艺。在铁匠炉旁和他一起过年，是和他心灵对接的最好时刻，也是接地气走进生活的最好时刻。这就是每到过年时，如果不去和那些有故事、有文化遗产技艺的老人一块过，他就觉得过不好这个年的原因。他说："走进基层，走进生活，虽然没和家人在一起过年，但我和文化在一起过年了，我心里特别踏实——这样过年，丰富了文化，幸福了自己。"

铁匠作坊外，喜庆的鞭炮响个不停，铁匠炉旁，老铁匠的打铁歌唱得意味正浓。而听说以自己为原型的曹保明新书《最后一个铁匠》马上就要出版了，老铁匠田洪明兴奋地用铁锤敲起了美美地鼓点："这个年过得可太'得劲儿'了！"

炉火正旺，锤声叮当。铁匠炉上贴着一副小对：日日炉中生烈火，年年锤下有黄金。快乐的锤声中，快乐的老铁匠风趣话语不断："坚持是要更新的，打铁是要开心的！"一会儿更口吐哲言："生命有铁砧精神，愈被敲打愈能发出火花！"我的小本上，不一会儿就记满了老人打铁生涯的箴言。我深深感到，现代社会，许多濒危文化遗产急需挖掘、抢救，否则会很快消亡，这是文化保护工作者的职责，也是新闻工作者的职责。

在旺旺的炉火旁，看到铁匠老两口锤打得那么默契，我也忍不住拿起铁锤，笨手笨脚地和田师傅叮叮当当对起锤来！铁匠炉烧得红红的，大年夜，新春的锤声分外好听……

写不尽一池清墨梦回红楼

——与1987版电视连续剧《红楼梦》编剧周雷一席谈

一部红楼，青史流芳。作为将古典名著搬上荧屏的成功范例，1987版电视连续剧《红楼梦》已成为经典。此后多年间，这部电视剧被重播无数遍，可谓将《红楼梦》这一能与世界对话的文化品牌推广得更加深入人心。一直以来，重拍《红楼梦》的消息不断，但至今未见确切分晓，可见翻拍之诱人、之艰难、之风险、之引人关注。

1987版《红楼梦》编剧周雷也宣布将重拍111集《红楼梦》，以酬平生"红楼一世界，世界一红楼"的完美志愿。为此，我与这位年过七旬却仍精神矍铄的著名红学家有了这样一席谈。

说旧版：美中不足叹瑕玉

周雷1937年出生于浙江诸暨，1962年毕业于吉林大学历史系。毕业后他从事文史研究，专攻清史红学，曾赴京与吴晗先生专门就"清史与红学"这个话题进行探讨交流。1972年，中国科学院近代史研究所借调他参加范文澜《中国通史简编》续写工作。1974 年至 1979 年，周雷在文化部中国艺术研究院参与《红楼梦》新版本校订注释工作，六年中天天精研 12 个脂批本和 8 个程高本。1983 年至 1987 年，他担纲电视连续剧《红楼梦》编剧组组长、制片副主任、领导小组成员，负责文学剧本的改编创作、演艺人员的选拔培训、红学知识的咨询把关等。

交谈中，周雷指点着电脑中珍藏的老照片，为我一一说明——那片堆满建材的荒地是开工在即的"大观园"；满脸稚气清秀的少年是欧阳奋强，个子不高一身是戏的是 20 出头的邓捷；这位少女是培训班中优秀的演员，本已确定出演剧中重要角色，却造化弄人、令人惋惜……演员中他最满意邓捷和欧阳奋强，"我觉得林黛玉这个角色在老版本里不是非常理想。大家认为林黛玉是《红楼梦》第一女主角，其实剧中戏份最多的是王熙凤，这个角色是很重要的。"

周雷认为，中艺版《红楼梦》新校本的出版和央视《红楼梦》电视剧的播映，是红学史上两大工程，功不可没，但均有不足和遗憾。他是从这两大工程中翻过筋斗来的"个中人"，深知其中功过成败和利弊得失。他衷心希望世人能读到一部最接近曹雪芹原稿的《红楼梦》小说，看到一部最贴近曹雪芹原意的《红楼梦》电视剧，通过一书一剧感知曹公的心灵，真正理解"其中味"。

周雷坦率地说，1987 版的电视剧是经典但也有很多遗憾，由于资金、技术以及时间的限制，难免白玉有瑕。当年该剧总投资不过 750 万，虽然当时已是不小的数目，但对拍摄这样一部巨著来说还是捉襟见肘。周雷动容地说："最大的遗憾就是篇幅。对这部鸿篇巨著，剧本只写了28集，观众看到的36集是最后剪辑而成的版本。"

对该剧的缺失和遗憾，周雷主要归结了几点：失策——改编策略失误，现实有余，浪漫不足。如前五回描述的女娲补天、绛珠仙草与神瑛侍者的故事、神游太虚境等，限于当时条件未用，实为憾事。失衡——前后比例失衡。原著前80回占全书73%，散失稿占全书27%。剧中前半部30集占全剧83%，后半部6集占全剧17%，比例明显失调。失宜——部分角色处置失宜。如湘云、迎春、尤三姐、紫鹃等角色的处理。失察——有布景、道具的细节错误，如王熙凤卧室出现新中国成立后武威出土的《马踏飞燕》图，秦可卿卧室出现唐代周昉的《簪花仕女图》等。

谈新版：梦回红楼再从头

电视剧播出前，周雷就预料：一边是风靡一时的轰动效应，一边是美中不足的巨大遗憾——正像《红楼梦》本身，一边是读罢前80回的回肠荡气，一边是结局迷失无稿的千古遗恨。这在当时可预测而无力预防。所以，当年周雷就曾立言："20年后我要重拍红楼梦。"

周雷说，如何处理后四十回一直困扰着他。多年前他曾和茅盾提过续写《红楼梦》："我对茅盾先生说：'若说当今世上能有人续写红楼，唯有你。'但茅盾先生很谦虚，他用我俩的家乡话说，'我续不来'。"茅盾虽然也说续不来，但周雷却一直想完成这个愿望。

羊年元宵，中国艺术研究院红楼梦研究所和北京大观园管理委员会邀请周雷在北京大观园新世纪红学论坛主讲《论〈红楼梦〉影视改编的得失》，引起强烈反响。2003 年 3 月，应北大红研会邀请，周雷在北大未名站 BBS 网站上与网友交谈，了解了人们对重拍工程的希望和期待。同年 12 月中央电视台《艺术人生》"红楼梦再聚首"中，周雷宣布重拍《红楼梦》。此后，他开始组织实施周雷版《红楼梦》重拍工程：一是重拍 111 集电视连续剧《红楼梦》、11 部系列电影故事片《红楼梦》以及绘制 1001 集动画片《红楼梦》的制片工程；二是兴建"红楼梦世界城"建设工程，为重拍提供摄制基地；三是创办"红楼梦国际影视艺术学院"教育工程，为重拍提供摄制队伍。

周雷版《红楼梦》将抛弃高鹗的后 40 回，以曹雪芹的判词脂批做续。因为周雷认为，曹雪芹的原意绝不是兰桂齐芳、家道复苏，高鹗的续偏离了原著的轨道。演员选择上，当年一部电视剧培养造就了上百个艺术人才，重拍工程仍坚持培训演员的老规矩，演员均进入红楼梦影视学校学习。贾宝玉、林黛玉、薛宝钗和王熙凤将有对应的演员班，学员年龄限制在 15 到 17 岁之间，因为"白纸才能做出最好的画"。他相信经过培训，将组织起一个人数众多、素质高超的红楼团队，培育、构建一个红楼艺术人才市场。

圆心曲：一生情缘系三梦

重拍《红楼梦》是周雷的人生梦想。人人心中都有一个红楼梦境，通过影视手段，可以诠释红学中许多难以用语言文字表述的奥秘。周雷激动地说，现在形形色色的"戏说""大话"大行其道，结果弄得"假作真时真亦假"！《红楼梦》在文化史上占有极其崇高的地位，毛泽东早在 1938 年就把《红楼梦》列为最有成就的古典长篇小说之一。拍摄《红楼梦》必须忠于原著、妙于剪裁，才能使人们直观地欣赏到这部百科全书式的文学经典。

为此，周雷版《红楼梦》的主导思想是与原著保持一致展开多元化、多层面的主题。111 集中，序集综述曹雪芹家世生平和创作历程，正剧分为 11 部 110 集。我看到他拟好的拍摄大纲为——序集《白雪歌残梦正长》；第一部《太虚境曲演红楼梦 灵河岸奇遇碧海情》；第二部《因遗簪协理宁国府 备省亲修盖大观园》；第三部《畸角上此地埋花冢 天尽头何处觅香丘》；第四部《识分定顽石悟情缘 起韵事芳草露才华》；第五部《生不测凤姐醉泼醋 遇尴尬鸳鸯誓抗婚》；第六部《庆元宵贾府盛宴散 除宿弊芳园风波多》；第七部《寿怡红群芳开夜宴 理亲丧二尤归地府》；第八部《狠夫人抄检大观园 痴公子杜撰芙蓉诔》；第九部《湘泪尽孤魂归缥缈 三春去诸芳付凋零》；第十部《大厦倾家散俱荣损 灯将尽人亡各奔腾》；第十一部《假乞丐雪夜无安身 真情僧悬崖忍撒手》。

为重拍《红楼梦》，周雷做了多年的准备和"储蓄"——

1986 年，他参与策划组织了"中国红楼梦艺术节"，任组委会秘书长。1988 年，他策划创办了中国首家民间影视企业"海南国际影视公司"，任董事长、总经理、总制片人，策划制作了《风流女谍》《落山风》等电影和《几度夕阳红》《天涯丽人》等电视连续剧。目前，"红楼梦"已被周雷申请注册了商标，他设计的红楼梦世界网站也有了总体布局纲目。他还有一个更为宏大的"周雷三梦"工程——弘扬以《红楼梦》为代表的中华民族传统文化，开拓发展红楼梦大文化产业工程、绿楼梦高科技产业工程和金楼梦投融资产业工程，把文化、科技与金融结合起来，促进大文化和高科技成果的转化，打造世界一流的"红楼梦"国际驰名品牌……

寒来暑往13载，风雨如约润心田。"国学大讲堂"已经过了13个生日了。我跟踪报道了它13年有余，见证了它自诞生之日起发展壮大的每一个阶段。

2005年12月25日，在长春文庙，一个以传播国学知识、弘扬传统文化的大型公益文化讲座——"国学大讲堂"正式开讲。时至今日，"国学大讲堂"已经举办了700多期。时隔13年，我至今还记得"国学大讲堂"开讲当日露天授课的情形：在长春文庙古色古香的院落内，大树上铁丝悬挂着方正的小黑板，老师立于树下授课。听众或在稀疏的草坪上席地而坐，或倚在斑驳的树干聆听，或执笔凝神速记……偌大的院落，除主讲人和提问者的声音外，幽然恬静，只有微微的风声似在演奏轻柔的乐曲。这是多么朴素而美好的画面啊，令人遥想设坛教学的遥远古风。也还记得，当年我与文庙负责人王洪源爬上文庙对面的高层建筑，在高楼顶俯拍长春文庙整体建筑结构照片的情景。

如今，长春孔子文化园已具规模，"国学大讲堂"也从长春文庙的一项品牌活动，成长为一座城市的文化符号。

赓续城市文脉　筑就精神家园
——长春文庙博物馆"国学大讲堂"十三年记

风雨兼程，春风化雨。2005年12月25日，在长春文庙，一个以传播国学知识、弘扬传统文化的大型公益文化讲座——

"国学大讲堂"正式开讲。从那一天起，无论寒来暑往，每个周六"国学大讲堂"都会如约举办。时至今日，"国学大讲堂"已成功举办了700多期。

"国学大讲堂"已经过了13个生日了，我跟踪报道了它13年有余，陪伴了它13年有余，见证了它自诞生之日起发展壮大的每一个阶段。

13年来，吴光、于丹、郭永进、邓立光、许兆昌、曹胜高、金海峰、于天罡、高长山等一大批学者先后走进"国学大讲堂"为市民授课。而如今，长春孔子文化园已具规模，"国学大讲堂"也从长春文庙的一项品牌活动，成为长春这座文化城一个美丽的文化符号。

靡不有初，鲜克有终。"国学大讲堂"用13年的时光诠释着"坚持"二字的含义，履行着自己的"初心"，让那些"百姓日用而不知"的"君子之道"重新走进人们的心灵，唤起民众的文化自觉与自信。

踏雪寻梅　顺势而生

追溯长春文庙博物馆"国学大讲堂"的缘起，长春文庙的发展是一个绕不过去的话题。对此，长春文庙博物馆党支部书记、"国学大讲堂"主创者之一王洪源有说不完的故事。

长春文庙始建于清同治十一年（1872），清光绪二十一年（1895）和1924年分别进行过两次大规模维修和扩建。2002年，长春市人民政府出资，对文庙进行恢复重建。在漫长的岁月长河中，长春文庙几经沉浮，其原有的文化风貌已然模糊。2003年9月，当王洪源接手文庙的管理工作时，迎接她的只是几间孤零零的仿古建筑。"那时的民众对文庙是生疏的、隔膜的，偌大的园子里，经年人迹寥寥。"王洪源说。

为了让文庙走进人们的视野，王洪源在2003年做了两件大事：一是大胆地恢复了长春文庙中断60年的祭孔典礼，二是邀请省内学者专家商讨文庙发展大计。前者吸引5000多名市民前来参与，让沉寂多年的长春文庙再次得到关注，后者则对文庙的发展起着决定性作用。

在王洪源的记忆中，开会那一天格外冷，世界仿佛笼罩在茫茫大雪之中。一大早，她望着漫天飞舞的雪花，心里忐忑不安地想，"学者们会不会不来了？"然而，迎着风雪，许兆昌来了，韩格平来了，王庆祥来了，金海峰来了，学者们都来了！时隔多年，王洪源回忆起那日情景，依然激动不已。就是在那次会议上，专家学者们对长春文庙的发展提出了明确的目标：致力于传播传统文化，把文庙打造成人们的精神家园。而开办公益国学讲座则是其中的一项规划。

2005年，长春文庙参与了全球祭孔活动，这一举动在全省乃至全国引起了巨大轰动。活动当天有10万余人涌入长春文庙参加大典，盛况一时无二。"我们当时都吓坏了，没想到能来这么多人！文庙的大门都要挤坏了！"王洪源回忆说。那次活动让王洪源再次强烈感受到民众对传统文化的强烈渴求，她觉得举办国学讲座的火候到了！

于是，一切水到渠成。2005年12月25日，在社会各界的支持下，长春文庙"国学大讲堂"举行了隆重的开课仪式。全国第一个公益性国学讲座就此诞生了！

艰难困苦　玉汝于成

"国学大讲堂"开办之初，条件非常艰苦，甚至没有固定的讲课场所。"冬季，我们四处租借教室，其他季节则在文庙院子里露天讲课。"王洪源说。

"国学大讲堂"开讲了 13 年，我跟踪采访了 13 年。时隔 13 年，我至今还记得"国学大讲堂"当日露天授课的情形：大树上横系着一根铁丝，悬挂着一块方方正正的小黑板；不远处的另一棵大树上，挂着一只小喇叭——这就是全部的教具。老师站在树底下上课，听课的人在稀疏的草坪上席地而坐。尽管上课条件简陋如斯，但"国学大讲堂"依然散发出独有的魅力。也还记得，当年我与王洪源爬上文庙对面的高层建筑，在高楼顶俯拍长春文庙整体建筑结构照片、发出一声声惊叹的情景。

翻阅当年写过的报道，我仍然会被当初映入眼中写进文里的情景所打动，这一画面，已深刻脑海："进入 4 月后，长春桃李绽放，春风袭人。'国学大讲堂'在长春文庙古色古香的院落内开讲。在孔子像前，主讲教师在印有孔子行教图的背景幕布前侃侃而谈，听众或席地而坐，或倚树聆听，或凝神速记，偌大的院落除主讲人和提问者的声音外幽然恬静，只有风声似在演奏轻柔的乐曲。"这是多么朴素而美好的画面，令人遥想古代圣贤设坛讲学的情形。

最令人感动的是，在那些露天上课的日子里，"国学大讲堂"风雨无阻，历经坎坷从未有过间断。"国学大讲堂"的首批学员、今年82岁的申民风回忆起这样一个场景：下雨了，搭起一个简易的遮雨棚，老师照讲不误。学员们坐在小板凳上，一手撑着伞，一手记笔记。"我们当初就是这样上课的，一直坚持了两年多！"申民风说。

"国学大讲堂"露天上课的情况逐渐传开了，社会各界深受感动。时任长春市政协主席到长春文庙视察时，亲眼看见了市民们露天听课的动人场景，他马上协调有关部门调查研究，政府主管部门得知这一情况也极为震撼，立刻做出了安排。于是，为"国学大讲堂"兴建一个固定教室便正式提上了日程。"听说要建文昌阁作公益文化教室时，可把大伙儿乐坏了！"提及此事，王洪源至今仍抑制不住内心的激动。

2008年9月28日，文昌阁正式竣工。老师和学员们告别了露天上课的日子，"国学大讲堂"终于有了一个固定的讲课地点。坐在宽敞明亮、古色古香的多媒体报告厅中，很多老听众感动得泪光闪闪。从此，"国学大讲堂"开始走向成熟，其影响力越来越大。如今，很多政府、企事业单位组织国学培训，都从"国学大讲堂"挑选师资。2016年10月，"国学大讲堂"还正式成为长春市人社局指定的继续教育基地。其辐射人群越来越广。2016年，长春文庙先后在长春苇子沟强制隔离戒毒所和长春朝阳沟强制隔离戒毒所设立"国学大讲堂"教育基地，邀请国学专家举行专题讲座。2017年年末，"国学大讲堂"成为全国终身学习品牌项目，2018 年 5 月，长春市文庙博物馆和长春市孔子研究会因坚持举办"国学大讲堂"公益文化讲座，荣获全国第六届儒学社团联席会议先进单位称号。2018 年 11 月，长春市文庙博物馆在第八届中国博物馆及相关产品与技术博览会上，又荣获了"弘博奖·最佳展示奖"。

弘扬传播　探源寻根

习近平总书记强调，中华文化是我们民族的"根"和"魂"，丢了"根"和"魂"，就没有了根基。"国学大讲堂"13 年来的发展正是一场文化寻根之旅。"举办'国学大讲堂'的初衷，就是普及国学教育，避免传统文化在自由传播过程中误入歧途。专家学者放下身段走入普通民众中，让群众从国学中汲取精神养分。"王洪源说。

13 年来，"国学大讲堂"以诸子百家思想为主，讲座内容遵循循序渐进的原则，从讲人、讲事再到讲理，先后推出了《论语》《孝经》《大学》《中庸》《孟子》《孙子兵法》《四大名著》《资治通鉴》《道德经》等诸多兼具知识性与趣味性的主题讲座。

"国学大讲堂"的主讲嘉宾来自社会各个层面，既有国学研究者、社会道德教育工作者，也有来自吉林大学、东北师范大学等知名大学的教师，还曾邀请于丹、吴光等著名学者前来讲学。他们以渊博的国学知识、通俗易懂的讲解，运用大量的史实材料、耐人寻味的故事、精辟的分析，引领听众在优秀传统文化的海洋中畅游。

时光荏苒，"国学大讲堂"吸引力越来越大，每期讲座听众最少时一二百人，最多时有五六百人，他们当中上至耄耋老人，下至垂髫孩童。令很多主讲嘉宾感叹的是，固定听众还形成了一个自发的班委会，他们会在讲座开始前做准备工作，上完课后还会收集听众的意见反馈，为下一讲座确定题目提供参考。"国学大讲堂"主讲嘉宾、长春大学教授金海峰说："人们对'国学大讲堂'的热爱反映出现在社会普遍存在的文化情结。'国学大讲堂'满足了人们的文化需求，已经成为长春市民的精神家园。"

作为"国学大讲堂"的首批学员，申民风已经坚持听课13年。这些年，他的课堂笔记已经积累了30多本，写了好几万字。他说，学习传统文化让自己的晚年生活有了奔头和着落。像申民风这样的老者，在"国学大讲堂"并不少见。

有一天，我遇到一位从榆树市八号镇二十号村赶来的听众，他叫温秀文，是一名普通的农民。他这样向我描述自己的行程：夏天通常早上5点起床，然后到县里坐客车来长春；冬天则更早，早上4点多就起身去赶火车。听完课，当天即返回。而这样的行程，他已经坚持了4年。当我问他是什么让他这样坚持，他的回答是——文化。他还认真地说，要把"国学大讲堂"的精髓带回他们村。

润德养性　以文化人

在"国学大讲堂"，《论语》《孟子》等一部部古代典籍重新被翻阅，老子、庄子等一个个历史人物再次被解读，那些闪烁着智慧光芒的文字如溪水般涤荡着人们的心灵，悄然地引导人去修身养性，去明理励志。

说起传统文化对人的影响，王洪源感触最深。她说，"国学大讲堂"刚开办时，有一个现象特别严重，那就是每次上完课，学员们都会留下一地的纸片垃圾，椅子也东倒西歪的。渐渐地，提前到的学员会主动帮助工作人员摆放椅子，听完课后，大家也都会自觉地将椅子摆好，把地上的垃圾捡走。"学了传统文化后，人们更讲究文明、注重礼节了。"

张载《张子全书·语录钞》中云："为学大益，在自求变化气质。"长春市民吴玉荣对这句话深以为然。吴玉荣说，自己脾气暴躁，特别容易与人发生冲突，但是在"国学大讲堂"陆续学完了《弟子规》《论语》《黄帝内经》《道德经》等国学经典后，自身的精神面貌不知不觉发生了很大变化，性情变得平和，脸上也总挂着笑意，身边的人都说她更好相处了。吴玉荣这样的例子在"国学大讲堂"的听众中还有许多。"国学大讲堂"主讲嘉宾、长春市孔子研究会理事刘世荣说："我们今天提倡学习国学的目的之一，就是要解救人心里的浮躁，让人内心平和，遇事宠辱不惊。"

"国学大讲堂"以德润心，以文化人，其品牌效应不断彰显，影响力不断扩大。在传播传统文化的过程中，它始终坚持"取其精华，去其糟粕"的宗旨，已经成为长春市弘扬中华优秀传统文化的重要阵地，成为人们进行思想碰撞和思想创造创新的园地和高地。

回望"国学大讲堂"走过的 13 年漫漫长路，每一个亲历者、见证者都对它怀有无限的感慨和期许。前路漫漫，更需把这一文化"阵地"管理好，"园地"经营好，"高地"建设好！

大年三十的老兵故事会

　　2015 年 2 月 18 日，农历大年三十。天刚放亮，我就与中国民间文艺家协会副主席、吉林省民间文艺家协会主席、著名文化专家曹保明，驱车行进在前往吉林省农安县开安镇凤英老兵大院的路上——那里的老兵正等着我们，我们要热热闹闹一起过年三十，说好了，老兵们要和我们共话"故事会"呢。

　　中国民间艺术家协会主席、著名学者冯骥才曾说："每逢年节，阖家团圆，我知道有一个人却在路上，他就是曹保明。东北的许多文化是被他发现、抢救和保护下来的。如果中国多几个曹保明，我们的文化将会保护得多好啊！"这些年来，曹保明常年行走在山野乡间，春节时更是和非物质文化遗产传承人、孤寡老人、民间艺术家一起过年，听他们讲述从前的故事，走进生动的生活记忆。今年的年三十，我与曹保明相约，一起走在前去看望老兵的路上。

　　"听说你们来看我们，可把我们乐坏了！"刚到老兵大院门口，老兵大院创办者张凤英和 83 岁的老兵刘清便迎上来，把

老兵给我讲故事

大年三十，老兵大院的春节故事会

曹保明和我以及戎马回甘老兵服务平台发起人李荣惠拉上炕头，亲亲热热话起了家常。87 岁的老兵张富、85 岁的老兵崔荣东、68 岁的老兵李绍年等也一起盘腿上炕，大家团团围坐，手里包着年夜饺子，嘴也没闲着——别开生面的"老兵故事会"开始了！

"今天是年三十，让我回想起 1949 年的年三十。那天我们部队饭刚做好，年夜饭还没等吃上战斗就打响了，但我们打胜了！" 87 岁的老兵张富激动地回忆起了往事。85 岁的抗战老兵崔荣东声音响亮地告诉我："我是新四军三十七旅十九团二营七连战士！"老兵刘清则骄傲地挺起胸，如数家珍般地向我一一介绍自己胸前的每一枚军功章。

我们感动地听着老兵们生动讲述的战斗故事，这些热血男儿浴血沙场保家卫国的故事，把人们拉回到从前战火燃烧的岁月，令大家更加珍惜今日的幸福，展望美好的明天。

今年是纪念世界反法西斯战争和中国人民抗日战争胜利 70 周年。让亲身经历了战争风雨的老兵留下他们的珍贵记忆是十分急迫的历史使命。今年年初开始，吉林省民间文艺家协会和我们吉林日报文化部联合启动了"征集抗联故事、歌谣"征文活动，全面征集抗联故事、歌谣、老兵口述史、生活片段等等。曹保明说："长白山是中国人民反击日本帝国主义侵略的重要战略基地，东北抗联在艰苦卓绝的抗战岁月中建立了不朽的历史功勋。此次与老兵一起过大年，就是以具体行动落实这个计划。让人类永远铭记历史、开创未来、留住遗产、开发记忆、传承文化、实现梦想。"

　　饺子包好了，军旅书法家苏德生现场书写的一摞福字和对联也完成了。喜气洋洋的老兵大院内，大家纷纷与老兵们一起贴窗花、贴对联、贴福字……83 岁的老兵刘清拉着我像说快板书一样乐呵呵地说："看现在国家处处繁荣昌盛——路面平如镜，两旁大白杨；新院落，大瓦房；玻璃窗，亮堂堂；鸡满架，鹅成帮；猪满圈，牛也养；这生活多'盖'呀！"

他是个伐了一辈子树的林业工人。在他的眼里，木头是有生命的，是会"哭"的。他说，他要把他这辈子伐掉的树，一棵棵的都捡回来、栽回来。从退休那天开始到他70岁时，他已经默默地栽了十万棵树。他要让大树笑，让青山笑……他说，不能啊，不能让大自然饿着。

长白山森林物语

时序已过清明，北方寒意仍浓。东北今年下了几十场雪！人们一场一场地数着，最后还是数忘了。望着四月飞雪，吉林省民间文艺家协会主席、吉林省非物质文化遗产保护专家组组长曹保明喃喃自语："往年这个时节，长白山该是多么的日朗天晴，几场春风之后，北方就该开江了。冬雪在大风之后渐渐融化，山谷间该跑桃花水了。可今年，还没吹开江的风呢。"

雪花飘舞间，曹保明给我讲述了赵希海与树的故事。上次他进山看望赵希海的时候，春雪也在长白山纷纷扬扬地飘着……

赵希海家住在长白山腹地红石林业局，他是个伐了一辈子树的林业工人。"伐了一辈子树？"我惊问："那经他的手，该伐掉多少大树啊！"是啊，伐掉多少大树，赵希海自己也记不清了。曹保明认识赵希海是从看到他和一个人打架开始的。

那年，曹保明进长白山踏查森林文化、寻找森林故事，来到了红石林场的一个山场，突然听到林子里传出吵架声。这寒冷早春的老林，什么人在打架？曹保明赶紧进了林子，发现一个老头正和一个放牛娃在争吵。曹保明不禁好笑：这么大岁数了，还和一个小孩子吵什么呀？而且，还去拉人家的牛！只见老头扶着一棵被牛踩折了的小树，对小孩说："春天哪，小树都脆，牛一踩咔吧咔吧，就折了！折得我好心疼啊孩子。不是爷爷我说你、骂你，咱山里人就得爱这些小树。咱们是长白山人哪！等这些小树长大了点，你再领牛进来还不行吗！"只听得放牛娃哭着说："爷爷，我错了还不行吗！我错了，爷爷……"

讲到这里，曹保明的眼睛湿润了，我听得也湿了眼眶。曹保明说，当时在这一老一小面前我真的落泪了——原来这大山里还有这么一个一心一意保护树的老汉。曹保明和长白山老伐木人赵希海就这么相识了，并在他家住了两宿，听了老伐木人许多的森林故事。

赵希海属虎，那年已经71岁了。他在红石、湾沟、三岔子、临江等林业局伐了一辈子树，用他的话说，大山里的每一块石头上都有他的脚印。退休那天，他到被他伐光了的山场子边站着，站了一天一宿，一直在那儿发愣。树呢？看看山上，他一棵一棵数着还有几棵树。他心疼得不行！他想，人这一辈子，吃着树、用着树，可我们给后人留下了什么呢？我伐了一辈子树，我对不起树，对不起大山，更对不起大自然。树没了，山就不得了啊。

存不住雪和水，天就变了！——这是大自然饿了。人饿了，知道要吃的，可大山饿了咋办？自然饿了咋办？没有树，山就会饿！自然就会饿！于是，他转身回了家。从那天起，他下定一个决心，要用他伐了一辈子树的手去栽树、种树，让大山不饿，让自然不饿。

从那年开始到他 70 岁时，赵希海已经默默地栽了十万棵树。

栽树种树得先进山去捡树籽。捡树籽又称"打树籽"，不但捡从树上掉下来的，还得爬上树去"打"。

打树籽一般都在长白山的深冬、早春。那时气候干燥，老山里寒冷无比，树底下都是冻硬的冰。赵希海老人打下树籽，再蹲在冰上用手一粒一粒地捡拾。多少次他的手冻烂了。可是一粒粒的小树籽却被他完好无损地包裹好，一袋袋地背回家来，因为那树籽能使大山不饿呀！赵希海告诉曹保明，比如水曲柳树籽，一斤可以出 67500 棵小树。他把树籽看得比自己的命还重要。有一年，赵希海得了脑血栓，手脚都不好使了，可他依然拄着棍子进山捡树籽。见了树籽，赵希海竟然扔了拄着的棍子，一点点地爬到树下，趴在长白山的冰雪上，一粒一粒小心地把小树籽捡起来。后来，医生惊喜地说奇迹发生了，老赵头的病一点点好了！赵希海却说这是上山捡树籽拣好的。他说，他要把他这辈子伐掉的树，一棵棵的都捡回来、栽回来，别让大山饿着。

赵希海上山捡树籽的时候，有时也在装树籽的篓子里背着孙子去。他是为了让孩子上山去摸摸爷爷栽下的树，或栽树时让孙子给他扶扶树苗。他是想让孙子看着——大山有大山的样，小树有小树的样，爷爷也有爷爷的样。

长白山的春夏秋冬，就是赵希海的春夏秋冬。冬天，天没放亮他就走了。山场子远，他得早走，走不动了，就让歇工的老儿子赵景春用摩托送他。他背着筐，筐里装着小孙子，小孙子怀里抱着树籽。他和季节赛跑——春天，开始种树了；夏天和秋天，给树薅草；冬春季，一落雪、一来"倒春寒"，赵希海就心疼呵！夜里，他悄悄到林子边上或蹲在山口，看寒霜下在哪儿。心里默默地叨念：霜啊，别下了；雪呀，别下了！他怕冻坏小树苗。水曲柳就长两个夏天，如果头一年不出，就完啦。夜里，他常常自个爬起来，点上灯，看看捡来的一袋一袋的树籽，乐得出了声，说："老伴呀！今年树籽挺实成啊。"老伴说："你呀，一个大字不识，可哪一粒树种你都亲性。看你干不动那天咋办。"赵希海乐呵呵地说："我干不动了，我儿子干，我儿子干不动了，我孙子干，子子孙孙无穷尽哪。我们不这么干不行，我们每人都是'吃木头'活着的，我们要对得起大树才行。木头，是有生命的，它会'哭'哦。我要让大树笑，让大山笑……这才对得起大自然，别让大自然饿着。"

曹保明与赵希海最近的一次见面是一个初春的阴雪天。当曹保明冒雪走进长白山红石林业局家属区时，雪下得越发大起来了。这更使曹保明想起赵希海说过的"人要对得起大自然""别让大自然饿着"的话，也想起赵希海说——他栽树，是为了让大自然永远不饿，让大山永远年轻。大山年轻了，人心情就会好，人就少得病。别看赵希海没有文化，可心里却装着一个人类的大自然。

　　曹保明径直走进赵希海家，老赵果然不在。他老伴王翠莲大娘告诉曹保明："这老头子，说他也不听，一大早就进他的'树苗园'了。"曹保明没有停脚，立刻往老赵的"树苗园"走去。

　　赵希海的树苗园在林场的一处山根下，那儿朝阳，后边盖了一片"老头屋"（林业局为下岗退休的林业工人盖的休息室）。林业工人们退休了，都喜欢走进"老头屋"，里边不时传出麻将声。这时，曹保明看见赵希海背着一麻袋树籽在不远处的土道上喘着粗气。这老爷子感冒还没好，刚拔了吊瓶，就踏着春雪又进山栽树了。

　　"赵大爷——！"曹保明招呼着过去，帮赵希海扛起麻袋时，发现老赵脸色干黄而疲惫。他叹息着对曹保明说："麻吧麻吧，天，就给你阴着，就起雾霾！麻吧麻吧，将来人都麻爪！"

　　曹保明和赵希海一块走进他的树苗园时，一看，果然里边的一些小树苗又被踩了。赵希海放下麻袋，落泪了。"唉，小苗又被人踩了。"他叨咕着，蹲下来，由于发着高烧干脆坐在地上，用干巴巴的老手指把嫩嫩的小树苗一棵棵扶起来，培土。

　　这时，有个小姑娘蹦蹦跳跳地从"树苗园"路过，看到此情此景，小姑娘站住了。看了半晌，小姑娘小嘴一扁，哭了。她说："爷爷呀，你都这么老了，你还栽树呀？"

　　赵希海抽泣着说："孩子，这树，爷爷都是给你栽的。"

　　这时，许多过路的人都静默了。曹保明也又一次忍不住落泪了。

　　这时，麻将屋里的老头纷纷走了出来。他们看着赵希海的背影，互相望望，也都说，哥们爷们，咱们也栽树吧！

　　春天了，长白山里多雪的日子终于结束了。曹保明和林业局的场长一块与赵希海走进大山里去捡树籽，查看那些成活的小树。回来一看，一帮老头也都来了。他们告别了麻将屋，也和赵希海一块去捡树籽、栽树了。

　　曹保明高兴地告诉我，他走的那天，人们像赵希海一样都进山栽树去了。其实人们和自然一样，都想年轻。种树，能使大山年轻，能使山更翠、水更碧。

　　我分明看到老专家眼中的泪光如长白山泉清澈如洗。

　　雪停了。树绿了。

我和曹保明老师在长白山中

　　乌拉街，从古到今名闻遐迩。这座历史悠久、具有深厚文化底蕴的中国北方名镇，既属于历史，又属于未来。冯骥才曾说："历史的价值在文化中发酵，文化的价值在未来发酵。一旦发酵，则是必成意蕴无穷之好酒也。"乌拉古镇遗址是东北古城镇发展一个有力的历史见证，在当今伟大的时代，它能否直追当代中华文明的辉煌进程，如何更好地对其保护、开发和利用，是一个非常重要的课题。

　　乌拉街有着承载久远的昨天、开拓进取的今天，我们期待——明天的乌拉街，不仅是亮丽的旅游景点和历史文化展览馆，更是一幅辉煌灿烂繁荣昌盛吉林地域文化的《清明上河图》。正如康熙大帝三百多年前浩荡东巡时挥写的诗句那样——松花江，江水清，浩浩瀚瀚冲波行，云霞万里开澄泓。

松花江水绕乌拉

　　走进乌拉街，如同走进一条深邃悠远历史的河。

　　与我同行的，是清代打牲乌拉总管衙门第 31 任总管云生的后人、吉林省文史研究馆馆员赵勤。随他走过其先祖生活过的故地，抚摸其祖宅残留的精美砖雕，在他的指点下回望那已千变万化的昔日古道，似乎依稀看到了关东先人的身影——赵勤的曾祖父云生当年多次亲自护送东珠、鳇鱼进京。

站在乌拉街头，想象着昔日驿道南来北往的车水马龙，滚滚尘埃湮没了如烟的往事……这异样的情愫令我穿越时间空间，踏着时光隧道，走进古老、神秘、美丽、富饶的乌拉街。

昨天——梦里依稀忆古城

谈起乌拉，赵勤总是满含深情。从小乌拉街这个名字就深深地印在他的脑海里。父亲告诉他：乌拉街是北方重要的交通水陆枢纽，是同北京城直接联系的重要军事和经济基地。乌拉明朝属海西女真，同辉发、哈达、叶赫合称扈伦四部。清初，皇太极下特旨："乌拉系发祥之胜地。"乌拉地方即称为"布特哈乌拉"（满语），"布特哈"是汉语"猎捕，打牲"的意思，"乌拉"是汉语"江"的意思。两者合到一起为"打牲乌拉"。

乌拉古城原始城址始建于公元 8 世纪，是渤海国的军事重镇。乌拉弘弥罗城，始建于公元 12 世纪中叶，为金代海陵王天德年间。城中现存土台，传称为百花点将台。乌拉国第七代王布颜将乌拉弘弥罗城加固，改称内罗城。据载，乌拉部主布占泰势力强，努尔哈赤曾将女儿许配给他为妃。布占泰把兄长的女儿给努尔哈赤为妃。后来，努尔哈赤向乌拉部宣战，1613 年灭乌拉国。康熙四十五年（1706）筑新城。

顺治十四年（1657），清朝统治者设立打牲乌拉总管衙门，专门办理清朝皇室、宫廷特需的东北地区特产物品，如东珠、鲟鳇鱼、松子、蜂蜜、人参等，成为与当时江宁（南京）、苏州、杭州齐名的四大朝贡基地之一，同整个清王朝的兴衰命运相始相终达二百多年之久。那时的乌拉街十分兴盛，成为中国北方一座著名的城池和重要的交通枢纽。赵勤的曾祖父云生任第三十一任总管，清档案记载：云大人督办并亲自巡查，在沿松花江直到黑龙江口上下数千里水域舟行暮宿采珠如额，完成朝命，并将北疆边情时时上报朝廷，保持一方安定，获朝廷八次嘉奖。

有文人墨客曾创作了诗化的"乌拉八景"：松江围带、星石流珠、风阁春晴、老城旧迹、古塔残形、西门午市、南寺晨钟、鱼楼晓景。随着清王朝的灭亡，乌拉街也日渐萧条。但即使在20世纪30年代，乌拉城主要文化景观和建筑犹存。历经古今风雨、人世悲欢，可以说每个吉林人都能从乌拉街找到独有的记忆。说到此，赵勤不禁轻吟起乌拉古城四通楼上成多禄题写的楹联："一层谁更上，对秋空月色；三昧我犹知，赴桂子香中。"

近乡情更怯，梦中回古城。来到乌拉街东北隅的后府——当年打牲乌拉地方总管赵云生的私人府第，走进曾祖的老宅，赵勤无疑颇多感慨。后府是一座气势宏伟的华丽宅院，为典型的二进四合院。大门上悬"坐镇雍容"黑底金字匾额，是奉天将军伊克唐阿、吉林将军长顺、黑龙江将军德英共同送的。多年沧桑，后府损毁严重，现仅存正房与西厢房。

站在这极易使人生思古之幽情的天地里，尤其是与此建筑当年主人的后人同在，历史变迁令人感慨万端长叹不已。赵勤指点着各处精美雕刻一一向我介绍：当年门外的匾额是北京庆亲王送的，阴刻"绳直冰清"，门里的匾额是清末状元陆润庠送的，阴刻"兰桂友芬"，慈禧太后御笔"龙虎"悬在赵家三世总管画像之上，如今都已看不到了。正房房脊为"二龙戏珠"滚龙脊，现只有龙爪印清晰可见。仅从遗落下来的古建筑珍罕细节，那精美高雅的花饰砖雕、石雕、木雕，依稀可见昔日的豪华气派，足以令人想象原有关东豪宅的概貌。后府代表了吉林民居的最高营造水平，展示着独特的北方建筑形态。

在乌拉街的核心位置，是著名的百花公主点将台。走上点将台，乌拉街满族镇镇长给我讲述了这个动人的故事：相传百花公主是金代大将金兀术的三妹妹，也有说她是金代海陵王完颜亮的女儿或是乌拉国公主。百花公主的父亲受外族围攻，临终时嘱咐她统领将士背着家乡的土过江，以故土筑台浴血作战。离点将台不远有棵老榆树，这棵古树起码有数百年的历史。老榆树枝繁叶茂，树音呢喃，似乎也在向我们诉说着百花公主的一幕一幕。

芳草萋萋，清风习习。站在点将台上，脑海中描画着那位古代奇女子的英姿，不知她手捧故土立于高台之上，彼时彼景与此时此景又有几分相似？

今天——崛起的东北历史文化重镇

作为东北历史文化重镇，乌拉街正以崭新的姿态走来。

据乌拉街满族镇镇长介绍，在各级领导部门的支持下，各项工作正逐步展开。乌拉街发展历史规划、乌拉街历史文化发展保护规划和文化产业发展规划已经完成，确定了乌拉街未来发展方向。

镇长告诉我，规划中要建立五个园、两条街、两个村。

五个园第一个园是乌拉历史文化园。这个园将充分总结和归纳乌拉街几千年的历史文化，包括乌拉国产生和灭亡的历史过程。第二个园是打牲乌拉贡品历史文化园。乌拉街是清朝四大贡品基地之首，该园展示贡品的历史、人物、采集等相关故事。第三个园是乌拉街满族民俗文化园。包括萨满文化、非物质文化遗产的展演等都将在该园展示。第四个园是餐饮文化园。满族餐饮很有特色，在满族传统建筑中展示满族饮食文化，再建一条满族小吃一条街，专门展示乌拉丰富的小吃。第五个园是松花江文化园。乌拉街是松花江环绕的古镇，江文化丰富多彩，江边还有著名的雾凇景观，流传了很多动人的故事。

两条街一个是古城街，要建成民俗风情一条街。这条街在明朝非常兴旺，被称作明朝东北的清明上河图，在清朝更发达起来，发展到三百多个工商业户，其中大商号就有七十多家，目前还有七八十处老房子和古建筑，是东北唯一的这样一条古街。第二条街是在沿江一带建风情旅馆一条街。以传统的建筑手法、服务方式和文化内涵服务当代。

两个村一个是韩屯民俗村，一个是阿拉邸朝鲜族民俗村。

规划先行，修旧如旧，既丰富古镇文化内涵，又保持古镇的历史风貌。这是乌拉街保护开发利用的前提。

每一座古镇都有它独特的历史文化，这是古镇不可复制的个性。在开发古镇的时候，最重要的就是要找到它独有的个性，并将其鲜明的文化个性展示出来。曾有专家总结，古镇作为一种历史遗存，蕴藏了丰富的历史记忆及深厚的文化信息。古镇文化是今人认知历史、感触过去的媒介，其丰富的历史沉积和别样的历史过程昭示着它本身甚至就是一段历史。它是历史发展的结果，也是社会变迁的结晶。

明天——吉林地域文化的《清明上河图》

乌拉的昨天底蕴深厚，乌拉的今天开拓奋进，乌拉的明天充满希望。

据悉，镇政府正要开始对后府等进行维修。镇长告诉我，乌拉街的老百姓对故乡的发展非常关注，知道政府修复古建筑，有的百姓把保存的老砖瓦都拿来了。

当地居民于恩瑞是土生土长的乌拉街人，他郑重地对我说了两点看法：第一希望居民提高爱护文物的意识，把现存的文物保护起来；第二是希望有关部门更加重视并加大资金投放的力度。他说，文化古迹如果破坏绝迹了，对乌拉街是损失，对文化名城是损失。老百姓都期待着修复古城街，家乡兴旺发展，为子孙后代造福。

作为对乌拉街有过深入研究的学者，吉林省社科院民族研究所所长朱立春认为，乌拉古镇是吉林省比较早的文明形态的代表,重要的是它的建筑、格局和所保留的大量清代的文化信息。这些年乌拉古镇的发展取得了一定进步，但还远远不够并且任重道远。文化保护的根本问题就是要激发民众的自豪感、文化自觉和自信。吉林乌拉人对乌拉感情深厚，这是文物保护最好的群众基础。

康熙曾两次东巡到吉林：康熙二十一年（1682）三月二十五日第一次到吉林，在松花江边望祭长白山。三月二十七日，康熙冒雨登舟前往大乌拉虞村（今乌拉街满族镇）。四月初一，在乌拉街一带松花江上捕鲟鳇鱼。康熙三十七年（1698）八月，康熙第二次东巡吉林。当年玄烨雄姿英发，写下了"松花江，江水清，浩浩瀚瀚冲波行，云霞万里开澄泓"的豪迈诗句，抒写了吉林三百多年前的壮美。

乌拉街像一艘古老的船，今天，在建设文化强国的洪流中，船上的水手——吉林儿女升起了驶向未来的风帆。期待——未来的乌拉街，不仅是吉林省亮丽的旅游景点和历史文化展览馆，更是一幅辉煌灿烂繁荣昌盛吉林地域文化的《清明上河图》。

"长白论镜" 镜生花

——《中国国家地理》走进长白山随行记

大美长白真国色，"长白论镜"镜生花。中共吉林省委宣传部、长白山管委会、中国艺术摄影学会主办的 2015 长白山"雪之魂"国际摄影展暨"《中国国家地理》走进长白山"系列活动在长白山举行。《中国国家地理》总编辑单之蔷亲自挂帅，《中国国家地理》图片总监王彤上阵执镜，李少白、耿艺、杨孝、谢罡、石明、袁蓉荪、冉玉杰、孙静文等 8 位中国顶尖人文地理摄影师，组成不仅在吉林省前所未有、国内也未见资讯的豪华阵容，镜指天池三江之源，点染浩瀚苍茫林海，与近百位知名摄影人齐聚长白山，共同"长白论镜"。

生花妙镜绘长白

冬日长白，滴水成冰。早上 5 点多钟，我就随着摄影师们在漆黑的夜色中向长白山"魔界"出发了。"魔界"是长白山一处美妙神秘的所在：披满晶莹树挂的玉树环抱着一潭如镜之水，水面雾色朦胧，潭中星星点点露出些许结满冰晶的枝丫，似仙女梳妆不经意间散落在镜上的玉钗。池水静谧无半点声响，远来的人们似乎也不忍打扰这美好的氛围，默默无语间只听得按动快门的咔咔之音……

魔界归来，摄影师们顾不上吃早餐，又匆匆直上天池。刚进山门，一只漂亮的狐狸在人们面前毫无怯色地稍做亮相，继而跃出一道奇妙的弧线腾空而去——呵呵，狐狸仙女来迎接我们了！

刚到天池脚下走下车，一股强风直冲我扑来，几将我扑倒。据一位带着测温计的人说，此时长白山顶天池温度已达零下 44 摄氏度！一位游客抱怨道："今天真是极端天气呀。"摄影人镜头的视角和人们游览的眼睛可是不同的，面对极端天气，摄影师们却兴奋起来——这正是表现长白山鲜明个性、狂野不驯的好时机！冒着呼啸的狂风，人们艰难地向天池行进。同伴不时提醒我："小心你这体格别被刮飞了。"几位瘦弱的女摄影家互相紧拉着手或由强壮的男士搀扶着以免被大风吹倒，飞沙走石中，镜头仍对向冰封的天池。

《中国国家地理》签约摄影师杨孝告诉我，他在十多年间已拍摄了 20 多个地质公园，这次他希望以地质的眼光来发现、拍摄吉林、拍摄长白山。

当我和杨孝在凛冽的严寒中走到通往长白瀑布的温泉广场时，一阵猛烈的强风将我吹跌在地，两个正在游玩的女学生也被刮得倒在地上转了个圈，尖叫着抱住栏杆才稳住身体。正狼狈间，却听得耳边杨孝兴奋地大喊："太好了！真好！"只见杨孝迎着狂风飞沙高举着镜头，极力支撑着拍摄记录这冰雪长白北风肆虐的极端场景。

许多照相机、手机已经冻得"罢工"了，但一些早有准备做好"功课"的摄影师已将热帖保护在电池上，极寒天气中，工作仍在继续……待从天池下来，年已72岁的著名摄影家李少白眉间挂满霜雪，摘下帽子头发已全湿透了。

一片晶莹的雪花落入我的眼睛又慢慢融化——这就是我们的摄影人呵！

情真意切说长白

不顾白天奔波拍摄的疲劳，晚上，《中国国家地理》总编辑单之蔷、图片总监王彤，以及8位中国顶尖人文地理摄影师，与近百位知名摄影人又坐在一起深入探讨，与大家分享长白之行的感受和拍摄心得，并与影友问答互动，共同"长白论镜"。

单之蔷总编辑深情地说，回到长白山就是回到了家。我就是咱长白山的人，长白山的稠李、圆枣子是童年最美好的记忆。这些年我走遍了中国的山山水水，去过中国最南端的曾母暗沙，也到过中国的最东端、最西端和最北端，但我还是觉得家乡的长白山美，怎么看怎么美。这已是我第七次来到长白山，但每次的感受都不同。如果用一个词来形容我眼中的长白山，那么，"赏心悦目"这个词再恰当不过。漫步在秋日长白森林，遍地黄金般的落叶，道道阳光美妙的光柱射入林间，真能把人心灵打通。如果说我这些年办《中国国家地理》这本发行量和摄影师队伍都堪称最大、当之无愧的成功杂志做出了成绩的话，其根在长白山，是长白山给了我大自然的灵感。单之蔷如数家珍般地表示，长白山的美老少皆宜，美得清新、美得壮丽，无论你喜欢探险还是喜欢田园风光，都可以在这里找到心灵的慰藉。此次"长白论镜"让更多的目光聚焦长白山，但一幅好的作品需要时间，希望更多的本地摄影家加入其中，为最熟悉的家乡拍摄出最优秀的作品，向全国乃至世界推介长白山独特的冰雪旅游资源，让家乡人和远方客都爱上长白山。

《中国国家地理》签约摄影师、中央美术学院摄影专业教师耿艺说，长白山山好水好人更好，其自然条件是独一无二的。她有着独特的文化气质，有王者之风，是一座文化之山。

《中国国家地理》签约摄影师、云南省摄影家协会副主席、大理、罗平、元阳、西双版纳等国际大展主要策展人之一石明说："刚开始我还犹豫，我来到这零下二三十摄氏度的奇寒北方能行吗？可来了之后感觉真好！云南之所以有四个摄影节，就在于丰富的人文地理文化。而一个好的专题往往需要准备体味多年。长白山是三江之源，沿江两岸文化内涵丰厚，占尽了天时地利。我们需要更丰富地展示长白山。"

擅长西部选题的《中国国家地理》签约摄影师谢罡表示，第一次来长白山就被深深打动了。长白山外表冰冷，其实内心火热。一个摄影人对故土的爱很重要，所以本土摄影家有独有的优势。要不断准备、积累，认真感觉、揣摩长白山。

作为沈阳人，《中国国家地理》签约摄影师孙静文说，《中国国家地理》对图片要求是非常高的，可谓"千金万里索一图"。

我们一定要把长白山拍摄好。黑吉辽三省加在一起才是大东北，而东北风的风源在吉林、在长白山。

多维立体论长白

为使人们对长白山的历史文化从理论上更加深入理解，"长白论镜"活动还请来了摄影评论家、国展观察员、吉林省摄影家协会主席团委员兼理论委员会主任王诗戈，影像艺术家、吉林省摄影家协会新媒体委员会主任段大勇，举办了充满文化底蕴的精彩讲座。

王诗戈以《三重维度下的长白山影像》为讲座题目，解析了作为国家意志表征、作为生态考察手段与结果、作为艺术表达的长白山影像。他的讲座第一次结合历史背景对1911年印制的《长白山灵迹全影》摄影集（目前发现的中国第一部关于长白山的摄影集）做了深入分析，在史料与文献的基础上对历史上的长白山影像表达了敬意。

段大勇则在以《松开手，等等心》为题目的讲座中，首次对1950年以来的长白山艺术摄影做了理论梳理，对不同阶段长白山艺术摄影的特点做了深入剖析，并对长白山艺术摄影的未来走向提出了富有见地的看法。

两位青年艺术家以激情演讲，解读了历史典籍中的长白山、影像中的长白山，展望着长白山未来的美好。

延边老摄影家韩樱、长白山科学院研究员朴龙国、长白山摄影家温波等，都是一辈子仰望长白山、陪伴长白山、拍摄长白山，对此次"长白论镜"，他们共同表达了心中所感：《中国国家地理》走进长白山创作学术活动，是长白山摄影史上的节点，掀开了长白山摄影的新篇。让他们受到触动，获得收益，激起了新的创作欲望。

《中国国家地理》签约摄影师、云南省摄影家协会副主席石明颇有感触地说："我相信吉林省的摄影很快就会上去，还会超过一些省份。吉林省摄影家协会主席赵春江把《中国国家地理》和国内的一些摄影师请到长白山，而且力推一些年轻人，比如让青年摄影批评家、青年摄影家做学术报告，有思想、有活力，胸襟宽阔、兼容并包。在青年摄影家成长的过程中，给他们舞台、给他们掌声，难能可贵。所以我说，吉林省的摄影很快就能上一个大台阶。"

雪之魂将引来春之花秋之枫

对于此次长白山"雪之魂"国际摄影展暨"《中国国家地理》走进长白山活动"，吉林省摄影家协会主席赵春江做了这样的总结——这是一次吉林省摄影界具有里程碑意义的文化事件；是一次超出摄影展本身的连锁发酵；是一次打造吉林文化新名片、吉林摄影新品牌特别是长白山摄影的新基石；是一次重新审视我们摄影理念和摄影资源的开端和契机；是一次锻炼队伍、宣传长白山文化、展示长白山形象的检阅。

诚然，《中国国家地理》总编辑单之蔷亲自挂帅，图片总监王彤上阵执镜，8位中国顶尖人文地理摄影师组成豪华阵容走进长白山，这不仅是对一次摄影大展的准备、一次拍片的活动，更具有学术价值和探讨、互动的空间：单之蔷主讲的"从《中国景色》到长白山"摄影家、读者见面会；《中国国家地理》签约摄影师八人谈；国展观察员、青年摄影评论家王诗戈《三重维度下的长白山影像》、青年影像艺术家段大勇《松开手，等等心》的学术报告等都从理论上梳理了100年来的长白山摄影文化体系，反响及效果在吉林省摄影界、在长白山及大长白山地区可谓空前。

《中国国家地理》总编辑单之蔷是中科院地理科学与资源研究所研究员、地理学会出版委员会副主任、北京大学科学传播中心特聘研究员。这次远赴长白山，单之蔷顶风冒雪，不惧艰险，徒步考察、拍摄了天池、松花江、图们江发源地和图们江上游段。他欣喜地说："我正在找到表现长白山的感觉。"

云南省摄影家协会副主席、大理、罗平、元阳、西双版纳等国际大展主要策展人之一石明，通过几天的拍摄和行走，诚挚地说："长白山感动了我！"

赵春江表示，眼界要开阔，谋划要长远，一个活动要结出多个后续果实。"长白论镜"完全可以成为一个系列连续的品牌。可以预计，有了"雪之魂"，就会引来"春之花""秋之枫"……

作为吉林省摄影家协会主席，赵春江充满自信地说，虽然吉林省现在从摄影家规模、质量上，还是一个摄影"小省"，但我们的摄影资源及特色，或许不逊于南北方的任何一个省。我们为《中国国家地理》策划的"吉林专辑"草案，是"从水切入写吉林"（江河吉林、水吉林）的视角。长白山是松花江、图们江、鸭绿江发源地，是滋养白山黑水、松辽平原、松嫩平原的母亲河，是东北文明的钥匙。我们喝着世界上最好的江水，踏在最丰腴的黑土地上，有时却疏忽了对表现她的关注。这次"长白论镜"，对吉林的摄影家应该是一次极大的触动、震撼及反思。

"我们感受到了长白山人的踏实、真诚、水平。"赵春江说："好山好水好吉林，作为摄影人，我们有什么理由不常常抚着镜头'长白论镜'，用我们手中的相机'问鼎'长白呢！"

四　咏菊

永远的巴金

　　巴金走了。他走在十月一个秋叶金黄红枫如火的日子里。他走得是那样安详，但他留给我们的，是那静静水面下狂飙般的巨澜。

　　说到中国现代文学，就不能不提及巴金与冰心。这两位世纪老人，一位被人称为文学祖母，"五四运动"的最后一位元老；一位被人尊为文学大师，伟大的作家。两位老人家在八九十岁高龄时，仍笔耕不辍，相互鼓舞，在他们已跨越了世纪门槛的如椽巨笔下，迸发出的是澎湃的激情和锐利的思想。而文学生涯几乎贯穿整个20世纪的巴金，更是一代又一代青年的榜样、航标与动力。人性、良知、热诚，是巴金先生其人其书最鲜明的底色。

　　也许有人说，如今已不是巴金的年代。可是，当文学在现实面前已惊人地冷漠和苍白时，我们多么需要巴金直刺现实的勇气，多么需要他振聋发聩的呐喊。所以，巴金先生以惊人的毅力缠绵病榻，"为大家活着"。可以说，他的存在，是一种精神的支撑，是一种文化品格的象征。

巴金走了。但他为我们留下了丰碑般的"遗产"，而对其好好盘点学习，从而获得更多意义上的"收成"，这应该是巴金先生最愿意看到的。我想，将巴金先生的人格精神传承下去，并随着时代的进程与时俱进，这才是对这位世纪老人最好的祝福与安慰。

有人曾这样形容巴金——一个"投之以李，报之以桃"的大好人，他像他作品《家》中的觉慧一样，胸无城府，心灵犹如蓝天一般透明，他的爱和恨，对人从来都不设防。也有人戏称巴金是一个对政治缺乏"敏感"的书生。

确实，天真、真诚，这两个词汇用来形容巴金这位在1982年至1990年相继获得意大利"但丁国际荣誉奖"、法国"荣誉军团勋章"和香港中文大学荣誉文学博士、美国文学艺术研究院名誉院士称号，以及苏联"人民友谊勋章"、日本"福冈亚洲文化奖特别奖"，担任全国政协副主席、中国文联副主席、中国作协主席的百岁老人是再恰当不过了。

更有人说，巴金是一座微型博物馆，在他的履历中，记录了中国知识精英曲折痛苦的思想道路。他的故事，就是一部微缩的20世纪中国社会变迁史。

巴金老人是一个极其真诚的人。从1927年赴法国，翌年在巴黎完成第一部中篇小说《灭亡》开始，到他著名的"爱情三部曲"《雾》《雨》《电》，以及1931年在《时报》上连载的著名长篇小说"激流三部曲"之一《家》，这些含泪沥血的作品，既是巴金的代表作，也是我国现代文学史上最卓越的作品之一。巴金曾坦率地说过，他比较满意的作品是《家》《春》《秋》，还有《憩园》和《寒夜》。他认为，有一些作品因为他对里面的生活不熟悉就写得不好，如他对自己的作品《火》就不满意，又譬如《萌芽》也是这样。相反，非常熟悉的题材就写得比较好些。他说："我的作品整个儿就是个人对生活的感受，我有苦闷不能发散，有热情无法倾吐，就借文字来表达。我一直要求自己说真话，要求自己对读者负责，至今我还觉得自己过去有时做得不好。"

巴金喜欢带感情的文字，并曾说过文学的最高境界是无技巧，是文学和人的一致，就是要言行一致，作家在生活中做的和在作品中写的要一致，要表现自己的人格，不要隐瞒自己的内心，不要玩弄什么花样，靠什么外加的技巧来吸引人，要说真话。巴金是这样说的，他长达百年的一生也是这样做的。他认为，艺术应该对社会改革、人类进步有所帮助，要使人们变得善一些、好一些，使社会向光明前进，而他就是为这个目的才写作的。他真诚地告诉大家："我的创作方法只有一样，就是让人物自己生活，作家也在作品中生活。"这一点，影响了许许多多的作家和文学爱好者，并使他们受益匪浅。

巴金走了，但他是永远的巴金。他留下的是具有丰厚营养的文化传承。

这里，我们不妨翻阅一下新闻媒体报道巴金先生时曾用过的标题。

《中国青年报》:《巴金永远属于青年》——他是永远属于青年的，我们通过他的作品可以了解和感受另一种有激情有价值的青春,巴金所写的青春现在也完全可以打动我们,感染我们。

《天府早报》:《中国活得最苦的老人》——一个大气磅礴、热情澎湃的书生,一个从未停止过对敌人攻击的精神战士,从天堂到炼狱,再重返人间,这个当代中国活得最痛苦最热情的老人,他的生命与思想同在,与文学同在,更与良心同在。

《北京娱乐信报》:《感动中国的作家》——他可能没有鲁迅的忧愤深广,也没有茅盾的鞭辟入里,但他的强烈激情,强烈的对于青春冲力的渴望却让他成为"五四"青春精神的最好象征。而他对于"人"的持续探索也使得当时的青年为之震撼。

人民网:《用真话敲打麻木不仁》——巴金晚年最为重要的作品《随想录》,在1978年12月开始动笔,历时八年完成了150篇。合订结集的《随想录》出版后,在思想界和读书界都产生了深远的影响。它被誉为是一部"讲真话的书",巴金先生也因此被誉为"当代中国知识分子的良心"。

……

邵燕祥曾这样评价巴金——他晚年常说的一句话,概括了他的一生,就是:"把心交给读者"。而巴金的老友、翻译家草婴更是动情地说:"巴老最热烈的感情,就是对劳动人民最真挚的爱,特别是对下层人民深深的同情。"

正如一位著名文艺批评家所说的那样,如果说整理巴金先生留下的珍宝,他的第一遗产就是对自由的高度渴望。他的《家》《春》《秋》三部曲曾经是20世纪30—40年代青年的案头圣经,激励他们走出旧家族的道德阴影,去创造自由的新生活。巴金的第二遗产是对暴力的痛恨。他描述"那无数难熬难忘的日子,各种各样对同胞的伤天害理的侮辱和折磨,是非颠倒、黑白混淆、忠奸不分、真伪难辨的大混乱，还有那些搞不完的冤案，算不清的恩仇！"他的沉痛声音至今仍然萦绕在人们耳边："我不曾灭亡，却几乎被折磨成一个废物，多少发光的才华在我眼前毁灭，多少亲爱的生命在我身边死亡。"巴金的第三遗产是忏悔和反省。十年"文革"后，巴金那战栗的语言给人以无比的震撼！他那些强烈的真诚告白，令现代史获得了道德的深度，似一柄闪烁人性光芒的利剑，直插人们的心灵。

巴金走了。走在十月一个秋叶金黄红枫如火的日子里。

（本文 2006 年获第十六届中国新闻奖铜奖）

天涯共此灯

——长白山林海雪原东北抗联英烈灯祭记

"茫茫林海长白山，共捧金灯祭抗联。烈士丰功永不忘，神圣使命勇承担。金灯黄，金灯亮，照得大地亮堂堂。坚定信念跟党走，红色基因代代传！"吉林省民间文艺家协会主席、吉林省非物质文化遗产保护专家组组长曹保明手捧金灯，带领大家高声齐诵。白雪皑皑，山色茫茫，霜风猎猎，古木苍苍。

2019 年 2 月 19 日，正月十五元宵节。中共抚松县委、松江河林业局、抚松县东岗镇政府及大碱场村委会、吉林省戎马回甘老兵驿站、吉林动画学院《东北抗联》文化工程组委会、《抗战老兵口述史》编委会等单位和当地村民一道，在大碱场村抗联烈士殉难地举行了长白山林海雪原东北抗联英烈灯祭仪式。大碱场村村民自发制作金灯，寄托哀思，缅怀先烈。大雪纷飞，山舞银蛇；雪厚盈尺，泽被大地。村民们纷纷来到村口，参加灯祭仪式。还有远在外地的老兵，得知这一活动的消息后，不远千里赶到长白山，只为给抗联英烈送一盏灯、祭一碗酒。

就在距离大碱场村村口不远的松柏树林里，安葬着 42 位抗联烈士的忠骨。灯祭仪式就在这片树林前的雪坡举行,庄严肃穆、动人心魄、感人至深。

1936 年 8 月 9 日,一支 500 多人的日伪"讨伐队"偷袭了东北抗联在此处的基地,血洗大碱场村抗联密营。敌众我寡,守卫密营的 42 名抗联战士拼死抵抗,最后弹尽粮绝,全部壮烈牺牲。

正月十五元宵节又称"灯节"。这一天,很多地方都有给先祖亲人"送灯"的习俗,大碱场村也是如此。村民们将抗联先烈视为亲人一般,每年这一天在为自家亲人"送灯"的同时,也自发地为牺牲的抗联战士"送灯"。今年,他们又为这 42 名抗联烈士送去了 42 盏金灯。

金灯由玉米面制成,内置油芯,用以点亮。因其颜色金黄,且为此地民俗祭灯之最上品,有告慰亲人、崇祖祈福的美好寓意,故名金灯。年过六旬的村民宋德花是制作金灯的好手。一大早,她便忙活起来,和面、烧柴。在热腾腾的蒸汽中,金灯出锅,金黄灿烂,香气四溢。宋德花动情地说:"给抗联烈士的灯祭仪式做金灯,俺老激动了!抗联战士为了让俺们的土地不受侵犯,为了让咱老百姓不受欺负,在这大山里打鬼子、杀汉奸,他们是最值得崇敬的人。俺边做金灯边想啊,他们和敌人打仗,天寒地冻,缺衣少粮,要是他们当时也能吃着这些热乎乎的苞米面窝头,该有多好啊!"金灯做好之后,村民们把金灯装到马车上,一匹枣红大马拉车,大家顶着鹅毛大雪,一起给抗联烈士送金灯。

曹保明说:"元宵灯祭,本是一家一户的仪式。今天,我们在长白山林海雪原举行这场灯祭，是为当年保家卫国、流血牺牲的民族英烈送灯。这灯光突破了血缘亲情，是家国情、民族情，我们中华民族是一个大家庭！中华民族浴血奋战、自强不息，终于实现了国家独立、民族解放。我们从站起来，到富起来、强起来的今天，不能忘记烈士先贤的丰功伟绩，不能忘记当年他们气壮山河的伟大牺牲。今天是佳节团圆日，我们大家与大碱场村的父老乡亲共同为亲人来送灯，让这份家国情怀把我们团聚在一起，同时也以今天的盛世灯火告慰英灵——他们的热血没有白白抛洒，他们企盼的幸福生活，今天实现了！"

除了 42 盏金灯，纪念着 42 名在大碱场村牺牲的抗联烈士，还有一盏硕大的金灯——这盏金灯，献给东北抗联民族英雄杨靖宇将军。

1940 年，正月十五元宵节。在这本应万家灯火、亲人团聚的日子里，杨靖宇将军已经战至孤身一人，他面临的是饥寒交迫、身负重伤的绝境，面对的是穷凶极恶、层层围堵的敌人。皓月当空，长风啸林，天边的星光仿佛点点节日的灯火——这是杨靖宇将军生命中最后一个夜晚。翌日，杨靖宇将军慷慨殉国，其铮铮铁骨令敌人胆战心惊，令世人崇敬感佩。

杨靖宇之孙、靖宇县副县长马继民说："作为抗联烈士的后人，对于东北人民纪念英烈的义举，我很感动。我的祖父杨靖宇在 79 年前的正月十五度过了他人生中的最后一夜，东北人民至今铭记，对此我十分感谢。我们应该感恩烈士先贤当年的英雄壮举，时刻不忘他们的壮烈牺牲。因为有了他们的浴血奋战，才有我们今天的幸福生活。他们不怕困难、不怕牺牲、为国尽忠、视死如归的精神，永远激励着后辈子孙。"

灯祭仪式上，漫天飞雪，天地皆白，温暖的灯火映照雪原。参加仪式的人们手捧酒碗，一一上前，以酒洒地，祭祀英魂。烈酒泼于沃雪，热血涌上心头。吉林省老兵文化产业发展有限公司董事长、戎马回甘品牌创始人李荣惠说："作为一名曾经的军人，我们虽然脱去了军装，但初心不改，本色不变。在继承抗联精神的实践中，我们勇于担当，主动作为，化家国情怀为奋斗动力。作为吉林省军民融合创业孵化示范基地的党支部成员，我努力打造'戎马回甘'品牌，创办'老兵驿站'，为退役战友们的创业就业搭建平台，为老兵们构建温馨和谐的精神家园，帮助战友们实现梦想、体现价值。"此次灯祭，长白山老兵驿站的志愿者们更是认真负责地完善着每个环节，展现着军人的风骨和情怀。

此刻，天上月圆，人间团圆。人们思追忠魂，今古相契。青山埋忠骨，天涯共此灯。深沉浑厚的祭辞回荡在长白林海、茫茫雪原——

　　灯啊灯啊，亮莹莹，

　　照亮先贤回家程。

　　家有热酒供你品，

　　家有米面供你盛。

　　再不用树皮棉絮充饥腹，

　　再不是漆黑寒夜无光明！

　　灯啊灯啊，亮晶晶，

　　一盏灯儿一片情。

我们今日来送灯，

送的是中华民族情。

家国情怀薪火传，

心随灯火永光明！

灯啊灯啊，黄澄澄，

先烈永在我心中！

（本文作者：陈耀辉　龚保华　王　瑞）

　　1945 年 8 月 15 日，日本裕仁天皇向全世界宣读了无条件投降诏书,标志着人类历史上第二次世界大战彻底结束。这一天,也是中华民族取得抗日战争胜利的伟大日子。日本军国主义在中华民族以及世界反法西斯同盟的英勇抗击下，最终落得了必然的失败下场。中国抗日战争取得的胜利，是世界反法西斯胜利的一部分。"八·一五"光复日这一天，在中华民族的历史中，将永载史册。

　　当年，各国人民为了世界的和平，团结一致，共同抗击法西斯侵略者。日军辽源高级战俘营旧址就是一面镜子，折射出世界人民团结一心并肩作战，共同抗击法西斯侵略者的英雄壮举。日军辽源高级战俘营旧址就是一把尺子，衡量着在那个战火纷飞的特殊年代那些人、那些事、那些天地人心。日军辽源高级战俘营旧址更是一部活化、物化的史书，书写述说着人类史上那页可歌可泣、难以忘怀的故事。

又是一年"八·一五"
——探访日军辽源高级战俘营旧址

　　在辽源北大营，有一排极不引人注意、普普通通的红砖平房。然而，这里，却尘封记录着一段波澜起伏、撼人心魄的历史——这里是日军辽源高级战俘营旧址，曾有 34 名盟军将士被关押在此。二战期间，日军在日本、朝鲜、东南亚各国、中国的台湾、上海、山东、东北等地共设有 200 多个盟军战俘营。而日军辽源高级战俘营旧址是二战历史上关押盟军战俘级别最高、涉及国家最多、有着重大历史地位和极高研究价值的典型的国际性的二战遗址。

美国老兵的寻访掀开了历史的一页

1945 年 9 月 2 日，盟军总司令麦克阿瑟在东京湾"密苏里"号战舰上代表盟军签署日本无条件投降的照片已成为永久的定格。在这张历史性的照片上，应邀站在麦克阿瑟身后见证这一历史时刻的那位骨瘦如柴的将军，就是刚刚被从日军辽源高级战俘营解救出来、受尽磨难的美军中将温莱特——他是在二战期间接替麦克阿瑟将军在菲律宾战区最高军事长官、投降被俘后被日军关押在该战俘营中级别最高的军官。

由于日军在投降前为隐瞒罪行销毁了大量罪证，国内档案更没有相关记载，当时战俘营又设在日本军营中，史料遗存十分有限，所以，这段历史的资料及战俘营遗址在几十年后才得以披露。

揭秘日军辽源高级战俘营，当年曾参与营救温莱特将军的美国老兵李奇（霍尔·雷斯）功不可没。霍尔·雷斯是原美国战略情报处（OSS）奉天战俘营营救小组成员之一，他给自己取了个中国名字李奇。二战后期，他参加了一项名为"红色行动"的特殊任务，即营救关押在中国东北辽源（原西安县）的盟军高级战俘。从 20 世纪 90 年代末开始，他先后十余次来到中国东北，寻找当年他亲自见证的日军辽源高级战俘营旧址。

美国老兵的寻访掀开了历史的一角，让人们从当年战俘营残存至今的一砖一瓦、一草一木，追寻着历史的痕迹——当年，日本帝国主义为争夺殖民地，发动了太平洋战争。世界热爱和平的人们组织了反法西斯同盟，同盟国有：美国、中国、英国、澳大利亚、新西兰、加拿大、荷兰流亡政府、法国和苏联等。战争中，日军在中国东北修建了"奉天俘房收容所"，即二战沈阳盟军战俘营，并在吉林省郑家屯（今双辽市）和西安县（今辽源市）设了两个分所。

对于当时温莱特将军被营救的情况，中央电视台《新闻调查》栏目曾做了这样的解说："按照营救计划，营救小组还将前往离沈阳 240 千米的日军辽源战俘营，那里关押着温莱特中将、巴丹守军司令爱德华·金少将等 34 名盟军将领。3 年前，温莱特将军和金将军分别率领部下在菲律宾战场向日军投降，日军俘获了九万多名盟军战士。后来，日军把这些高级将领单独关押在辽源战俘营。"中央电视台《探索·发现》节目也曾这样解说："二战时期同盟军副司令、美军驻菲律宾司令温莱特中将曾关押在日军设立的奉天俘房收容所第二分所，地点原西安县，即现在的辽源市北大营。"

据《美军中将温莱特蒙难纪实》一书记载：温莱特被救出来时"这位老人瘦骨嶙峋，身上穿的军服满是褶痕。他拄着拐杖，步履艰难。他双眼深陷，两颊凹进。他头发雪白，皮肤看上去像旧皮鞋面。"温莱特获救后的返程中，一场大雨曾使车队的一辆车陷入险峻分水岭的泥路中。当地的中国人立刻集合在车队周围帮助他们，几十个人在车前填上石子和木头，从卡车拿出所有的行李扛到小山上，大家一起连推带拉地把车从泥中拉出来，直到把车弄到山顶。当温莱特拿出美元给他们时，被这些纯朴的中国村民婉言谢绝了。

忍辱投降后见证日本侵略者的投降

在 1944 年 12 月至 1945 年 8 月，日军辽源战俘营关押过美国、荷兰、英国等国家和地区的 34 名战俘，包括美国陆军的温莱特中将、帕克少将、爱德华·金少将、乔治·摩尔少将，英国陆军的珀西瓦尔中将，荷兰驻东印度司令考尔中将等高级将领 8 人，英国驻香港总督马克·杨和荷兰殖民地等地方长官 8 人，其余 18 人为勤务兵。

太平洋战争爆发后，温莱特接替麦克阿瑟担任驻菲律宾美军总司令。在科里吉多尔岛与麦克阿瑟分别时，他曾发誓："只要我活着，我就会守在巴丹！"然而，残酷的时局使他没能遵守自己的诺言——菲律宾这个"被美国摆在日本门前石阶上的一块石头"，已经被日军的枪炮瞄准。虽然战火中温莱特仍给白宫发去这样充满军人血性的电文："我们的国旗仍在这个被围攻的岛上飘扬，我要看着它一直飘扬！"但在 1942 年 5 月 6 日当地夏令时 12 点整，科里吉多尔岛上无奈地飘起了一面白旗，为了拯救全岛官兵的生命，温莱特被迫率军投降。他在给罗斯福总统发出的最后一封电报中写道：怀着破碎的心情，带着悲伤而不是羞愧低下了头，报告尊敬的总统先生，今天，我必须准备放弃抵抗了，放弃马尼拉海湾这个设防的岛屿。接着他又发电报给麦克阿瑟：从仁牙因海湾到巴丹半岛到科里吉多尔岛，我已尽最大努力坚守战斗。再见，将军。

温莱特1942年5月被俘，1944年12月被秘密押送到西安县（今辽源市）战俘营关押，1945年8月19日被解救。作为麦克阿瑟在菲律宾战区的继任者，温莱特经历了艰难的菲律宾保卫战、被俘后三年半的苦难战俘生涯、获救后在"密苏里"号战舰上见证日本投降的历史瞬间。

1945年8月16日凌晨，即日本天皇宣布投降的第二天，为了营救高级战俘，美军专门成立了"红色行动"营救小组，派李奇、詹姆士·翰奈西少校、罗伯特·拉马尔少校等赴奉天营救温莱特中将等高级战俘。由于日军对辽源高级战俘营实行了严格的保密措施，国际红十字会和美国情报组织均以为温莱特等人被关在沈阳，所以营救小组被误空投到了沈阳，得知真相后又坐了一天一夜的火车来到辽源，才最终救出了这批高级战俘。

在得知马上即会获救之时，温莱特将军曾经心情十分糟糕，他为自己三年前无奈的投降之举难过，不知回国后会有什么样的情况等待自己。但很快，他的担心便被证实是不必要的——刚刚获救，温莱特和珀西瓦尔两位将军即应麦克阿瑟将军邀请，飞赴驻扎在东京湾的"密苏里"号战舰，一同参加了日军投降仪式，亲眼见证日本侵略者的最终下场——从辽源被救出去的将军们在当年迫不得已忍辱投降后，终于一雪前耻，亲眼看见了日本侵略者的投降，迎来了二战胜利的庆典。回国后，杜鲁门总统还亲自授予温莱特将军美国最高荣誉——国会勋章。

勿忘历史　以史为鉴

来到今天的日军辽源高级战俘营旧址，人们首先看到的是五间日式平房前的几株老树。这几株与战俘营那段历史同年代的老树让人浮想联翩：不知彼时此地，沦为战俘的赫赫有名的盟军将军们在这些大树下，有过什么样的遭遇，有过什么样的心境？

2008年4月，当地有关部门在省考古研究所的支持和帮助下，对现存旧址西侧的数百平方米进行了初步勘察，发现并出土了两枚日本三八式步枪的子弹壳、一个搪瓷盆、一把短铁锹和一把短把洋镐。2009年9月，在进一步挖掘地下通道时，又发现了一个锈蚀的铁皮罐头盒子，一个长7.8米、宽4.2米、高2米的地下室，地下通道长60余米，出土有日式手雷、日式三八步枪子弹壳、带陆军字样的玻璃瓶、医用针剂等等。

现在的战俘营旧址除了五间平房外，还有地下室、地下通道和新修缮建成的360平方米日军辽源高级战俘营旧址史料展室。展室中展示着搜集到的相关史料，陈列着日军陆军瓶、搪瓷盆、日式镐、盒子、铁锹、骨头、日制三八式步枪子弹壳、日本手雷、日本（麒麟牌）啤酒瓶、日本碗、医用针剂等现存文物。这是我国现存的唯一一个高级盟军战俘营遗址，是具有极其特殊历史意义的文化遗产，是二战时期日本法西斯侵略罪行的铁证，也是中国人民和世界反法西斯同盟共同抗击日本帝国主义的最好见证。战俘营旧址中的各种设施布局构造集中反映了日军系统的各项战俘管理制度，是日本侵略者犯下血腥罪行的有力证明。

如今，日军辽源高级战俘营旧址保护区总面积 5.46 公顷，保护范围包括日军辽源高级战俘营旧址用地总面积 2.47 公顷，建设控制地带为日军辽源高级战俘营旧址现存文物建筑周边环境空间关系紧密的区域总面积 2.99 公顷，规划设计纪念馆 3500平方米。

勿忘历史，以史为鉴。又是一年"八·一五"——对中华民族亿万同胞来说，8 月 15 日是值得庆祝的日子。十四年生灵涂炭、十四年浴血抗战、数百万同胞惨死在日寇铁蹄之下……在 1945 年的 8 月 15 日，在全世界正义力量的支持下，东北被侵占十四年之久、中国人民抗战十四年的艰苦卓绝的战争结束了！屠杀数百万中华同胞的日本侵略者向全世界宣布"战败投降"了！而在当今世界上，中国正在成为越来越有影响力的大国，正在承担越来越重要的维护世界和平的责任。我们纪念历史，是为了进一步倡导反对战争、维护和平，更是为了世界未来美好的和平愿景。

日军辽源高级战俘营旧址是一面镜子，折射出世界人民团结一心并肩作战，共同抗击法西斯侵略者的英雄壮举。日军辽源高级战俘营旧址是一把尺子，衡量着在那个战火纷飞的特殊年代那些人、那些事、那些天地人心。日军辽源高级战俘营旧址更是一部活化、物化的史书，书写述说着那页人类史上可歌可泣、难以忘怀的故事。

问花悲谁大师去　听鸟啼甚世同怀

　　春风拂面，是他待人接物宽厚广博的胸怀；春雨润物，是他扶持后辈发自心底的温情；春兰暗香，是他德艺双馨清雅超群的品格；春枝飘逸，是他走笔行云挥洒龙蛇遗世的墨宝。2009 春花初绽的时节，著名书法家周昔非先生含笑与我们告别。

　　周昔非先生号汝南，别署海天庐，是一位德高望重的老艺术家，堪称吉林省书法事业的奠基人和带头人。先生 1928 年生于吉林长春，22 岁起入长春电影制片厂直至 1988 年退休，一直从事电影字幕的艺术创作。作为长春电影制片厂高级字幕师，他曾为 300 多部电影书写了字幕。他曾任中国书法家协会第二届理事，吉林省书法家协会第一、二届副主席，长春书法家协会第一、二届主席，吉林省政协委员，吉林省文史研究馆特邀馆员；现任吉林省书法家协会名誉主席，长春书法家协会名誉主席，吉林省中山书画院院长，长春书画院终身名誉院长，韩国篆刻学研究会名誉理事，东北师范大学客座教授。

　　先生是一位笔墨入心的书家。他执笔临池数十载，书法篆

我和周昔非先生

刻已成为他生命的一部分。早岁以唐楷为基准，以二王为绳墨，功底扎实深厚；进入中老年后，独对北碑颇有心会，得体势开张、笔力扛鼎之趣；在此基础上，又将近代书家的书法研究成果融会贯通，形成了自己险峻峭拔、生拙老辣的独特书法风貌，被业内人士誉为中国当代重要书家之一。从1957年开始，他的书法、篆刻作品先后参加多个国内、国际展览，并多次获奖。他所独创的东北书风的书法在全国产生巨大影响，为繁荣东北文化作出了突出贡献。为此，吉林省第九届长白山文艺奖委员会特授予周昔非"成就奖"。

先生游心于帖学之内，既写行书、楷书，也以帖的眼光写汉碑，自成飘逸虚和的体貌。他的书风开张爽健，用笔如铁画银钩，结字如龙翔凤翥——有帖学的秀而更加骨力洞达，有北碑的雄而更加转增峭拔。著名美术评论家、中央美术学院博士生导师薛永年教授对先生有这样诚挚而中肯的评价：周昔非先生书法造诣极深。如果说他是一棵枝繁叶茂的艺术之树，那么这棵大树不仅泽被了吉林长春无数的书法青年，而且自己也开出了奇异的新葩。薛永年教授评介：周先生的楷法出现了融帖于碑与楷中带行的特点，天骨开张，疏宕飞扬，奇肆生辣，用笔如刀，古劲奇峭。和同时代人的北碑书风相比，端严地飞舞了，庄重的解放了……尤其在世纪之交，特别是新世纪以来，周昔非的书法变得苍率虚灵，粗服乱头，不掩国色。无论写楷书，还是写行草，无不恣情纵意，无意为工而奇趣自出。于是奇肆渐趋平淡，神采日形焕发。其书法艺术之所以"质沿古意而文变今情"，在于他多年以来的厚积薄发，在于"不求法脱，亦不为法缚"，"取会风骚之意，本乎天地之心"。可谓水到渠成，人书俱老——这里的"老"按《述书赋语例字格》解释，乃"无心自达"。

1998年，民革吉林省委、吉林省文联及长春市文联共同在长春举办了"周昔非书法展"，影响空前，广为同道赞誉；2006年10月，由中共长春市委、长春市政府、北京今日美术馆主办，民革吉林省委、中共长春市委宣传部、长春市文联共同承办的"周昔非书法艺术展暨周昔非书法艺术研讨会"在北京隆重举办，引起北京书画艺术界的广泛关注，并得到书界名家的推崇。此次展览汇集了周昔非20世纪60年代以来不同时期的作品近40件，其中有以苏东坡笔意书写的陶渊明《归去来辞》（部分存页）；以王羲之笔法书就的《列子汤问篇·愚公移山》；也有以北碑笔法或临或创的鸿篇巨制等等。作品从盈尺斗方到横卷巨幛，无不给人以超尘拔俗、超迈雄强的震撼力。40年的时间跨度、蝉蜕龙变的风格面貌，记录了一个在艺术之路上不懈追求的老艺术家的探索轨迹和心路历程。

先生是一位宽厚可敬的长者，也是一位品格清俊的智者。他一生傲骨铮铮、淡泊名利，然而对传导文化、提携后进却不遗余力。我曾请先生写下其最喜欢的话以作警语，先生凝神片刻，提笔挥就"宁作我"，又写下"应物而不累于物"，显示了先生卓尔不群的境界。在求教的年轻人中间，先生有时又像一稚气孩童，看到后辈有入眼的作品，欣慰喜悦之情溢于言表。一次，他认真地看过我画的一幅小画后，轻叹一声道："保华，你要成精啊？"评语言词是独特的周氏风格，确是吓了我一跳！多年来，先生致力于书法创作和教育事业，培养出了大批优秀书法艺术人才。吉林省、长春市的许多年轻人直接或间接得其指导、点拨和提携者不计其数，其中不乏一些已在全国书法篆刻界产生重要影响的艺坛俊彦。在病床上最后的日子里，他仍然念念不忘书画艺术，挂怀的仍是弟子们的进步。

春风大雅能容物，秋水文章不染尘。熟悉先生的人都知道，他的额前有几缕白发，总是不驯服地直立着，恰似一枝傲然的墨毫。他曾不经意地对我说："我这头发，洗头发时也不带倒的！"

岁月静好，如是我闻。人书俱老，斯人已去，金石不朽，翰墨长存。

我自凭笔向天笑

　　《开国大典》，是他挥毫泼墨纵笔抒写的对共和国的热爱；《重庆谈判》，是他凝思历史回眸望远发自心底的豪情……文采绽香，是他德艺双馨笔耕文坛的品格；文风盎然，是他走笔行云含笑遗世的文稿。2016年2月23日17时45分，我国著名作家、影视文学家、吉林省文联名誉主席、吉林省作协名誉主席张笑天在京辞世，享年77岁。

　　对于张笑天，著名作家乔迈有过这样一段既幽默风趣，又意味深长的描述：公元1939年冬月十三，一个男孩子诞生在张广才岭和松花江环抱的一处显然是山水灵秀的小地方，他刚一"君临"世界立刻仰天大笑，那笑声中包含的全部信息就是：我要成为作家！

　　刚一出生即"仰天长笑"的作家张笑天，原籍山东昌邑，1939年出生于黑龙江省延寿县，1961年毕业于东北师范大学历史系。20世纪60年代初开始文学创作，迄今发表长篇小说近30部，已拍摄的电影剧本30多部，《张笑天文集》凡30卷。一级作家。曾任长春电影视制片厂副厂长、吉林省作家协会主席、吉林省文联主席。中共十六大、十七大代表，中共吉林省委决策咨询委员会委员，省劳动模范、连续四届荣获省管优秀专家、高级专家称号，享受国务院政府特殊津贴。2005 年，被国家授予优秀电影艺术家称号。中组部直接联系管理专家。2009 年在吉林省为庆祝新中国成立六十周年开展的"吉林骄傲"人物评选中，荣膺"吉林骄傲人物"光荣称号。他的影视作品《开国大典》《重庆谈判》《太平天国》《末代皇后》等多部作品多次获得国内外大奖。中篇小说《前市委书记的白昼和夜晚》获第四届全国优秀中篇小说奖；长篇小说《沉沦与觉醒》获得盛大起点中文网三十省作家协会主席长篇小说擂台赛一等奖。

在我的邮箱里，至今仍保留着一份 2011 年 6 月 26 日上午笑天老师传给我的邮件——2011 年 6 月 25 日，我采访笑天老师，他不在长春，于是我把采访提纲通过邮件传给了他。第二天上午，我便收到了他的回件：保华，放下手头工作，上午把回答你的文字给你赶出来了，自觉这个角度尚好，你看可以交差吗？他还特地标注了其中一句重点的话：植根心灵的革命历史情结。看着笑天老师回答的我提出的问题，我真切地感到——这是一位笔墨入心的作家。他凭笔笑天数十载，文学创作已成为他生命的一部分。

在张笑天所有的作品中，他十分钟爱《太平天国》，因为在这部长篇小说中，他饱蘸心血刻画了许多有血有肉丰满的人物形象。为了创作这部巨作，他积累准备到完成历时 10 年，翻看资料"半卡车"，这部作品最终颇受好评，并入围了"茅盾文学奖"。

面对张笑天如此多的佳作，邓友梅曾感慨："张笑天是怪才。"张天民则惊叹："这人是站着写东西的！""站着写"就是在没有条件写的地方写，在没有可能写的时候写。"站着写"形象地说明了这位作家艰难曲折的文学经历和非同寻常的创作能力。与他十分相知的作家乔迈曾叹息："一本《新华字典》，8800多个字，如何读怎么解，他全背下来了！人们惊为奇迹，因为人们只看到了结果，却不知为了这结果，他是怎么把别人用来闲玩和吃饭、睡眠的时间都拿来用功的。别的作家都是食指和中指才有茧子，张笑天则整个右小臂下部都有，那是洋洋千万言大观留给他的生命的一景。他的头顶正迅速变秃，前额愈来愈开阔，额上皱纹愈来愈深峻，走路的时候背也有些驼了——它似在默默地讲述一个人的故事，一个高产作家的故事。"

在一次讲座上，曾有一位听众向张笑天提出了一个尖锐的问题："你写作是为了钱吗？"张笑天微笑着坦率地回答："钱是社会、市场对一个作家劳动的肯定。在商品经济社会里，按劳取酬是合理的。但我要告诉你，我们这批作家最初投身文学的时候稿费几乎接近于零，有时为了深入生活可能还要自掏腰包'拉饥荒'，可能还要随时挨批被斗，有时甚至作品发表了连署名的权利都没有，即使在那样的环境下，我们这些可敬的作家们仍以一片赤子之心笔耕不辍，为了什么？为的就是对祖国、对民族的热爱与忠诚！"话语未落，掌声四起。

张笑天十分喜欢与年轻人在一起，年轻人也喜欢向他请教、与他探讨文学方面的问题。有一天，他在办公室接到了一个电话：

"张老师，请你往楼下看一看。"只见楼下赫然拉着一个大横幅：热烈欢迎强烈要求张笑天老师到长春大学讲课！学生代表笑着说，您不去我们就不收兵。盛情之下，张笑天在长春大学做了《文学与艺术》的报告，与老师、学生们互问互答，坦诚交流。类似的情况还有很多。最让他感动的是在澳门科技大学，澳门的学生们对他的作品如数家珍，居然连他发表的第一篇文章是在小学时《中国少年报》上登载的《新衣》都了解。这不禁令他感慨文学的魅力。

对于向往文学圣殿的年轻人，张笑天常语重心长地告诫他们——搞文学是个苦差事，没有捷径可走，不能急功近利，只能踏踏实实一步一个脚印地前行，因为文学的原材料就是生活。阳光雨露对一切人都是公平的，"写家"与"大家"的区别就如艺术家与匠人的区别，具有丰富生活积淀的人最有发言权。

记得有一次，笑天老师又疲惫又兴奋地告诉我说，他刚刚完成了两部革命历史题材的电影剧本:《大格局》《扎西大转折》。前者描写了 1972 年前后基辛格、尼克松访华，毛泽东开启的中美隔绝对立 22 年后的破冰之旅。这当然是气势恢宏且对当今世界格局有深远影响的大事件。后者则讲述了我党历史上鲜为人知的扎西会议，它是遵义会议的继续，在扎西，中央才真正在组织上以洛甫取代了博古为总书记，保证了毛泽东的军事思想得以发挥，同时在扎西通过了遵义会议决议并向全党全军传达，从此，毛泽东从危机中挽救了中国革命。

在笑天老师的作品中，有很大比例关注革命历史。《开国大典》《重庆谈判》《佩剑将军》《金戈铁马》《叶挺将军》《明月出天山》《孙中山》《香港回归》《三八线往事》《国魂》《白山黑水》等，一系列革命历史题材的小说、电影、电视剧，还有大量中短篇小说，都是关注现实的。这也是他特地标注"植根心灵的革命历史情结"为重点之所在。他表示，有人问我为何对这类题材情有独钟？我觉得这是一种激情使然。不研究中国革命历史，你不会有这种冲动，它不仅仅是创作的冲动，而且是出于对革命先行者们由衷的景仰之情，你不让他们的精神从你的笔端流淌出来，你会被折磨得寝食难安。在苦难深重的旧中国，那些先知先觉的知识分子们，是盗天火的普罗米修斯，最早把马克思主义引进到中国，成立了中国共产党，立志推倒三座大山，带领人民走上独立、自由的新天地。这一代革命家是自觉的践行者，他们当中绝大多数家庭富裕，革命并不是他们改变自身命运的需要，但他们却甘愿抛弃这一切，像苦行僧一样去为他人奋斗、谋利益，甚至不惜牺牲生命，靠的是什么？是信仰，是以天下为己任的高尚情操。他们与今天某些官员步入仕途的目的就是以蝇营狗苟为私欲有天壤之别。

笑天老师曾激动地对我说，我写这些高尚的人，在整理史料、挖掘其内心世界时，每每受到他们伟大人格和纯粹精神的熏陶、撞击，我一次又一次被感染、被感动、被净化，想想这些民族的灵魂，常常自惭形秽。我读他们、写他们，就是最强化的党史教育、党性教育和人格升华的过程，它可能是副产品，却对我的成长起到了至关重要的作用，使我时时刻刻想到控制自己本能的欲望，不给心灵深处留有阴暗的死角。我不能改变现实，我也不能强迫别人接受什么，我所能做的，就是把那些感动过我的英雄们再现于文学艺术作品中,通过我的文字传导再感染别人,即使是一种波浪传递效应也好。我总是相信,人心是相通的,是可以沟通的,通过我作品的媒介,哪怕间接地感动受众,虽然其功效可能微乎其微,我也会有一种成就感。不以善小而不为,你所付出的努力总还是值得的。

在常年多次与笑天老师的交谈中,他曾反复谈道:"中国共产党已经走过了九十多个春秋,西方曾有人预言,中国红色政权的存在不会长于苏联,中国的崛起显然令他们沮丧。他们也许觉得不可思议,其实,一个执政党能勇于不断靠自身的力量和胆识去修正自己的错误,她的生命力就永不会枯竭。"他更多说到的一句话就是:"我自知,我的革命历史情结是植根于我心灵深处的。"而从他直面历史、饱蘸心血的作品中,无论是从精致短文到磅礴巨制,无不给人以强烈的震撼。凡30卷的《张笑天文集》那一部部穿越时间与空间、描刻灵魂与热血的文稿,记录着历史,也记录着一位作家真实的心灵轨迹。

虽然创作很苦,但张笑天坦言,假若有来世,他还会义无反顾地选择作家这个职业——因为他深深地爱着,爱着这片广袤的土地……

凭笔笑天,唯文长久。

玉纸三尺走青杨

　　春风徐徐，呢喃似语；春雨霏霏，点点滴滴。乍暖还寒时节，中国作家协会全委会名誉委员、吉林省作家协会名誉主席、吉林省文联党组原书记、吉林省作协原主席、当代著名作家杨廷玉，于2017年4月7日13时58分永远地放下了他行文几十载的笔。

　　"这个片子的立意好！城市女孩与乡村女孩角色互换，面对陌生的环境、突变的生活，真实、朴实，有比较文学的味道……"似乎还是连续多年与他一起坐在吉林省电视文艺评审会上，听他代表我们这一评审组做总结发言……

　　"你问我，如果《女人不是月亮》中的扣儿不是天生丽质，而是一个再普通不过的女孩，故事会怎样，其实，我也一直在思考这一问题。我也许在下一部作品里回答你。"似乎还在昨天，听了我的提问后，他仔细思考后如是说……

　　还记得他认真地告诉我，之所以将作品名字确定为《女人不是月亮》，就是以文学的笔墨表达他心中美好的期望——月亮只有依靠太阳的能量才能折射光芒，而女人不是月亮，女人完全可以凭借自身的努力和奋斗走出自己的一片天，在人生的舞台上闪耀发光。

……一切恍如隔日，叹息墨已封存。

笔走现龙蛇，妙笔总生花。作为中国首届德艺双馨百佳电视工作者，吉林省首批省管优秀专家，杨廷玉是吉林省宣传文化战线具有重要影响力的文学家、艺术家。他在小说、电视剧、戏剧创作方面多次获过国家级奖项，为吉林的文学艺术赢得了诸多荣誉。他长期担任吉林省文学艺术界的领导，是杰出的文学组织工作者，为吉林省文学事业和我国文学事业做出了重要贡献。境界高远，光明磊落，正直诚朴，谦和宽厚，他的人格风范为人敬仰——这是中国作家协会给他的评价。诚哉斯言！

杨廷玉的长篇小说《花堡》《这里不是处女地》《帷幕刚拉开》《危城》《不废江河》《尊严》等，戏剧《无事生非》《美神》《酒色财气》《风雨菱花》《红杏出墙》《网》等，电视剧剧本《女人不是月亮》《这里不是处女地》《问鼎长天》《望海》《谁不爱家》《无事生非》《天堂梦》《中国醒狮》《半生缘一世情》《帷幕刚拉开》《一村之长》《网》等等，共1000余万字。其中，电视连续剧《女人不是月亮》获全国电视剧"飞天奖"一等奖、全国电视金鹰奖、东北电视金虎奖、吉林省长白山文艺奖，长篇电视连续剧《问鼎长天》获中宣部"五个一工程"奖，电视剧剧本《梦醒五棵柳》获"飞天奖"、《天堂梦》获十城市优秀电视剧奖、《帷幕刚拉开》获东北电视金虎奖。杨廷玉担任编剧的长篇电视连续剧《女人不是月亮》《问鼎长天》《梦醒五棵柳》《三连襟》《一村之长》《天地人》《世纪钟声》《一个生命的倒计时》均在中央电视台一套播出,《女人不是月亮》《梦醒五棵柳》《一村之长》和《半生缘一世情》分别在中国港澳台等地和东南亚播出,其中有些剧目在越南等国成为热播剧。

"一个独立于世界的强大国家,除了制度优越、经济发展、社会进步这些必需的前提外,更不可或缺的就是文化的兴盛和繁荣。""那种极其深刻地表现我们这个已经发生、正在发生和将要发生巨大变革的伟大时代的黄钟大吕之作和承载着中华民族绵延不绝的民族精神的历史扛鼎之作,恰恰是我们当下最需要的,最值得我们矻矻以求的文学经典!""如何把握时代精神,通过自觉的努力,驱策文化建设和文艺繁荣的骏马朝着有利于中华民族伟大复兴的高地飞奔,这是摆在当代中国人面前的又一重大课题。"交谈中,常听到他这样慷慨的话语——这是杨廷玉作为吉林省文学艺术界的领导,同时也是作为一名当代作家久久思考的问题,也是他笔下作品所时时拷问、常常探究的。只是现在,书至此处,已成定格。

云端又栽五棵柳,问鼎长天看月亮。但得清风还续笔,再铺玉纸写青杨。

　　大自然给予文学丰富的滋养，而在每个热爱生活、热爱生命的作家之作品中反映出来的一切，都令读者更加爱惜每一个微小的生命，并由衷地感到——这种氧气充盈的体验与自然绿色的写作是多么的幸福。吉林作家胡冬林就是一位呼吸着长白山天然之气、画山为文的作家。他曾骄傲地表示，这些年厚重的森林体验让他可以坐下来一动不动地写上 10 年……在此行文祝福——但愿天堂有笔，让他在那安放于长白山密林深处的写字台上，再写无数个十年。

氧气充盈的幸福写作

　　春日暖阳。再次拿出《巨虫公园》这本书，又被那绚丽诱人、充满迷幻色彩的封面吸引——夺目的光线照进森林，阳光中，一只双目炯炯的巨虫展翅扑面而来。森林中，奇花异草摇曳欲语，似与巨虫在进行另类的交流。这是一部胡冬林与自然对话，融进森林、融进生活的绿色之作。只是现在，斯人已逝，唯书在案，清风翻页，又是一年。

　　我曾多次采访过胡冬林，了然他的自然之心和绿色情怀。多年来，他专心致力于动物题材和儿童题材创作，其作品不仅是题材，连笔法都极尽生态环保，可谓饱蘸心血浓墨重彩地展现大自然的生机与富饶。

"从我的租住房到长白山北坡自然保护区原始森林只有10分钟的路程。4年了，我在这里过着半个森林人半个写作者的生活。一年里春夏秋冬的每一个晴天，窗外莽莽苍苍的原始森林便向我发出无声的呼唤和邀请。我赶紧整理背包，塞进相机，带上干粮，匆匆踏上进山的小路……"还记得，与胡冬林对话总是以他这般充满诗情画意的话语开始："这里有世上最纯净的空气和溪流，最翠绿的森林和草地，最悦耳的鸟鸣和风声，最美丽的野花和蘑菇……这是我从少年起就心向往之的大森林。"

胡冬林告诉我，从1995年起，每当手中有2000元以上的余钱，他的心就"长草"了，总要出去走上半个月一个月。2007年春，他带着12万字的长篇小说《野猪王》初稿，租了一辆货车，载着4箱子书和简陋的家具，到长白山脚下的小镇租房体验林区生活。他兴奋地说："没想到，此一去彻底告别了沉闷的城市生活，彻底改变了我后半生的生活和创作道路，让我彻底融入了壮美的大森林，今生再不回头！"

我想，胡冬林可能也有过迷茫：面对远寂的山林、久违的自然，面对渐离渐去的原始之梦，作家是选择远离，还是无奈失语？但以不容置疑、令人感慨的森林生活为积淀，他用笔下一部部生态文学作品做出了回答——起伏的情节、揪心的故事，字里行间对于森林、动植物的生命迷恋，读后令人掩卷长思，沉浸其中。数年来，胡冬林长期坚持在长白山林区考察访寻，对当地动植物有着深厚的感情，对长白山生态保护有着深刻的见解。他在长白森林中寻到了创作的独特乐园和厚土,《巨虫公园》的艺术成就之一,就是向读者展现了既是儿童题材又是动植物小说那种远抛城市混浊喧嚣、充满原始气息充满动人氧气的无尽魅力,开自然生态儿童文学之新气象。塑造了"巨虫"们栩栩如生艺术形象的同时,也给影视动漫艺术创编,提供了优秀蓝本。

胡冬林曾给我讲过他的这样一段经历:1969年,他的父亲带回一本《吉林民间故事丛刊》,读小学二年级的胡冬林如获至宝,把书抓过来一通熟读乱翻。其中有一篇打野猪的狩猎故事:猎人钻进野猪洞穴,把双脚冻在大冰坨子里引诱野猪攻击,直接把子弹打入野猪口腔。这个惊心动魄的故事令他终生难忘,也成就了他的长篇小说《野猪王》中"森林之王"天阁的生命结局。可以说,少年时的森林之梦,使他这么多年来对长白山魂牵梦萦,他也时时用心灵倾听原始森林的呼唤,他的笔下也时时响起森林之王的威鸣。

在山居生活的几年间,胡冬林每天进山认花看鸟识蘑菇,了解动物与植物、水生生物与河流等等,以及它们之间复杂而奇妙的互助互利关系,探索它们在亿万年演化中适者生存的各种神奇本领,观赏自然万物为繁殖下一代展示的各种瑰丽色彩与姿影……他兴奋地向我介绍:"我有好几个特定观察对象,已经成为我的好邻居、好朋友———一只失去丈夫的老母星鸦,一只能学六种鸟鸣及汽车报警声、开门吱嘎声等人世音响的松鸦,一对黑啄木鸟,一窝水獭,一对褐河乌,一只迁徙时掉队的针尾沙雉鹬等等。"2010年是胡冬林在长白山体验生活的第四个年头，他在大年初四即从长春返回林区，为的是观察 2009 年年底发现的一对赤狐——那，也是他心爱的朋友。他每天坚持写山林笔记，在无比美妙的大自然中进行着心爱的散文写作。我想，那一本本的山居笔记，就是成就他这部科普知识和未来世界完美结合、恢宏自然与内在灵魂激情冲撞的《巨虫公园》的坚实根基。

对这 4 年深入生活的经历，胡冬林对我说了八字以概括——非常充实，收获巨大。确实，仅在 2010 年，人民文学出版社出版了他的长篇小说《野猪王》；散文《原始森林手记》十一篇一组由《大家》杂志刊出并被《散文选刊》选载，还被该刊选入散文排行榜；大散文《约会星鸦》由《作家》杂志一月号刊出；大散文《狐狸的微笑》给了《十月》杂志；3 万字的散文《蘑菇课》修改完毕，又应《民族文学》约稿创作大散文《冬眠树》。

自然生态写作要有世界上最先进的环保理念做指导，有动物行为学、进化理论、环境伦理学、森林动植物的最新研究成果及大量的纪录片等国内外好作品做参考和支撑。因此，胡冬林对此类书刊一直关注阅读并做了大量笔记，但他深感这些理论如不走进大自然去验证、感悟，只能永远苍白地束之高阁。而一旦与实地体验相结合并将其运用到写作中，文章就会具有很高的立足点，就会视野开阔大气透彻。比如他利用 3 年时间跟菌类专家上山考察菌类，目睹了千姿百态的菌类对森林的巨大贡献，心中映下了美丽的图景，因此，他写起这类题材笔下勾画得十分得心应手。

山居生活给了胡冬林丰富的滋养、深刻的感受。他认为，自然万物在漫长的进化长河中不断增强自身的生存本领以适应环境变迁，这种生命奥秘在自然界随处可见又难觅谜底，发现、揭示或目睹它们之间的互利互惠关系是一个激动人心的体验过程，在作品中反映出来将令读者感到它们的来之不易以及对生态的巨大贡献，因此会令人更加爱惜每一个微小生命。胡冬林曾如数家珍般地对我说，以他创作的《约会星鸦》为例，星鸦在一个秋天要埋藏 1.6 万粒松子，冬季取食 5000 粒，余下的全部归还森林，其中大半会生根发芽长出树苗。它是原始红松林天然更新的主要播种者，否则自然落地的松子经虫蛀鼠咬，20 万粒才能长出一株红松母树。胡冬林连续数年身临其境观察星鸦埋松子的过程，亲见小树苗出土和星鸦种群的壮大。他以多篇日记的形式饱含深情地写下了星鸦的故事。

品读胡冬林的作品，其反映出来的一切都令读者更加爱惜每一个微小生命，并由衷地感到这种氧气充盈的体验与自然绿色的写作是多么的幸福。多年深入生活的创作与实践让他清醒地认识到，必须认准本地地域优势和历史文化积淀，选准自身的创作方向，抒写自己脚下生我养我的森林大地，才能创作出具有地域风貌精髓的佳作。

记得有一次与胡冬林谈及他的一部文稿时，正赶上他次日就将离开城市重返山林。他充满深情地说："每当我回省城与女儿团聚后返回长白山，一夜卧铺醒来，窗外已是黎明。望着郁郁葱葱的森林掠过，我的心便开始激烈地跳动——我知道，这跳动的节拍应和着原始森林的呼唤，它将持续下去，直到我走不动的那一天。"他骄傲地表示，这些年厚重的森林体验让他可以坐下来一动不动地写上 10 年……

　　世间已投笔，行文唯祝福——但愿天堂有墨，让他在那安放于长白山密林深处的写字台上，再写无数个十年。

在波澜不惊、宁静而又祥和的鉴河边，在如诗如画的山水间，走出了一个风华绝代的女子，在中国历史上最黑暗的夜晚发出了一声最强有力的呐喊。秋瑾牺牲前的情景，恰如卢森堡所言——"当大街上只剩下最后一个革命者，这个革命者必定是女性。"当大通学堂"只剩下最后一个革命者"，这个革命者果然是女性。——她，就是秋瑾。

风烟乍起一女性　辛亥百年忆竞雄

"秋风秋雨愁煞人！"每当吟咏或书写女革命家秋瑾这句入骨入心、浸泪浸血的诗句，总令我有力透纸背、神游八荒之感。

当我与秋瑾堂侄女、吉林电视台原播音指导秋素莉谈起秋瑾时，她说了这样一段令我肃然的话："我会写的第一个字就是'秋'字。因为秋瑾姑姑的缘故，每次练习都觉得很光荣，在写这个字时总感觉很神圣，一笔一划地像举行一个仪式。"

秋素莉告诉我，有这样一位姑姑，她觉得无比自豪。很小的时候她就知道姑姑是位了不起的英雄，尽管与姑姑之间有着难以逾越的时空间隔，但亲情的一脉相承似乎是与生俱来的。她激动地说："1907年7月15日，年仅32岁的秋瑾被清政府秘密杀害，就义于浙江绍兴轩亭口。每当我在书上读到这句话，总能看到那段血雨腥风的历史从薄薄的纸上凸显出来，心中激情与悲愤奔涌——因为，我是秋家后人！"

休言女子非英物　夜夜龙泉壁上鸣

秋素莉的爷爷秋桐豫是秋瑾的堂叔，按辈分，秋瑾是秋素莉的姑姑。清末，秋素莉的爷爷被清廷派往东北，任黑龙江提刑按察使司，官列正三品。后来，秋素莉的爸爸和叔叔就留在了长春。

秋素莉的爸爸早年留学日本，回来后在辽宁工作，经常不在家。但他每次回来都要给孩子们讲许多故事，秋素莉最爱听的就是关于姑姑秋瑾的故事，百听不厌——秋瑾是怎样宣传革命的，是怎样英勇就义的……每次听完，总觉得心里有一块地方被碰撞得疼痛不已。

秋素莉自豪地说，秋氏祖先有一段抵御外侮壮烈牺牲的家史。秋瑾的叔祖秋曰觐（秋素莉太爷爷）能文能武，任台湾淡水同知，对日寇侵台义愤填膺，带领官兵奋勇杀敌，为保卫宝岛光荣阵亡。秋瑾常听秋素莉的太奶奶林氏讲述往事，以有这样的先祖而自豪。这些逐渐孕育了她忧国忧民的思想，并形成了超乎寻常的刚毅和比男儿还要刚烈的侠骨柔情。良好的家庭环境也使她从小就受到充分的民族文化教养。她的母亲既是她的慈母又是严师，对她成为一代革命女杰和文学家有很大影响。秋瑾天资聪颖，博读强记，过目即诵，私塾老师常夸她是奇才。

她习得击剑、骑射、拳术，性格热情、倔强、磊落。后来，秋瑾舍弃了富裕的家庭，只身赴日本留学，从此开始了革命生涯，结识了孙中山，先后加入了光复会、同盟会。她回国后在上海创办了《中国女报》，秋素莉的祖父还曾经资助过秋瑾。秋瑾曾多方联络，组织光复军。历数中华女中豪杰，作为中国近代女革命家，首屈一指的，当数秋瑾。

金瓯已缺终须补　为国牺牲敢惜身

秋素莉清晰地记得爸爸对自己讲过的姑姑牺牲的经历：1905 年，与秋瑾志同道合的挚友徐锡麟回到家乡绍兴创办大通师范学堂——这是光复会培养武装力量的军事学校，从建制到课程设计都相当正规。两年内，学校吸引了大批青年精英。不久，徐锡麟就将学校交给了秋瑾，自己赴安庆发动起义。秋瑾经常女扮男装，四处奔走，联络会党。1907 年 7 月，她与徐锡麟相约同时发动起义。不料消息泄露，徐锡麟被残忍杀害。几天后，清军包围了大通学堂，秋瑾被捕。

秋瑾牺牲前的情景，恰如卢森堡所言——"当大街上只剩下最后一个革命者，这个革命者必定是女性。"1907 年 7 月 10 日秋瑾就已得知消息，明白清政府马上要来追捕。众人劝她速离绍兴，但她却把所有同志安排撤离，自己独自一人孤守在大通学堂。她说："革命要流血才能成功。"用行动实现自己加入"同盟会"时许下的诺言："危局如斯敢惜身？愿将生命作牺牲。"7 月 13 日下午，政府军把大通学堂围得水泄不通，大通学堂"只剩下最后一个革命者",这个革命者果然是女性——她,就是秋瑾。

被捕后经三次过堂审讯,秋瑾未做任何口供,仅挥毫书下:"秋风秋雨愁煞人"七个大字。这七个字,是秋瑾引用清代诗人陶澹如的诗句。全诗为:"篱前黄菊未开花,寂寞清樽冷怀抱。秋风秋雨愁煞人,寒宵独坐心如捣。"——惊世绝笔,荡气回肠。

1907 年 7 月 15 日凌晨 4 时,秋瑾踏着星光走上刑场,在绍兴轩亭口慷慨就义。秋瑾等革命志士的热血唤醒着中华民众。4 年后,辛亥革命的炮火,就响遍武昌城头,连绵几千年的封建王朝终成历史。

秋素莉轻声告诉我,她依稀记得爸爸讲的那天外面下了很大的雪,很黑、很冷。爸爸讲的时候眼睛亮亮的,声音铿锵有力,似乎在用他的方式告诉孩子们,什么叫民族大义,什么叫做人。永远不要逃避,因为有些理想和责任是需要用生命来捍卫的。爸爸年轻的时候向他大姐秋瑾学习,也远渡日本留学,术业精通。他对子女要求严格,常用姑姑的事迹激励孩子们,他最常说的话就是"击剑尽樽酒,读书贪夜灯",这句话从童年起就刻印在秋素莉的心里。

秋瑾牺牲后,遗体被草埋于绍兴卧龙山下。第二年年初,她的好友徐白华及吴芝瑛等将灵柩运至杭州,葬在西湖孤山的西泠桥畔,实现了秋瑾"愿埋骨西泠"的遗言。清政府十分惊慌,勒令把墓迁走,烈士灵柩又被运到绍兴,后又送回湖南湘潭。辛亥革命成功后,才把秋瑾灵柩由湖南运送到上海,举行了隆重的追悼大会,然后用火车护送到杭州,重新安葬于西泠桥下。

1921年孙中山到杭州，亲自赴秋瑾墓致祭，并题写"巾帼英雄"之匾额。如今在岳飞墓旁、西泠印社前，秋瑾立像以女侠气概、似正义化身，深情地凝望着中华大好河山。她那大义凛然、勇于牺牲的革命意志，历久弥香地支撑荡涤着民族的灵魂。

金秋十月聚山阴　秋雨秋风觅英魂

作为秋家后人，秋素莉一直以姑姑为楷模，认真做人、勤恳做事。在电视机只有黑白二色的时代，还是一个16岁女孩的秋素莉走上电视播音之路，成为吉林电视台第一代电视播音员，在电视荧屏上工作着、美丽着。

当时，吉林电视台是在极困难的条件下起步的，拍新闻的摄影机没有几台，没有洗印设备，从市场上买回几个玻璃缸，做上几个木架子，在暗室里把被曝光的16mm电影胶片绕到架子上，再放在显影、定影的玻璃缸来冲洗。经过晒干和剪接，用16mm电影放映机放出来，由秋素莉和音乐编辑对着画面解说和配音乐，就这样播出。用如此原始拙朴的手段记录吉林的历史瞬间，但大的差错却极少，因为同志们都很敬业。秋素莉和电视结缘50年，在屏幕上对观众们说了许多许多话，但给她印象最深也是她说得最多的一句话就是"观众，您好"！这是吉林电视台创建初期时传达给电视观众的第一信息，也是秋素莉与电视结缘50多年发自内心的真诚祝福。她常常想，在和平的年代该用什么传承秋家的这份情怀，或许只能体现在对事业的兢兢业业上。她认真地对我说，在近50年的播音生涯中，我做到了!

在 1995 年秋瑾 120 周年诞辰时，秋素莉接到了来自绍兴市的邀请函，召唤来自北京、福建、大连等地的秋氏后人 30 余人回故乡，参加秋瑾诞辰 120 周年纪念活动。会议在西湖旁边的展览馆召开，浙江秋瑾研究会会长、周恩来总理的表妹王去病参加了会议。秋素莉代表秋氏家人在主席台就座，并代表秋瑾家致辞。听了秋素莉的致辞，现场许多人都问："她怎么像是电台播音的，一出口字正腔圆……"谈起这次秋氏后人的聚会，秋素莉感叹说，一别近 20 年，如今想起来仿佛就在昨天。

大会后，从各地赶来绍兴的秋氏后人次日凌晨便赶往秋氏故里福全镇。秋氏家族从明清时期世代居住在福全镇，秋家是这个村上少数的几户"耕读世家"世族之一。少女时代的秋瑾曾多次回家探望，体味祖辈的耕读生活。现在福全镇已是绍兴市工业重镇，进入全国百强乡镇行列并名列前茅。全镇现有秋氏族人数十户，其中人才辈出。如果姑姑九泉下有知，看到家乡的变化，看到后辈的努力，一定会含笑而歌。秋瑾小学是福全镇投资 2000 多万元兴建的。秋瑾小学门前竖立着秋瑾的大理石塑像，为村民捐资兴建。孩子们每天经过这里，都向秋瑾塑像行队礼致敬。秋瑾中学校园里镌刻着周恩来为表妹王去病题写的纪念秋瑾的题词："勿忘鉴湖女侠之遗风，望为我越东女儿争光。"

秋瑾中学校长请来秋氏后人作诗留念。秋素莉欣然写下：为纪念秋瑾姑姑 120 周年诞辰，秋瑾后裔汇集绍兴，希望秋瑾中学多多培育中华英才。"金秋十月聚山阴，秋雨秋风觅英魂。风烟乍起一女性，竞雄百代震乾坤。"以一首小诗表达了晚辈对长辈的怀念，以及外乡游子对家乡的怀念与期望。

福全镇在鉴河之畔。鉴湖原名镜湖，湖面宽阔，水势浩渺，舟行其中，大有"如在镜中游"之感。秋瑾自称鉴湖女侠，可以说，故乡的印记一直伴随着她整个革命生涯。平静的湖水就是历史的见证人，将人世间的沧桑变化融汇在柔波细语里，以它宽阔的胸怀静静地送走黑暗迎来黎明。

就是在这波澜不惊、宁静而又祥和的鉴河边，在这如诗如画的山水间走出了一个风华绝代的女子，在中国历史上最黑暗的夜晚，发出了一声最强有力的呐喊。

万阶天然长　自在生心间

——后记

　　有兰一枝，绕指轻柔。我把我心底的时光感受浓缩为两个关键词：一个是精致，一个是温暖。精致是凝练、美好，是岁月静好中的入脑入骨入心。而温暖不是夏天的烈日灼心，而是润泽的冬日暖阳，是一点一滴、点点滴滴的温润、温和、温暖。

　　融日光月色汇成一首《日月词》，以表达我对岁月的品读和理解：

日　月　词

一字千金诺，二手尘不染。

三分诗意里，四面琵琶弹。

五指拈管毫，六尺行书案。

七杯酒含情，八盏茶度兰。

九天数九虹，十里十方缘。

百卷洒清墨，千年写新传。

万阶天然长，自在生心间。

我想，万阶天然长，自在生心间——这应该是最美好最美妙最美貌的文中之意吧。

2019 年 6 月 6 日

点染朱砂 开笔破蒙